许多张脸，许多种情绪

戴新伟 著

时代出版传媒股份有限公司
安徽教育出版社

图书在版编目（CIP）数据

许多张脸，许多种情绪 / 戴新伟著. —合肥：安徽教育出版社，2015
ISBN 978-7-5336-7440-3

Ⅰ.①许⋯　Ⅱ.①戴⋯　Ⅲ.①随笔—作品集—中国—当代　Ⅳ.①I267.1

中国版本图书馆 CIP 数据核字（2015）第 044603 号

许多张脸，许多种情绪
XUDUOZHANG LIAN，XUDUOZHONG QINGXU

出 版 人：郑　可
质量总监：张丹飞
策划编辑：何　客
责任编辑：何换生
封扉设计：刘运来
美术编辑：吴亢宗
责任印制：何惠菊

出版发行：时代出版传媒股份有限公司　安徽教育出版社
地　　址：合肥市经开区繁华大道西路 398 号　邮编：230601
网　　址：http://www.ahep.com.cn
营销电话：(0551)63683012，63683013
排　　版：安徽创艺彩色制版有限责任公司
印　　刷：合肥创新印务有限公司

开　本：720×1010　1/16
印　张：14.5
字　数：220 千字
版　次：2015 年 6 月第 1 版　2016 年 4 月第 2 次印刷
定　价：36.00 元

（如发现印装质量问题，影响阅读，请与本社营销部联系调换）

目 录

一条街道的神秘与忧郁（代序） 1

辑一 看法有变　　　　　　　1

　　　　　　　3　与塞林格同在的日子
　　　　　　　6　在滨河街的日子
　　　　　　　　　——特里丰诺夫及其他
　　　　　　11　心，是一个孤独的猎手
　　　　　　　　　——卡森·麦卡勒斯的两本小说
　　　　　　14　人性的污秽
　　　　　　　　　——索尔·贝娄的美国故事
　　　　　　17　"讲一个大距离、星之光的故事"
　　　　　　　　　——诗人沃伦百年
　　　　　　21　"老爹"舍伍德·安德森
　　　　　　　　　——重读《小城畸人》
　　　　　　25　他的声音背离了自己的时代
　　　　　　　　　——伊萨克·巴别尔
　　　　　　30　读《为亡灵弹奏玛祖卡》、《玉米人》小记

33　回味
　　　　——裘帕·拉希莉的短篇小说

36　甜美的、有用的
　　　　——读阿伦德哈蒂·罗易的《卑微的神灵》

41　用力
　　　　——塞林格与基耶斯洛夫斯基

45　"命运将我判给了赫拉巴尔"

50　杜桑的肺腑之言
　　　　——法国外省作家让·吉奥诺

53　不开心的理查德·耶茨

55　了不起的卡波特

58　赫塔·米勒的第三篇中译文章

61　夏目漱石的黑暗

63　论《窗灯》

66　大人物，小悲哀
　　　　——《病夫治国》与《非常病人》

69　小丑的提醒
　　　　——罗马尼亚作家诺曼·马内阿在西方

71　以色列人的"百年孤独"
　　　　——梅厄·沙莱夫的《蓝山》

74　他人的心事
　　　　——罗孚的《北京十年》

辑二　且读且记　79

81　"好的时候非常好"

83　与中国有关的

86	不曾苟且
89	重读韩素音
92	焚烧舞台的演员
96	新井一二三眼中的八十年代
99	读董小记
106	香的文化史
109	谈笔记
112	岭南故纸寒香
117	活埋八卦里
120	管风琴，书生活
122	确实做作，但……
125	与茶有关的人生
127	窥视工作间
130	蔡澜佩服他
132	与书店有关的日子
136	找来读的书

辑三　文艺随笔　143

145	爱是唯一惩罚
148	奥利维拉：一座城市的记忆
153	夫妇善哉：一种小吃，一部电影，一本书
156	藤泽周平：温贫暖老及其他
160	有这样一位反法西斯战士……以及画家
	——被流放的卡罗·勒维
162	李霁野在意大利

164	宁静，愉悦，满足
	——林怀民的《流浪者之歌》
166	雾蒙蒙的天空，布赫兹的背影
168	《绯红树》的忧郁
	——陈志勇的绘本
172	当你面对一座废墟……
	——艺术的废墟观念
179	澳门半日书事
182	昆明访书记
186	长春·手机·旅人
191	戈革论金庸
195	"万不可作儇薄语"
	——再谈戈革论金庸
198	香港文字传奇
202	一位香港编辑的交游考
207	广州尘世美
209	书房的故事
213	偶读知堂忆瓠子
217	乐以忘忧在岭南
	——记王贵忱先生
220	火把

后　记	223

一条街道的神秘与忧郁（代序）

这是阅读的故事。

最早，泥砖房子里有一孔高高的窗户，窗台上一边整整齐齐的是小学课本，另一边是捆好的书，每本都很厚。

泥砖房子上是稻草屋顶，有一片透明的瓦，叫亮瓦。但房间里还是光线模糊。有一天，祖母误把那捆厚书递给了我。一个退伍军人所有的精神生活：《国家与革命》、《反杜林论》、带匣子的毛选，一个笔记本，上面密密麻麻的字：领袖语录、报纸社论、日记。

用这批书，我和村里高年级的孩子达成了第一笔交易，换回了他们的课本。等到他们发现上当时，书已经读完了。

这是故事的开始。

有些书像神秘的事物那样神秘：乡村里的书，是借助那些年轻人之手而来。除了那个年代里四处可见的台球室、录像厅之外，书里故事诱惑着他们，青春期的嗅觉敏锐地闻得到哪页纸上有性。那些书（大部分是杂志）因为太多手传阅而卷起了边。

直到后来方知，这便是性的启蒙。

有些书毫不神秘：《春潮急》是中学图书室搬到镇中学时流散出来的（毫无疑问也是通过那些大孩子之手）。它讲述的是五十年代四川农村走向合作社的故事，它有着我熟悉的地名，熟悉的语言，就像在翻阅我们村的历史。

直到后来方知，这便是文学。

随电视和录像最先来到的是大量的武侠小说，《射雕》，妇孺皆知。但是书，尤其是"小说"这个词在乡下是敏感词。那些大孩子们就是因为这个词被自己的父亲追打，追过村子，追到田里地里。夺下，撕碎。身体与语言的暴力。

书，自有它的命运，一如我们自己。

小学语文老师姓王，又瘦又高，精精神神。他读书、买书，都不多，但持续。并且持续地给我读，大部分是敏感词，他是我的保护伞。在这里我看到了阅读和人间的复杂。

那时候我年轻的叔叔整天在外跑，收各种东西。一天，非常偶然地闯入了他的房间，那里面全是书，皮箱上（他也是退伍军人）、立柜上、米桶上、脚踏板上，地上最多。各种各样的书，尤其多的是杂志，令人心跳加快的封面上，各种妖娆的女郎。泥砖房子里特别明亮，那是夏天的下午。直到我叔叔洗手不干，他的房间是我拥有过的第一个图书室。直到现在，我仍感念他在外流的汗水。

在广阔的乡村，书自有它的道路，在我看来，它们四处散落，迫切地想找到抓住它们的人。是什么时候书变成了我最想拥有的东西呢，在那样贫乏的年代。我只记得有一些炎热的暑假，祖母带着我去她的那些老姐姐妹妹家。在那些比乡村好一些的镇子上，我多次让她为难，让她生气：我仿佛嗅到了书的气味，总是央求她去邻居家看看，能否借到书，而这种要求在成年人看来多么不可理喻。街上来回走动的卖雪糕的小贩，电视机里的白雪和欧阳严严，我吞下更多的书——这是在街上，更多的书眷顾了我。

但我也去过更远的乡下。稍大一些，暑假便是我在外祖母家的放养时期

——二十四里,一半平原一半山路,我自己走去。那是山地,以养蚕、种玉米为主。想到我们村只有一株桑树而每年夏天便为了那点桑椹争得头破血流就觉得好笑;这里到处是桑树,为了便于采摘桑叶都被修剪得很矮,而且桑椹饱满大个,没有人吃。我便站在桑树下边摘边吃边读书,《隋唐演义》、《风尘三侠》、《说岳全传》、《天龙八部》,令人神旺,又令人忧郁。

那时候生产鞭炮成为广阔村庄的主要产业,我们村开始为一些先富起来的村子承接前期工序,把废报纸裹成鞭炮筒。叔祖叔祖母家是最早运回报纸的,他们欢迎我去翻阅,后来允许带回家看。在这些旧报纸的文艺副刊版面上,我看到了另一个世界,不同于书的世界,它告诉我其他地方的阅读,尤其是——何谓今天的阅读。非常幸运地,我从这些旧报纸中凑到了1992年前后的《文汇读书周报》,我又知道了阅读之外更重要的事——思想与写作。

很快新的报纸就来了,像一个窗口,去看到活生生的文艺生活。我记得最清楚的是,从一份《成都晚报》的副刊上,读到了汪曾祺来四川参加笔会的消息,后来又陆续在上面读到了怀念他的文章。

后来,不知道是否这段文字因缘,我也开始向报纸投稿,成为这个行当的一员。冥冥中,我总觉得有那么几个人正在审视着我的文字。我不知道他们的名字,但他们的存在总让我无名地警惕,无名地感动。

从叔祖家借回来的报纸,还回去的时候中间有的缺页,有的则剪过。我就是那时候开始剪报的,却不能不为自己的行径感到不安,然而他们从未说过我一句。感谢他们的宽容和仁慈,我只有暗暗祝愿他们长命百岁——在我最近一次返回乡下的时候,才知道叔祖已经过世,叔祖母还坚强地活着——在另外的村子里。因为两年前有一条高速公路从成都而来,穿过我们村,穿过我们生养的地方,生养我叔祖一辈、更上一辈,也生养过我的父辈和我的村子,也穿过了我们村的坟地。于是,同一姓人分散到了其他地方;当我漫步在属于生者与死者的地方,看到只有三两户人家原地不动,我那间简陋的藏书室得以幸存,却不知道该感激谁。

是街道改变了一切。多年以前它是我切盼的事物,因为它包含了丰富的内容,尤其是我热望的书籍。去安镇镇上是在一年中最热的时候,往日泥泞的道路坚硬干爽。快开学了，自行车蹬得更快，快秋收了，路两旁是即将成熟的水稻，黄得发脆，风吹稻浪，一辈子也忘不了。吹来的也是快秋天的风，让人身心俱畅，天高地远，尤其像我幻想中的其他地方的风景——这是我长久以来的梦想，也必然会被它惩罚。

很快我便到了镇上，融入了街道的喧嚣里。镇上刚开不久的废品收购站，是我的远亲开的。安镇只有一条主街，自东向西，我从南面来的时候，像要和整条街那边的事物干上一仗——那时候太阳正好将道路切割成两半，我要到阴影的那边去。

二十多年后，偶然在意大利小城蒙特普尔恰诺的美术馆看到一个展出，是意大利画家乔治·德·契里柯（Giorgio de Chirico，1888年7月10日－1978年11月20日）的作品展。契里柯这些作品都是在空旷的街头安置了不可思议的事物，杂乱而且不合比例，充满了形而上学的哲学味道。那些光泛黄而又寂静，像是从另一个世界打过来的，惊悚，惆怅，而那些街道、广场因为这些光而显得空虚寂静。只有一张画着滚铁环的小女孩是最规矩的，最抒情也最有文学味。我停下来看：画面上她正要往街道对面跑去，街上空无一人，只有一个空荡荡的车厢，太阳正好将面前的路切割为明暗两半，街道对面的楼房也正是在阴影里。

我想我知道那个过街的小孩子要到哪里去。无论是去光明那边还是黑暗那边，都是合理的。

契里柯的这张画名叫"Melancholy and Mystery of a Street"（1941），一条街道的神秘与忧郁。为了这张画，我买了一本画册，并且发愿要写这篇文章。

大概就在去废品站之后不久，我便从这条安镇大街往更远更大的街道去了，比如我顺利地进入了成都那座"阴冷大城"，那里有更多的书，我可以记下很多字，写很多东西。就这样我匆匆地告别了乡下那堆少得可怜的书，转身去拥抱更多的阅读的狂喜。但是后来的故事都是一样的了。

戴新伟
2014年2月

辑一

看法有变

与塞林格同在的日子

1972年4月23日,乔伊斯·梅纳德的一篇文章登在了《纽约时报星期专栏》上,这位年仅十八岁的少女表达了对周围一切的厌烦之情,她说:"我想搬到乡下去住,远离尘世。"在下一个星期二,她的宿舍里塞进了两个邮包,有大约几百封读者的信件。其中一封来自乔伊斯·梅纳德的故乡,新罕布什尔州。写信的人叫J. D. 塞林格。

读乔伊斯·梅纳德回忆她与塞林格之间的书《我曾是塞林格的情人》,而不在意其中的隐私成分,显然很难做到。这是一本有关塞林格私生活的书,他有长久的盛名,又长久地隐居,可以说多亏有这样的书,读者才能了解生活中的塞林格。五十年之后,我们依然会被霍尔顿打动,对塑造他的人心存敬佩和好感,因此,1972年乔伊斯·梅纳德撇下其他几百号人而与塞林格继续交往,实在是一件顺理成章的事情。想一想吧,假设《麦田里的守望者》的作者给你写信(请再仔细估量一下这本小说在整个六七十年代的现实意义),你将作何举动?

"我爱上了他在信中传递的声音",这句话在乔伊斯·梅纳德追忆当年认识塞林格时多次出现,"我相信这个有着非凡声音的陌生人似乎很了解我。"她说。故事不免堕入俗套的情节:普通人总是很难抵御来自偶像的声音。故事还有一个更加俗套的结尾——大约一年之后、她和塞林格在一起一年之后,后者对她说:"你最好现在就回家。"

与其说是塞林格赶走了乔伊斯·梅纳德,不如说她在塞林格预设下的种种束缚下被淘汰出局。乔伊斯·梅纳德在书中有详细的"不适应"——换句话说,塞林格对与之生活的人有种种苛求种种怪癖。有一个细节:塞林格不断地重看希区柯克的《三十九级台阶》,再资深的文艺女青年,大概也坚持不了多久吧?这些都让人想到《麦田里的守望者》里那个著名的梦想:"我的职务是在哪儿守望,要是有哪个孩子往悬崖边奔来,我就把他捉住——我是说孩子们都在狂奔,也不知道自己是在往哪儿跑,我得从什么地方出来,把他们捉住。我整天就干这样的事。我只想当个麦田里的守望者。"塞林格与乔伊斯·梅纳德之间的情感纠葛,恰似这段话的一个注解。只有这样,才好去理解为什么一个五十岁的男人会对十八岁女孩不厌其烦地忠告,会利用各种生活方式来控制乔伊斯·梅纳德。也只有在生活中,才可以让文学真实——不过事到如今,真实已经很难看了。

站在回忆和阅读回忆的角度,谁都没有权利鄙视一个少女的天真,但所谓的惋惜毫无意义。也正是乔伊斯·梅纳德这个"案例",让我想到了霍尔顿的理想并不美好,你想捉住那些狂奔的孩子,就好像对乔伊斯·梅纳德的事情表示惋惜一样,毫无意义。这在更深层次上揭示了一个问题,成人世界对于童真的执著眷恋,往往会牺牲掉童真本身——孩子们都在狂奔,你唯一能做的不是捉住他,而是观望,狂奔是他们的自由。一旦想去捉他们,已经走到当初被自己所敌视的位置上去了。

在塞林格的笔下,这种情绪是值得商榷的。比如仔细看,《献给爱丽丝——怀着爱与凄楚》,散发的未尝不是成年男人对于"宁芙"(Nymph,希腊神话中的山林女神)的复杂情感。我不敢说塞林格跟纳博科夫笔下的汉拨特有某种共同的嗜好,不过他的诸多动作不免让人心生疑窦。

所以,乔伊斯·梅纳德不无深意地总结说,在塞林格的笔下,唯一了解霍尔顿的人是他的妹妹菲苾,这也是霍尔顿唯一爱的人。恐怕这种爱从来没有真实地实现过——作为霍尔顿、更作为塞林格的理想。

乔伊斯·梅纳德离开塞林格，她的书《往事回眸》也出版了。像塞林格说的一样，"你的这本书将是我们的结束"，似乎是这样的。然而，对当时十九岁的乔伊斯·梅纳德来讲，生活才刚刚启程，只是她后来一直生活在这件事的阴影里。她仔细地写到了在她的生命中次第出现的男人，她的并不幸福的生活经历。这个女人饱受精神上的折磨。从字里行间看得出，面对往事，她仍然不能平静。遇上塞林格可能真的要用"劫数"来形容，在塞林格那里她得到的爱与痛苦的经验远远大于她后来遇到的。与塞林格在一起的一年，影响了她的整整一生。

除去这段公案里的桃色成分，更多的是灰色——人生中的绝望与伤痛。是不是不管什么样的伤痛都可以承受呢？当我从《老皮缅处的宅子》里读到茨维塔耶娃的生活经历时，我相信这两者之间是有某种深刻的联系的，或者世间事大多如此？所遇到的人事越复杂浓烈，人生越丰富沧桑，这其中能留下来的都是有价值的，能忘记的都已死去，计较谁与谁的幸与不幸都没有太大关系。至少，邓肯在回忆罗丹对她的引诱时就不乏遗憾地说："后来，我常常悔恨当年自己的少不更事，错失了把贞操献给伟大的潘神的机会，也让伟大的罗丹丧失了一次展示天才的机会。如果不是这样的话，我的艺术和生命就会更加丰富多彩了！"你能说——让我们看看克洛岱尔吧，能这样说吗？所不同的是，像茨维塔耶娃、邓肯这样的女人要比乔伊斯·梅纳德强大许多，还不至于轻易地被区区一个男人摧毁。

在书里，乔伊斯·梅纳德流露出对她自己的才华非常肯定，我只是觉得，这的确是一个专栏作家的书，整本书文字流畅，有很多文字上的花招。的的确确这是一个专栏作家的水准。这当然与才华有一定的距离。说到这里，才华这种东西某种时候是拯救人自己的，能拯救自己起码就是一项才能。

在滨河街的日子

——特里丰诺夫及其他

去旧书店的乐趣在于：一，你可能会遇上传说中的某个人物；二，发掘一个，归之于你最喜爱的人物当中。七八年前，我曾经因为不认识而"放过"了香港小说家董焕章，却发现了苏联小说家尤·特里丰诺夫——同在广州美院对面、东晓南路一家昏暗的旧书店，当时看到一本书脊上有中圆点的书，很费劲的抽出来一看，米白色封面上印着书名和作者，右上括号里五个小字"供内部参考"，1978年人民文学出版社出版，即所谓皮书是也。好小说都很霸道，不管你是否听过作者的名字，只要你读它的第一句话就不会扔下它。《滨河街公寓》就是其中之一。

第一段是这样写的：

如今这样的男孩子们在人世间是找不到的了。他们有的阵亡，有的病故，还有些去向不明。有的虽然活着，也完全变成另外一个人。如果凭借某种魔法，让这另外一个人同已经消失的那个身穿绒布衬衫、脚踏帆布球鞋的孩子相遇，他真不知道该对他说什么好了。恐怕他连想也不会想到这是遇见了自己。嗨，由他们去吧，猜不出来算了！他们哪儿有时间啊。他们划动双手，随波流去，飞速向前，向前，向前，快些更快些，日复一日，年复一年，两岸的景色不断变换，群山向后退去，森林日渐稀疏，天空愈益阴沉，寒气渐渐袭来。向前赶啊，赶啊——没有力气再回顾留在身后的像天边一朵残云似的凝固了的一切。

这一段的可口程度让人立刻在自己的阅读历史上为它找到合适的所在——"他们划动双手，随波流去，飞速向前……"与"于是，我们奋力向前划，逆流向上的小舟，不停地倒退，进入过去"（菲茨杰拉德《了不起的盖茨比》，巫宁坤译）何其相似！并非只是语气、语句结构相似，读完《滨河街公寓》，你就会发现，特里丰诺夫和菲茨杰拉德描绘的这样一个充满特色的年代，这些特色并非只属于一个特定的氛围，在粗粝的现实生活面前，也许文学的能量过于微弱，然而它所放射出来的魅力则穿行于任何时代，在东晓南路那个昏暗的书店里，正是这样一个开头点亮了我。

就这样，我买下了这本只有一百九十一页的小说。

美利坚的二十世纪二十年代命名为爵士时代，苏联的三十、四十、五十年代也是一个充满了强烈特点、毫不含糊的大时代——斯大林的时代，大人物被不断消灭，小人物战战兢兢，没有尊严与秩序可言，人人面临恐惧，有很多充满了泪水的政治笑话为我们所熟悉，这是我们在关于这段时期的书里很容易获取的信息。而政治高压下必然养成的整个社会自私贪婪又见风使舵投机取巧的风气却是属于日常生活的一面，《滨河街公寓》正是对这种人情世故的书写。格列勃夫，这个被同伴们称为"圆面包"的家伙，斯大林时代的卑微人物，生长于高级公寓——滨河街公寓旁边的贫困区，而他的同学住在滨河街公寓，他的女朋友住在滨河街公寓，他后来的导师住在滨河街公寓，此时此景，埋下了他要当大人物的伏笔，"这种可以称之为气不忿的痛苦，由来已久"。于是，格列勃夫一步步地望上爬，上大学，进入权力层，混成了学术界的权威，这也是他从观望滨河街公寓、进入滨河街公寓最后抛弃滨河街公寓的过程——表面上看，是他与恋人、导师之间的决裂，但深层原因还是得归结到政治斗争，是一个斗争谁，打倒谁的问题。和野心勃勃的反面人物不同，尤其是与我们在往常小说

（特别是苏联小说）中读到的简单、平面的人物不同，格列勃夫并不是特别明显的好人或者坏人，他甚至没有特别强烈的爱憎，他的特点是不表态，学院斗争他的导师是小说的高潮，而最精彩的莫过于格列勃夫的表现了，他深知在这场政治斗争中自己不过是一颗完全没有主宰力的棋子：

> 好像童话里讲的那样，人站在岔路口：往前走会丢掉脑袋，往左走会丢掉马匹，往右走也是死路一条……格列勃夫却是个特等勇士，他将在岔路口徘徊到最后，呆到最后一刻，直至筋疲力尽，晕倒在地。这是一个见风使舵的勇士，一个拉橡皮筋的勇士。他自己不作任何决定，而任马驰骋。这是一种什么性格？是懒得动脑筋么？是侥幸心理，还是在生活面前不知所措？……

不主动、不拒绝、不负责，特里丰诺夫所写的斯大林时代的卑微人物是这么个样子，很显然与我们耳熟能详的苏联文学里的人物形象是不一样的。特里丰诺夫生于1925年，青少年时躬逢时代的"洗礼"，他在格列勃夫这个人身上其实寄托深沉，厌弃他、痛恨他、批判他，但也怜悯他。他是一个活生生的僵化、官僚式人物，但别以为只有在苏联才有。从某种意义上讲，有向上爬的野心，又有着"不主动、不拒绝、不负责"的万能武器，哪个时代没有这样的人呢？

与《滨河街公寓》同期大量翻译出版的苏联小说，我读过的当中似乎都是因现实需要而出的，如果不是为了鼓吹"工业小说"、"农业小说"，便是像《滨河街公寓》或者邦达列夫的《岸》那样，可以暴露"苏修"面目的"内部参考"小说。但无论是哪种，真正的文学作品必然归于文学。

特里丰诺夫的不少细节、细部写得非常漂亮，这些地方会给人一种感觉——这本出版于1976年的小说之为文学作品而非一般的暴露社会黑暗的作品，正在于此。他的开篇也不错，就讲老年的格列勃夫去买家具，发现昔日滨河街公寓里的太子党廖夫卡居然变成了一个装卸工（结尾则换成了另一"工种"——墓园看门人，可见已经完全沦为社会底层）。"几乎是四分之一世纪以前了","那时,他被失眠症和青年人的无所事事折磨着,还一心向往他后来到手的一切……"夹杂着"往事并不如烟",回忆那个清教徒年代的狂欢,既流露出"怎么就这样过来了",也是"好歹也这样过来了"的心态。

又比如,在后来的日子里格列勃夫还遇见了初恋情人索妮娅,遇见了索妮娅的父亲、他的导师甘丘克——"突然,在普希金广场附近,在高尔基大街糖果点心店的橱窗后面,格列勃夫看见了甘丘克。他站在人们喝咖啡的高桌旁,用五个手指紧抓着一块包在纸里的奶油卷心蛋糕,贪婪地吃着……"这是1976年的苏联小说,1975年美国小说家索尔·贝娄的《洪堡的礼物》里面,那位声名如日中天的主人翁,作家查理·西特林,在街上遇到声名早已烟消云散的老友洪堡——"我早已知道洪堡就要死了,因为两个月前,我在街上看见过他,他已经死气缠身了。他可没有看见我。他面色苍白,老态龙钟,一身晦气,拿着一块椒盐卷饼啃着,这就是他的午餐啊!我只是躲在一辆汽车后边看着,却没有迎上前去。我感到不可能这样做……"这是小说,也是特别真实的人生——大错已经铸成,而除了悔恨,我们又愚蠢地想得到更多更好的其他东西,继续遭受命运的辱弄。

值得一提的是,特里丰诺夫的父亲是苏军将领,在二十世纪三十年代被清洗,这些经历也许都造就了《滨河街公寓》特殊的小说氛围。这么一介绍,相信不少人会想起电影《阳光灿烂的日子》,但我更喜欢《滨河街公寓》。作为中国读者,我不知道这本小说寄托了特里丰诺夫多少"自况"与"回味",但就小说而言,他毕竟不是从廖夫卡的角度来"追忆似水年华",当贱民格列勃夫与太子党廖夫卡重逢,河东河西,就说明了这部小说并非"玛德琳的小饼干"唤起的梦幻曲。

特里丰诺夫1981年去世,作为小说家,死的未免太早了。另一个遗憾是《滨河街公寓》采用了第三人称的全景象叙述,但中途又出现了"我"作为叙述人(当然,在我看来是一种遗憾而已)。大概这也是"元小说"的一种吧,但无论如何,不出现"我"的视角,小说同样成立,同样精彩——那么,又何须多此一举?就我的口味而言,无论是库切的元小说还是随便哪位小说家的"多角度",都不是我的菜。从小说的技法而论,采取何种角度来写大有讲究,至少可以看作是作者对文本的起码认识。

《滨河街公寓》除了"内部发行"的版本之外,八十年代初外国文学出版社也公开出版,我没有比较两个版本之间的差别。特里丰诺夫的小说,翻译出版的还有《老人》(外国文学)、《另一种生活》(浙江文艺)、《长别离》(选本,北京十月),我都有搜罗,但最终只读了《滨河街公寓》,而且一直保留着这本薄薄的小册子。

附记:

淘到白皮书《滨河街公寓》之后,出于分享的目的,将其在文艺青年集散地豆瓣网"注册身份",这篇文章就是为了介绍这本陌生的书而写,三四年后稍作修改,以"回忆之书"的栏目名字发表在广州的一家报纸上。大约就在那段时间,我因为编辑工作的关系和翻译家蓝英年先生联系,才知道他是这本小说的译者,他还提了一些当年为何翻译这本书的经过。后来才知道外国文学出版社曾于1983年"开禁",译者署名为"王燎、蓝英年",前几天在书店里看到上海文艺出版社出的一个系列丛书,《滨河街公寓》和《长别离》赫然在其中。三十年过去了,对经典作品而言,时间才刚刚开始。

心，是一个孤独的猎手
——卡森·麦卡勒斯的两本小说

生于1917年的美国小说家卡森·麦卡勒斯（Carson McCullers）显然来不及沾二十年代的荣耀，对普通读者而言，她活在海明威、福克纳乃至菲茨杰拉德这些名声显赫者的阴影里；然而无论是《伤心咖啡馆之歌》还是《心是孤独的猎手》，都要在"伟大的美国小说"这个队伍中占一席之地。美国文学批评家哈罗德·布卢姆在评论"伟大作家和不朽作品"时写道："莎士比亚或塞万提斯，荷马或但丁，乔叟或拉伯雷，阅读他们作品的真正作用是增进内在自我成长。深入研究经典不会使人变好或变坏，也不会使公民变得更有用或更有害。心灵的自我对话本质上不是一种社会现实。西方经典的全部意义在于使人善用自己的孤独，这一孤独的最终形式是一个人和自己的死亡相遇。"

最后一句，正是为麦卡勒斯度身定做的。

显而易见，海明威、福克纳乃至菲茨杰拉德等这些名声显赫者都不可能翻个身递给我们一本前所未有的小说，但对于被遗忘、被掩埋、有待挖掘的麦卡勒斯小姐而言，在她去世半个多世纪后，仍然可以给我们这种惊喜。二十多年来醉心于《当代美国短篇小说集》（上海译文出版社1979年版）里那篇《伤心咖啡馆之歌》的读者，现在又可以和麦卡勒斯重逢，展开旅途——她的处女长篇《心是孤独的猎手》和成熟期作品《婚礼的成员》刚刚被翻译成简体中文（而台湾基本翻译出了她的全部小说）。

《心是孤独的猎手》庞杂丰富，处处显示出麦卡勒斯的野心。就像大部分的杰作一样，《心是孤独的猎手》有种咄咄逼人的才气、旺盛的生命力，它不是为了讨读者的喜欢而来。一个能写字、能读懂唇语的哑巴辛格，和另外一个哑巴、肥胖的希腊人安东尼帕罗斯生活在小镇上，直到一身都是坏毛病的安东尼帕罗斯被送进州立疯人院，剩下绅士一样的辛格独自生活，小镇上的咖啡馆老板，黑人医生考普兰德、共产主义者杰克·布朗特，还有房东的女儿、十二岁的米克都喜欢他——都喜欢去辛格的房间拜访他，跟他说话。麦卡勒斯在辛格的身上寄托了太多的东西，然而正是众人所缺失的东西，每个人都看不到希望找不到出路，像一个个的神经病，他们都希望从辛格那里——一个哑巴那里得到安慰和认同。

不可否认，麦卡勒斯的笔法零乱艰深了一点，然而像坐在屋顶上的米克、热爱莫扎特的米克、米克的派对、米克和男生的郊游等片断，都写得非常棒，米克弟弟开枪射击小女孩的那段让人心碎——或者可以说，麦卡勒斯笔下的每个人都倾其全力地呼喊着，但每个人都孤独得甚至听不到自己的声音。每个人都像是辛格。

我想那些处于青春期的叛逆女孩子读《婚礼的成员》一定会哭。这是一个类似于米克这样的小女孩，幻想参加哥哥的蜜月旅行。弗兰淇是一个真正的美国南方小镇上的精灵，在她的身上，有米克的影子，也有爱密利亚小姐（《伤心咖啡馆之歌》的女主人翁）的影子——更有麦卡勒斯孤独的影子。

麦卡勒斯有一双穿透力强劲的笔，她写那些来找辛格的人发现辛格不在了，看着空房间会有一种"受伤的感觉"。她写辛格见到自己的爱人，走的时候"非常疲倦，也非常幸福"。她写一个人不相信手里的面包，看的时候"有一种遥远的神情"。她写夏天中午的路面是"闪亮如玻璃"。她写弗兰淇偷听哥哥的婚礼时耳朵"足有圆白菜的叶子那么大"……麦卡勒斯擅长写美国南方的小镇，擅长写八月漫长沉闷的下午，擅长写耳朵这样吓你一跳的细部——她总能写得让你吓一跳，擅长写小女孩发了疯一样的白日梦和畸零人……这些怪异的事物，对于考德威尔、安·波特、福克纳这样的美国南方作家而言,并非鲜见之物,然而麦卡勒斯小说中的阴郁与孤独——那种满腔热情化为泡影的孤独感,则是她的标识。像"心是孤独的猎手"这样的书名,对于一个二十三岁的小说家来讲就是所谓才华的所在。

  1940年,当《心是孤独的猎手》出版后,在如潮好评中,著名的英国小说家 V. S. Pritchett 评价说:"……麦卡勒斯小姐令我们认识到,我们对真实世界中某些明显的东西视而不见……"这句话现在听来也并不过时。那时候,二十三岁的麦卡勒斯小姐是否预感到,这是她走向无数读者内心的开始?而对于读者来说,在她的书上应该印上这么一句:麦卡勒斯笔下的故事,满足了读者对小说的全部热望;只要你读过一篇麦卡勒斯,你就有了一个关于麦卡勒斯的回忆。

附记:

  上海译文出版社1979年版的《当代美国短篇小说集》便是我的"关于麦卡勒斯的回忆"。如果说《百年孤独》的开头是二十世纪八十年代文学青年的切口,那么《伤心咖啡馆之歌》的开头"小镇本身是很沉闷的……"则是2000年前后文学论坛的切口,到现在我都还记得,也分外怀念那个为书、为读书、为买书而飞扬跋扈、顾盼自雄的论坛时代,在诸多文学经典作品的交流中,麦卡勒斯的《伤心咖啡馆之歌》给我影响甚大,此后我便知道小说的语言、结构、形态之外,更有一个不太能说清楚的"氛围"。

人性的污秽

——索尔·贝娄的美国故事

很巧——2004年8月14日切斯瓦夫·米沃什去世时我刚刚买到《米沃什词典》，2004年12月28日苏珊·桑塔格去世时闪念开读《反对阐释》，而在2005年4月5日，犹太作家，1976年的诺贝尔文学奖获得者索尔·贝娄以八十九岁高龄去世了，我正在重读他最著名的小说《赫索格》。作家之死对于读者来讲意味深长：读慢点吧，他们会死很久！

如果对比索尔·贝娄的照片——1985年漓江版《赫索格》与2003年浙江文艺版《莫斯比的回忆》收录的照片，很容易看出贝娄的英俊优雅，直到老年也脱不掉的温文尔雅知识分子面貌。这在美国作家中并不多见。不仅如此，我头次读他的书《更多的人死于心碎》——看，多么矫饰、做作、煽情的书名，多么像优雅面孔写出来的玩意儿。后来我读到可怜的赫索格教授潜伏在前妻家门外那段（我相信任何一个读过《赫索格》的读者都记得），印象深刻，但并不感动。那段写的是家庭、事业和爱情统统都一无所有的赫索格揣着他老爸的手枪要与前妻算总账，但当他看到前妻的情夫给他年幼的女儿洗澡，最终打消了杀人念头。直到《洪堡的礼物》，声名如日中天的作家，"我"，查理·西特林，在街上遇到声名早已烟消云散的老友洪堡——

> 我早已知道洪堡就要死了，因为两个月前，我在街上看见过他，他已经死气缠身了。他可没有看见我。他面色苍白，老态龙钟，一身晦气，拿着一块椒盐卷饼啃着，这就是他的午餐啊！我只是躲在一辆汽车后边看着，却没有迎上前去。我感到不可能这样做……

洪堡死在了一家鸡毛店里，查理·西特林怀着难以表述的感情不断地回忆他。躲在汽车背后看到的一幕与潜伏在家门口的那一幕重合了，这是文学中最动人的叙述之一。我深受感动，不仅如此，我深信自己比从前更了解了《赫索格》，从前认定索尔·贝娄身上的感伤趣味是何等大的误会。没有感伤，索尔·贝娄以他更多的小说列举残酷真实：自私，纵欲，敛财，不忠，如此种种人性的污秽，每个人每一桩人生生意里的缝缝补补拼拼凑凑而已。婚姻是索尔·贝娄小说里的一大危机（或者说主题），所有人物似乎都饱受婚姻之苦，男主人公动辄二婚三婚，女主人公则无限热衷于打官司，直到榨干前夫的一分钱为止。这就是纽约一芝加哥的中产阶级粗俗琐碎的日常生活，索尔·贝娄的故事（如此重复又看起来是如此幼稚）让我想起二十世纪初的舍伍德·安德森，后者故事里的农场雇工总想抛下家庭闯天下，但早已落入了人生的束缚之中。

当赫索格打算长期住在乡下平静生活时，一心想把他收归石榴裙下的雷蒙娜找上门来，当莱娜达跟别人结婚时，西特林必须要为他的情妇照顾孩子，或许他们都试图感伤一下，结果却把什么都搞砸了——西特林的车被混混砸个残废，还被混混四处带着折腾，没有感伤，没有屈辱，身为社会名流、高级知识分子的西特林还和这个名叫坎特拜尔的社会渣滓"合作"好几把。

索尔·贝娄的小说主人公被读者认出来——洪堡是以他两位好友为原型，《拉维尔斯坦》是文学批评家布卢姆的故事，更多的是他的前几任妻子们。当我深为所谓索尔·贝娄的知识分子作家知识分子写作所疑惑时，我更折服的是这种自传色彩背后，是索尔·贝娄的勇气。自传式的罪感与耻感，是比写作更为广阔的话题。

每当星期天，布朗叔叔高声朗读意第绪语征婚启事时，他们都坐在露天高台上笑着。"风姿绰约的寡妇，现年三十五岁，深色皮肤，在哈得逊河地区拥有纺织品买卖；善烹调，信东正教，教养良好，仪表端庄，会弹钢琴；膝下有两子，聪明伶俐，举止得体，一个八岁，一个六岁"。

这是索尔·贝娄短篇小说《如烟往事》中的一个场景，他几乎每一本小说里都逃不脱犹太人的身份，他的主人公都沉浸在回忆里，往事如烟，斯是何世。尽管如此，他与另外一位犹太作家、同时也是诺贝尔文学奖获得者的艾萨克·辛格大有区别。索尔·贝娄描写的不再是移民，而是美国人，更加现代，也更加现实的美国生活。尤其是，小说到了索尔·贝娄这一代已经没有了所谓英雄主义，也没有理想的色彩。《洪堡的礼物》里面有大量的下流话，《赫索格》里面也没有什么光辉的形象，但正是在这样复杂的人性呈现之中，我们阅读、辨认、寻找并理解这个世界一闪而过的喜悦。

附记：

很多年前读到索尔·贝娄的散文《耶路撒冷去来》，有尝鼎一脔之感。但到了宋兆霖先生主编的十四卷本《索尔·贝娄全集》出版，却再也没有一读全集的豪气。后来心思庞杂，又被其他的人吸引去了。那是个没有系统、全凭兴趣读书的阶段。不过现在回看，大概是因为在我读到的几种单行本之中，《洪堡的礼物》、《赫索格》给人一种"提要"的感觉。前不久中华书局重版历史学家何炳棣的《读史阅世六十年》，此番重读，意外地发现他和索尔·贝娄系芝加哥大学的同事，两人办公室斜对门。可惜只有这么短短的一句。

"讲一个大距离、星之光的故事"
——诗人沃伦百年

连好莱坞也捧场了——曾经在1949年抱得奥斯卡多项大奖的电影《国王的全部人马》将在今年重拍,具有裘德·洛、西恩·潘为首的明星阵容,被舆论目为明年奥斯卡的一部大戏。好莱坞的这一举动是为美国诗人罗伯特·潘·沃伦(Robert Penn Warren,1905—1989)而做的,这位《国王的全部人马》(*All the King's Men*)的小说作者,一生获得三次普利策奖、并且分别以诗歌和小说获奖的诗人,同时还是美国的首任桂冠诗人,4月24日是他的百年诞辰。除了经典电影重拍,在沃伦的故乡美国南部的肯塔基州举行各种庆典活动,包括美国邮政部发行沃伦纪念邮票的发行仪式和多个诗歌朗诵会、纪念品销售活动,诗人的后代也设计了纪念海报——凡此种种,都在纪念和回顾这位出自肯塔基小镇上的公民,一位从小地方走出来的美国文坛巨匠。沃伦博物馆的文教史部主任评价说:"沃伦配得上这样隆重的纪念,因为他是肯塔基州最杰出的州民。"

然而凡此种种,似乎"热闹是他们的",似乎这些致敬与狂欢同汉字世界相隔遥遥,但——从沃伦的《小说鉴赏》(中国青年出版社1984年版)、《国际诗坛》、《美国现代诗选》等二十世纪八十年代的书刊,一直到二十一世纪的《沃伦诗选》(河北教育出版社2003年版),谁也不能否认沃伦对写汉字人们的影响。他的小说《春寒》,写一个小孩子在春寒时节遇到流浪汉的恐惧,我已经不止一次见到有人提到它,其仰慕程度并不比上面提到的任何一项纪念活动差——无他,一个作家的全部荣耀也就取决于读者的念念不忘,而且,沃伦不是那种横空出世式的天才,但是所有热爱他的读者都比热爱天才更为忠实持久。

沃伦1905年生于美国南方肯塔基州托德县的格思里市。一个诗人的背景往往是其诗歌的底色——作为杰出的批评家,沃伦肯定赞同对作品之外的关注。而读沃伦的诗歌就是在他的诗歌里旅游,在美国南方,在战后美国的郊区,当然更多的是在遥远的肯塔基小镇上——不仅空间,更是时间。几乎一生,幼年的生活场景都是诗人沃伦的隐秘源泉,他的灵感,他的方向。在那首《达科他州上空的不朽》里沃伦写的正是一种不朽:

> 在一个七月的下午你一度喝得醉醺醺
> 在那样的一个小镇:电影、餐馆、浸信会教堂
> (红砖)、游廊、白色的练枪平房,
> 麦仓高耸。
> 农场当然总是在漏血。
> 像极了水银柱达到华氏一百零一度。

这样的美国南方场景,作为一名南方诗人,沃伦的诗歌也会让读者在舍伍德·安德森、威廉·福克纳、考德威尔乃至安·波特等南方作家里找到交集点。场景是最容易归纳的,但是从来没有一个南方的作家如此执著于他幼年时代的氛围:彼时的种种经历种种启示,他甚至可以在记忆中的任何一件事上为后来找到注脚。这是不论哪一种丰富充沛的人生都无法掩盖的——又或许正是这种牢记使得人生丰富充沛?那个七月的下午,那些电影院餐馆等等,这些不朽的场景构成了沃伦的世界——他最初的世界,也是他最为广阔的世界。和海明威早期短篇集《尼克·亚当斯故事集》一样,沃伦的诗有着"一切事情开始之初"的单纯和热烈,和早期海明威不一样的是,沃伦的诗歌里始终保持着对世事的淡定——起先是单纯,最后是淡定,中间的是经历。

先是滞留巴黎后来到了美国的波兰诗人切斯瓦夫·米沃什在"终究"这个词条下写道："我到过许多城市、许多国家，但没有养成世界主义的习惯。相反，我保持着一个小地方人的谨慎。"然而，米沃什这个西方气质的知识分子，一生却充满着坚决与大气，相反的倒是他所谓的"下流的母夜叉"们投机庸俗的行为体现着巴黎"小地方人的谨慎"。同样的，沃伦这个真正来自小地方的人，也是在一个小地方里找到纯粹通透直抵事物核心的力量。老实说，在沃伦的诗歌里我并未找到美国南方的氛围——相比福克纳、安·波特以及卡森·麦卡勒斯之阴郁之歌特式，也没有罗伯特·佛罗斯特之刻板哲学味十足，相反的我倒是一边读一边想起美国画家安德鲁·怀斯的画，比如他最著名的那幅画，《1946年的冬天》，画的是一个男孩子在强烈的冬季阳光下从山坡上甩手跑下来，背影拖在后面，积雪未消……这是怀斯在父亲死后画的画。沃伦的《读到深夜，水银柱正在下降》，也是写父亲之死的——完全像是《1946年的冬天》之背后故事，两者如此接近，因为如此痛苦，如此明净。

见到的沃伦照片几乎都是侧影。在十五岁那年，沃伦被弟弟弄瞎了一只眼睛，与海军学院自此无缘，二十年代美国的"逃亡者"文学团体里有了名为罗伯特·潘·沃伦这一位。沃伦一生写了十六本诗集，十部小说。一直到去年我才读到他的诗，3月18日的《南方周末》上转载了他的《给我讲一个故事》，我读了好几遍之后，动手把它抄下来，第二天就去书店买了一册《沃伦诗选》。我完全不知道这首作为诗人晚年诗风大变、堪称代表作的《奥都本：一个幻象》其中一部分，它的从容、自由、深邃和大师味道何在，我承认是它的简单打动了我，已经有很久，没有诗人讲述"大距离、星之光"的故事了——

  很久以前，在肯塔基
  我，一个男孩
  站在一条肮脏的路边
  在早晨和暮色中
  听到硕大的野鹅鸣向北方。

看不到它们,没有月亮
星子稀少。只听到它们。

不知道什么事情发生在我的心中。

是在接骨木开花前的季节
它们必定是向北而去
声音正在向北传去。

给我讲一个故事
在这个癫狂的世纪和时刻
给我讲一个故事。

就讲一个大距离、星之光的故事。

故事的名字将是时间
但你不必说出它的名字。

给我讲一个真心喜悦的故事。
(《给我讲一个故事》,周伟驰译,河北教育出版社)

"老爹"舍伍德·安德森
——重读《小城畸人》

一看科恩兄弟的《逃狱三王》(*O Brother, Where Are Thou?*, 2000),总要下意识提醒自己,周遭的棉花地、农场、铁路、黑人、热闹的市集、乡村民谣,就是舍伍德·安德森(Sherwood Anderson)小说中的描述句(很奇怪从来没有想过这是福克纳的南方);电影里逃狱犯尤利西斯(乔治·克鲁尼饰),他啰嗦、家里生着一连串子女、老婆图谋他嫁,这个二十世纪二十年代密西西比河的浪荡子,就像从安德森1919年的小说《小城畸人》(*Winesburg, Ohio*)里走出来的某个人物,尤其像安德森的父亲——在《发现父亲》这篇随笔里,安德森非常不喜欢他爹,太失望了,他爹完全像个快活的小丑生活在街坊邻居之间,夸夸其谈,一点也不在乎出洋相,简直丢尽年幼儿子的脸面。这个爹在实际生活中也是一个失败者,破产后全靠安德森的妈妈做工养活全家,而且经常在外面无所事事地游荡。

一个不折不扣的浪荡子,以至于少年安德森不得不痛苦地幻想其实他的父亲乃是一位经理或者国会议员。直到一天晚上父子俩在黑雨夜里游水,那天晚上仪式般的经历让安德森完成了一个男孩向男人展望的重要一步。他在文章结尾说:

"平生第一次,我毫不含糊地确认我是我父亲的儿子。他是个会讲故事的人,就像我今后要做的人一样。"

舍伍德·安德森如愿以偿地当上了讲故事的人,而且是"会讲故事的人"。短篇小说集《小城畸人》的扉页上有献给他母亲的献辞:母亲对周围生活的锐利观察,首先在我心中唤起了,透视生活表层之下的渴望。

为什么要献给母亲?当他和父亲游水回来,母亲微笑着问:"你们两个男孩子干什么去了?"

是父亲的行动力但也更是母亲的眼光释放了受困的少年安德森。我们几乎可以看到,一种生活的经验和智慧(某种存在的合理性)如何覆盖了他,使他应付自如,一如那个黑暗的晚上奔赴水域,把曾经街道上邻里间的烦恼留在了岸上。有一段时间当我重读《发现父亲》这篇随笔时,觉得安德森的父亲是一位作家,而他的母亲则是一位批评家,未必有多么高明优秀,但却是合拍的一对。在收录了《发现父亲》这篇文章的散文集里,就何谓散文而言,我觉得写这篇文章的作家像是具有压倒其他作家的重量和解释能力。

英文矮脚鸡版《小城畸人》,二百三十二页,是在中华广场一家外文书店打折买的。促使我买这本英文小说的另一个原因是,封面正是我的偶像安德鲁·怀斯(Andrew Wyeth)那幅著名的画"Christina's World"。我尝试着每天读一点原文,唤起了我某种幼年时代在黑暗里咀嚼糖果——来之不易的糖果——的愉悦,那种味觉难以言表。

《小城畸人》,上海译文1983年的中文译本,吴岩译,印数三万册,定价零点八五元。好久远了,我第一次读它竟然是二十年后。那次午后聊天,有朋友提到她先生每年固定读一遍的书,就是舍伍德·安德森的《小城畸人》。几个小时后我去旧书店溜达,一头撞见了,我风尘仆仆,它一丝不苟。就是这么巧。那是我或者成都的好时光,还能容得下这样的机缘。真正读它也很偶然,只记得最初的感觉——味觉,像童年时代的某种野菜,有些生涩麻木,一点也不快乐。像开篇那样的布局,老套得如同章回小说之楔子,更如同日本狂言,正正经经先来交代场地布景,人物该从哪处方位上上下下。四篇《虔诚》,看得人头大,直到《没有说出口的谎言》,直到雷·皮尔逊的故事,我才知道一切何等真实,一切何等难忘。

农场的两个长工,一个雷·皮尔逊,一个黑尔·温特斯,二十二岁。作为一个在温士堡出了名的浑球,这天黑尔向雷讨主意,问自己要不要同一个女人结婚,因为"他害她难做人了"。

一个男人向另一个男人讨这样的主意,不外是在女人那里欠了一笔风流账。五十岁的雷,这个老长工一下子无法回答,而黑尔倒是心里坦然,没事一样进城去"咸肉庄"狂欢。雷继续做完杂事,跟着老婆回了家——家是那样的:孩子在叫,老婆在吵,还沉浸在黑尔故事里的雷站在田野上,很显然,人生的意外——即使是别人的,也唤起了他身上某种神奇的力量——

在那一个秋天的晚上,温士堡附近的乡村美景,对于雷是太诱人了。只是如此而已。他简直无法消受。突然,他忘记了作一个安分的老长工的一切本分,丢下破烂的大衣,开始奔过田野。他一面奔跑,一面喊出了抗议,对于他的生活,对于众人的生活,对于一切使人生丑恶的东西的抗议。"没有约定的诺言,"他向着展开在他面前的空间叫喊,"我什么也没有允诺我的明妮,黑尔对内儿也不曾作过什么诺言。我知道他不曾。她同他到树林里去,是因为她要去。他所需要的也就是她所需要的。为什么我要作出牺牲?为什么黑尔要作出牺牲?为什么有谁要作出牺牲?我不要黑尔衰老和心力交瘁。我一定要告诉他。我不愿听之任之。我要在黑尔到达城里之前追上他,我一定要告诉他。"

这是何其动人的描述——你想想雷这个老家伙奔跑在暮色田野上的歇斯底里,不顾蹒跚跌倒,他只是想去阻止黑尔那个愚蠢的家伙吗?不,他想挽回的是若干年前名叫雷的那个年轻人,他的种种冲动种种梦想,它们统统在这具年过半百的躯体前一一闪现,逐一破灭。当雷跑到大路旁边,迎头走来喜气洋洋的黑尔,黑尔说:

"内儿不是傻瓜,她并不要求我娶她。是我要娶她。我要安身立命,生儿育女。"

舍伍德·安德森接着写道:"雷·皮尔逊也哈哈大笑了。他觉得像是在嘲笑他自己和全世界。"

《没有说出口的谎言》，其实是雷这个老男人的故事。我第二次读到这里，在黑尔喜气洋洋的人生理想和雷的笑声里感动得流下了眼泪。我突然觉得读懂了舍伍德·安德森的小说，完全读懂了：每个人都是满心欢喜地奔赴毫无意义的人生，如此而已。其实人生不过是像雷这样的苦力长工罢了，一切的悲剧亦不过是来自我们内心的困扰——希望、梦想、欲望，不过是命运手上的肥皂泡——开个玩笑罢了！当雷开始嘲笑自己时，一切道路都直指毫无意义的漫长人生之旅，而那个虚构雷的人正站在不远处，他充满同情，但是和笔下的人一样无出路，共同承受生命的黑暗和虚无。这是小说家舍伍德·安德森之最伟大处。

后来，当我读到索尔·贝娄（Saul Bellow）笔下可怜的赫索格教授，十九世纪的故事分明在二十世纪六七十年代复活了，人们还在奔赴看起来很美的婚姻。他们永远被自己的欲望所惩罚。

在那之后的很长一段时间，我甚至相信，再也没有比《没有说出口的谎言》更平静、更残酷、更悲痛的小说了。或许现在也是。生于1876年的舍伍德·安德森曾经作过报童，油漆工，有着丰富的社会底层经验。1921年，身为油漆厂经理，但他心血来潮，扔下生意，跑到芝加哥献身文学。已经足够开始讲述他一生的故事了，就像他后来在《舍伍德·安德森回忆录》（*Sherwood Anderson's Memoirs*）里说的："我宁可写关于心灵和想象的、生活的书。"你看，心灵，想象，生活，都在这里。作为文学上的伯乐，他指点过海明威和福克纳——或者与其说文学上的伯乐，不如说人生的导师？谁知道呢。但我相信，文学上的这种关系绝非名人佚事。在那篇随笔《寻找父亲》中，舍伍德·安德森对插科打诨小丑式的父亲及其失望，直到有一天——然而，如何理解父亲，本身就是艰难的过程，对很多人而言，根本不曾有过那样一个行动而非训诫的一天。

他的声音背离了自己的时代
——伊萨克·巴别尔

伊萨克·巴别尔,笔名巴布埃尔·基墨尔·柳托夫,1884 年 7 月 13 日生于俄罗斯海港城市敖德萨一个富裕的犹太商人家庭——这个身份是巴别尔一生的至关重要,对犹太身份的认同与疏离,构成了巴别尔小说的最大魅力,或者说在骑兵军任战地记者的经历,使得他的小说不仅仅是泛人道主义的东西,而是在非人的境遇下,更为广阔地写到了"大写的人":自由的创作,个性的表达,人作为人的尊严。参加苏波战争的巴别尔后来写出了他最著名的短篇小说集《骑兵军》,1930 年的版本曾经在七天内销完,而巴别尔也成为二十年代苏联文学最耀眼的新星。

这位二十年代红极一时的小说家于 1939 年被捕,罪名是"从事反苏维埃的阴谋恐怖活动",次年 1 月 27 日被枪决。他一生中最黑暗的时刻早在他的小说里多次出现过。他的作品被禁止出版长达二十年之久。直到五十年代平反后重新出版,西方逐渐开始认识这位小说家——认识到他其实是一位早逝的短篇小说大师。而中文版的巴别尔,除了孙越、傅仲选译本外,去年人民文学出版社出版了戴骢译本的《骑兵军》,今年东方出版社出版了王若行译本的《骑兵军日记》。

一切都有待挖掘,即使一生的作品长度只有那么长;因为文学的品质无关长短，只在于容量，只在于巴别尔笔下"美好而狂暴的世界"的能量。

短篇小说集《骑兵军》第一篇是巴别尔的自传，和他的小说一样短，但仍用了三分之一的篇幅写来自高尔基的巨大影响。对于这位苏联文坛祭酒，巴别尔的尊敬与感激是明显的：

"他教会了我不少极为重要的东西，后来的事态表明，我的两三篇青年习作还可以过得去，不过是侥幸而已，我在文学上不可能有出息，于是阿历克赛·马克西姆维奇打发我到人间去。这一去就是七年……"

如果你记性还不太坏，一定记得类似的场景与句子曾经出现在高尔基的小说里，《童年》里被流放的革命者不就是这样说的吗？《在人间》开门见山第一句不就是"我来到人间"这样一句话吗？再远一点，一生都津津乐道于作家轶事和写作经验的帕乌斯托夫斯基，回忆自己的第一篇小说时写道："那时候我的书本知识多于生活，而不是生活多于书本知识。我必须用生活最大限度地充实自己。我在明白了这一点之后，便完全放下了写作（达十年之久），在俄罗斯各地流浪，经常更换职业，同各色各样的人交往……"

这种种私人经验与其说是方法论上的偶然巧合，不如说是文学史上动人的传统，尤其是当汇集到巴别尔身上时，"我来到人间"这五个字更显出超越作品的魅力。1920 年，二十六岁的巴别尔参加了对波兰作战的骑兵军，这位戴着眼镜、稍微谢顶的战地记者化名柳托夫，他参加的红色骑兵军，乃是由哥萨克组成的骑兵军，哥萨克有慷慨豪气的一面，但更有俄罗斯历史上由来已久的排犹情绪。这是另外一群哥萨克呵，不同于你在《静静的顿河》里看到的种田的格里高利们。战争中的哥萨克身上的兽性随时发飙，战败城市的犹太家庭遭遇——尽收巴别尔眼底，他亲眼看到一个年轻的哥萨克将白发苍苍的犹太老人夹在腋下，兵不血刃地割杀。他化名柳托夫，可以瞒过哥萨克，但是瞒不了他自己，犹太身份煎熬战争中的巴别尔。

不能不提巴别尔那篇《我的第一只鹅》。可以想见，出身富裕家庭受过良好教育的巴别尔，无论是从文弱的外表还是内心世界，都和尚武草根的哥萨克们完全是两路人。布琼尼元帅的士兵们也这样看，刚到骑兵军第六师报到的柳托夫因为眼镜就受到师长的嘲笑,怀疑他是否与骑兵军合得来。果然,那些骑兵军甚至要赶他走。他看到房东老太太和院子里的鹅,他一脚踩碎鹅头,用军刀挑起鹅,高叫老太太给他做熟。那群哥萨克里有人说:"这个小伙子还行……"

甚至可以抒情地为巴别尔注上一笔:踩碎鹅头的同时,柳托夫心里有某种东西也被踩碎了。这种被接纳的仪式让柳托夫背离了自己,背离得实在太厉害了,以至于写这篇小说的巴别尔都充满了疼痛感。在巴别尔所有的《骑兵军》篇章里,只有这篇《我的第一只鹅》写尽了巴别尔全部的痛苦全部的委屈全部的绝望和作为正常人在非常环境下的艰难困境。

受苦受难的俄罗斯人,这时给出"我来到人间"的真实含义,那也许就是受苦,而俄罗斯文学的魅力也正在于此。我记得经过好几年之后再与高尔基的短篇小说重逢与他的戏剧重逢时的惊讶,与《在人间》重逢时的百感交集——一切泛政治化的东西逐渐剥离,文学显现出它自身的价值。巴别尔的小说往往长驱直入,往往可怕——不仅是战争,他的细节描写,用流亡西方的俄国文学史家马克·斯洛宁的评论说,具有虐待狂和诲淫的倾向,令人不忍卒读。即使我们全然不谈《骑兵军》,来看看巴别尔其他的小说,比如他写看妓女接客的青年,摔断了腿,可是他还是恬不知耻地又爬上梯子偷看——这是个了不起的故事,而很显然,在这个故事身上生活的包容性感知性,和所有《骑兵军》里故事一样,当帕乌斯托夫斯基骄傲地说"迟早我是要开始写作的,但是我之开始写作,绝不是因为我以此为任务"时,作为读者,我们可能不大能因为一个犹太人投身哥萨克骑兵军而有多佩服,但会因为他们对生活的担待而折服。

所以,有魅力的真正让人喜欢的小说日益稀少,而技术含量高的小说正在盛行,佩服,但难以喜欢。

在巴别尔的日记里读到以下片断,我觉得不喜爱他的小说是不可能的——

"与犹太人交谈。我的生养之地。他们以为我是俄罗斯人,而我的灵魂正在敞开。我们坐在高高的河岸上,安宁弥漫,身后的轻声叹息。我要去保护乌切尼克。我告诉他,我的母亲是犹太人,往事,白教堂,拉比。"

《骑兵军》出版之后的一件大事是骑兵军的统帅布琼尼元帅向巴别尔发难,

指责他的小说完全污蔑骑兵军，说巴别尔写的不是骑兵军而是匪帮。当时有名望的批评家沃隆斯基和有着崇高地位的高尔基都替巴别尔出面反驳，但是也不能阻止布琼尼元帅像被揭了伤疤一样再次痛骂巴别尔。

巴别尔1920年参加骑兵军的日记2002年由Yale NB出版社出版，在这本残存的日记里我们看到的不再是柳托夫和哥萨克们的故事，而是巴别尔的日常生活。巴别尔更加真实，也看得出他笔下的骑兵军故事何其真实。可惜，这已经不能用来反驳布琼尼元帅了。从1939年被捕之后，巴别尔成为苏联文学史上一位失踪者。导致他被清洗不仅仅是因为布琼尼元帅的批判，但从他的日记可以管窥的是，日记忠实地纪录了现实，更纪录了巴别尔的立场。当这个犹太人目睹"布琼尼军队的劫掠故事，恐怖和灾难"时，他不能在自己的小说里倾诉"我想到波兰文化、显克微支、女人、大帝国。我们出生得晚，如今讲究的是阶级意识"，更不能倾诉自己对波兰帝国古老文化的仰慕。

巴别尔是一个与现实格格不入的人，这并非因为他孤僻。马克·斯洛宁将他列为二十年代的浪漫主义本身就充满悲剧性（或者二十年代的浪漫主义就是悲剧），很快巴别尔就消失了。而在此之前，他的创作已经跟苏维埃现实脱节，他既不能像爱伦堡那样写与时俱进的小说，也没有爱伦堡那样好的运气。他在骑兵军里遭遇的咒骂，最具杀伤力的是千里马的主人说的："我从骨子里看透了你……你巴望活在世上太太平平，没一个敌人……你用吃奶的力气朝着这方面去做——千万不要有敌人……"在文字上认识盛名时期的巴别尔，我总觉得即使他名声如日中天，境遇和他当年在骑兵军里是一样的，都一样的尴尬，像局外人，并且挫败感挥之不去。而很显然，吸引人、或者说巴别尔的伟大之处，正在于这种挫败感。

"无论什么人，只要你在活着的时候应付不了生活，就应该用一只手挡开点笼罩着你的命运的绝望……但同时，你可以用另一只手草草记下你在废墟中看到的一切。因为你和别人看到的不同，而且更多。总之，你在自己的有生之年就已经死了，但你却是真正的获救者。"巴别尔不是卡夫卡所说的一生默默无闻、被喧嚣的时代所掩盖的人，但是显然他被掩盖得足够久，而且是任何时代的钢筋水泥都掩盖不了的,就像里斯本的幽灵人物佩索阿,就像在盗版碟里看到的前苏联电影大师们。

附记:

作为俄罗斯白银时代重要诗歌流派、阿克梅派诗人的奥西普·曼德施塔姆,也是在三十年代的大清洗中死去的,和巴别尔仿佛,他没有具体的死亡时间和地点。最近读诗人妻子娜杰日达所撰写的《曼德施塔姆夫人回忆录》,其中有关于巴别尔的细节。在曼德施塔姆夫妇沦落到苏联克格勃之手,深切体会到这个机构的危险之后,娜杰日达发现巴别尔却和克格勃的一些高层保持来往,不是出于安全的考虑,而是出于"认识"。这在娜杰日达看来,巴别尔太天真了。这则亲历者的材料,大致可以提供这位优秀的短篇小说家(现在称为短篇小说大师也不为过)的另外一面。甚至可以合理推测出他的失踪。前不久又重读了这几部书,巴别尔小说中呈现出来的世界的残忍与弱者的命运,依然是我理解的主要部分;假如娜杰日达所见到的属实,那么巴别尔的涉身犯险,他是弱者中的弱者,也是强者中的强者。

读《为亡灵弹奏玛祖卡》、《玉米人》小记

生于 5 月 11 日的西班牙作家何·塞拉虽已在 2000 年亡故，然而，外界对这位 1989 年的诺贝尔文学奖得主的微辞倒未断过。他老人家被西班牙同胞直指抄袭，包括他最有名气的《为亡灵弹奏玛祖卡》。据说塞拉生前作风出格，颇遭物议，难免会"备极哀荣"了。想我五年前就对他"腹诽不已"——《为亡灵弹奏玛祖卡》看得一脑子糨糊，好在五年之后看的是阿斯图里亚斯的长篇《玉米人》，有卤水的功效。

相对来讲，危地马拉人阿斯图里亚斯以《总统先生》闻名，但他的《玉米人》我倾慕已久，也是一部不曾辜负我几年来东寻西找的好小说。前五部分，大概全篇三分之二都写得非常好，结实，饱满，不折不扣的大师之作。也有拉丁美洲的魔幻，从印第安酋长之死到最后的邮差海狼，尤其是大反派查洛·戈多伊上校死那段，天花乱坠，神仙妖魔齐来相见，人在下面看得发楞。但更精彩的是"买酒"：话说戈约为了寻找老婆四处流浪，跟人合伙贩酒。有一天，这位戈约和合伙人多明哥买了一大坛子酒，剩下六比索。在漫长的路途中，戈约实在抵挡不住喝酒的诱惑，但合伙生意，酒不能白喝，怎么办？戈约将身上的六比索付给多明哥，买了一碗酒。接下来轮到多明哥忍不住，当然，他用刚到手的六比索也买到了一碗酒——贩酒事业毫发无损，两个人满心欢喜，买卖也一路进行下去。轮到戈约没钱时，多明哥慷慨地借了他六比索，让他买到了一

碗酒！戈约说：

"你肯借我钱，那太好了。等把酒卖出去，一定把钱扣除，还清这笔债，你这个人真实在，老弟。咱们准能赚一大笔钱，没跑儿！"

1967年获得诺贝尔文学奖的阿斯图里亚斯先生用了十三页的篇幅来写这场"买卖"，直到俩人把能赚到一千二百比索的酒喝光、被保安队抓住——酒品准卖证早不晓得扔哪去了，关键是他们的供词漏洞百出，他们卖了现钱，可是数来数去，只有六比索！

更绝的是，这对戈约老哥明哥老弟服刑期间，重演了这场"买卖"——这次是一个甘蔗酒椰子，喝一口一比索。戈约的儿子，刚刚在监狱里相认的小年轻，完全看傻了——如果他还看过上一场，会不会崩溃？

有了这个有趣的故事垫底，《为亡灵弹奏玛祖卡》显得清晰易懂。这个西班牙内战时期的仇杀故事基本上没有故事脉络，没有叙述，没有章节，通篇都在"复述"那些不断出现的名字——这部小说完全像一场盛会，恐怕有二三百号人物上场吧？塞拉玩尽了技巧，繁复得不能再繁复。他取消了情节，整个故事的高潮只有这么一句："塔尼斯·加莫索闪开身子，苏丹和莫里托立刻扑上去咬了起来，它们只咬了那么几口，一口也不多。"就完了。但是那出场的几百号人，人人都有故事，虽然看上去是那么乱七八糟。法国人克劳德·西蒙曾经说他写小说用不同颜色的笔来涂抹，打草稿——说的正是何塞·塞拉啊！

塞拉的小说如果短一点，就是阿尔莫多瓦的电影——或者说是加长版的阿尔莫多瓦，故事并不稀奇，但是讲故事的手段、故事的趣味性则是独一无二的，正如阿尔莫多瓦是独一无二的一样。我翻着厚达六百页的《拉丁美洲小说史》（作者是以翻译拉美文学而著名的朱景冬、孙成敖），我知道这样迷人小说太多了，远远超过了想象。在我刚上小学的时候，学校正流行小人书——我们叫"图书"，因为很多并非专门给小孩子看的。每个人都以几本"贫薄的资源"尽量快地互相交换，我记得有一本是拉丁美洲的故事，讲一个男人路过深山印第安人地区时，和当地的女人结婚了，按照当地的风俗，和当地人结婚或者生活下来，双眼就会失明。这个男人决定走出去，我至今都记得那巴掌大的图纸上，一个瞎子奔向外面世界的情景，我记得他要去的地方叫波哥大，而这个男人的名字叫胡安。

胡安是我所知道的第一个外国人的名字，他远远地排在了什么杰克、大卫之前。胡安的故事也是我所知道的第一个拉丁美洲故事，它在我其后的阅读旅程中若隐若现，预示着和这样的故事没有个完；当我沉浸在诸如《为亡灵弹奏玛祖卡》、《玉米人》这些故事里，总像是和若干年前那个残缺故事的可口滋味重逢了。

附记：

在读到何塞·塞拉和阿斯图里亚斯之前，我从一本《拉丁美洲短篇小说选》上读到过不少难以忘怀的作品，这本选集收了三十三个拉美作家，有一些是后来知道的，比如乌拉圭作家基罗加，但有些作家则凭着作品被我牢记，比如秘鲁作家里贝伊罗，他写流浪汉的短篇《陡岸底下》，美极了！就长篇而言，哥伦比亚的作家里维拉的《漩涡》（列入上海译文出版社"二十世纪外国文学丛书"）给了我精彩的阅读游历，是自此之后读到的历险作品都没能有的震撼。

这些作品，都不是我们喜闻乐见的，直到今天也是如此。

回味

——裘帕·拉希莉的短篇小说

如果冲着《新闻周刊》或者《纽约时报》上的溢美之辞去读裘帕·拉希莉（Jhumpa Lahiri）的小说，大概会很失望。在鼓吹裘帕·拉希莉女士小说的评论中，不着四六的不在少数（尤其是在读完小说后，你会觉得那些文学评论家读的是另一个人的小说，或者说——这些人完全没有说到点子上）。印度裔美国小说家裘帕·拉希莉是个十足的美女作家，她的小说却完全没有我们熟知的美女作家的套路，性、时尚、疯狂的恋爱、情人，都不是重点，她浓墨重彩的不过是这些——主人翁大多来自印度或孟加拉，深陷于一个完全陌生的环境里，人物卑微，故事琐碎，像是裘帕·拉希莉父辈的虚构——你关心一位印度移民在美国的生活吗？他找工作找房子的经历，即或他成为硅谷一份子的精英生活？谁又关心2000年普利策小说奖获得者、"新英格兰笔会/海明威奖"获得者、《纽约客》1999年度新人奖？

裘帕·拉希莉的小说是美国人的小说——充满了小说的技巧，充满了美国短篇小说的精髓。她的短篇小说集《疾病解说者》在2000年获普利策奖，一共九篇小说，当然每一篇都跟印度有关，是不折不扣主题先行的作品。《柏哲达先生来搭伙》、《真正的看门人》、《森太太》乃至最后一篇《第三块大陆，最后的家园》都是讲述移民的故事，家小困于国内战事的柏哲达先生，看门人希莉妈妈被欺负与被凌辱的遭遇，教授夫人森太太的苦闷生活，都不会超出读者的想象范围。但是每一篇都可以选入短篇小说教程，这些可能不太讨人喜欢的"平庸之作"充满了美国小说的高超技巧，或者说，印度后裔裘帕·拉希莉能成为美国小说家，这种传承是必不可少的。

老实说，在整部小说集中，最主要的一篇是《疾病解说者》，讲一对去印度旅游的夫妇，带着三个孩子，他们的导游恰好是一名医生的翻译——医生听不懂当地的古语，必须要通过翻译才能判断病情，开出药方。这位名叫卡帕西的"疾病解说者"，撞上的"病人"正是来旅游的达斯太太。同样是写年轻夫妇的婚姻生活，破灭的、心如止水的生活，《停电时分》比起《疾病解说者》来，简直差了九条街。达斯太太内心之绝望之黑暗，或者说婚姻生活之绝望之黑暗，超出了任何一篇描述。裘帕·拉希莉在讲这样一个故事的时候状态一定非常好，因为这个故事无论技巧还是内容都不是你可以预想到的——但是你完全可以替她想想诞生一篇了不起的小说的心情。

只有这一篇，我不曾怀疑谭恩美的赞誉之辞："她是讲故事的能手，有着独一无二的嗓音，敏锐细致的眼光。听得见命运嘲弄之声的耳朵。"

《疾病解说者》让人悚然一惊的正是这篇同名小说，它是整部小说集最能征服读者的一篇，当你在那些语不惊人死不休的宣传语影响下比较失望地看完整本书——当你回看的时候，一切并不平庸；除了《疾病解说者》，最后一篇《第三块大陆，最后的家园》写得深远，悲哀，但是热烈，最后一段宛如一位历经异国生活的老人的肺腑之言，是对飘荡的生活的回顾，也是对所有飘荡生活的总结陈词，更是对所有流亡灵魂的抚慰。我觉得裘帕·拉希莉的了不起就在于，她写的是流亡者的文学，包括内心流亡者的文学，她所写的移民故事、遥远印度的故事，不是华裔谭恩美、汤婷婷等人的唐人街故事，也不是哈金的故事，尤其不是裘小龙所谓的上海石库门的故事。

《疾病解说者》有种回味甘甜之感。不管你读的时候有多么感觉平淡，或是过了多么久远，一旦想起裘帕·拉希莉的故事，人物，情节，都会被打动。裘帕·拉希莉总让我想起成都的一位女诗人小安，她的那首《好的孤独》——

再没有什么可写的

我回想我的生活

孤独占据了太多的时间

那些好的孤独

令一切可以回忆

  在裘帕·拉希莉的短篇小说和小安的这首诗之间，有种东西非常像。自然，裘帕·拉希莉的文学继承最为显著的是美国小说的传统，这是打开裘帕·拉希莉小说美妙之旅的密码——从《疾病解说者》的目录上可以看出这种精致的谋篇布局：《停电时分》是开局，到《疾病解说者》是一个惊人之笔，《性感》夹在《真正的看门人》和《森太太》两篇之间，接下来是一篇真正写爱情、真正没有主题宛如狂想曲那样自由喜悦的《上帝福佑我们家》（我个人非常非常喜欢这篇小说），之后是远在印度的故事《比比·哈尔达的婚事》，结尾的《第三块大陆，最后的家园》悲哀有力，一下子把这部小说集往更高更开阔处拉去……读到这种精心安排是美妙的，因为我发现了更多的密码，从乔伊斯的《都柏林人》到塞林格的《九故事》到奈保尔的《米格尔大街》，无一不有这样的安排：正因为乔伊斯在第一篇小说里安排了小孩子眼中的神甫之死，最后一篇《死者》里的"整个爱尔兰都在下雪"才更见悲痛。

甜美的、有用的

——读阿伦德哈蒂·罗易的《卑微的神灵》

一

几个月前,大名鼎鼎的 V. S. 奈保尔发了飙,其中炮打自己的同胞,火力生猛,连追捧过印度作家的友邦人士都不能幸免于难:

> 他们写爸爸,写妈妈,写叔叔和阿姨,他们在努力擢升自己笔下的东西。可怜而天真的批评家们读了印度小说就可能得出结论:"上帝啊,张三、李四或王五来自一个硕大无朋的印度家庭,我们过去一无所知啊!"
> (云也退译)

尽管是轰动世界文坛的"炮轰"事件,依旧应"联系上下文"来看待奈保尔的发飙,并且应当看他的全部发言而不是"炮轰"两个大字标题。奈保尔的发难与其作为作家的经历有关,比如他对奥斯汀的反感,对巴尔扎克的扬弃以及对莫泊桑的推崇,或与其观察有关,比如他对印度文学的看法,很可能是指那些试图在西方获得名声的作家而已。对于现象的发言永远需要进一步辨别,方能显示其价值，因为个案比现象要复杂难缠得多。以此为例，我们才不会将奈保尔的言论简单地理解为是对裘帕·拉希莉、阿伦德哈蒂·罗易这样的印度作家的指责，表面看来这两位完全在"炮轰"之列，但即使是奈保尔面对阿伦德哈蒂·罗易的小说，恐怕他也不得不承认这是一把"健康的骨灰"。

非常不幸，《卑微的神灵》恰恰就是写印度外省一个大家庭的三代人，更为不幸的是，罗易这部处女作1997年出版之后就赢得了该年度英语布克奖，且一度成为畅销书的代名词。然而罗易的不幸正是她的万幸，她的小说或许具有可供指责的一切缺点，但同时具有属于她自己的妙不可言之处，其实这样的作家更需要批评家小心，因为他们不是几句发自肺腑的赞扬就能打发过去的。

除了"写爸爸，写妈妈"，罗易还写孪生子，"天堂腌菜罐头厂"的第三代人，艾沙和拉赫，一对相差十八分钟出生的孪生兄妹。生物学的巧合带来美妙的故事：

> 现在，许多年以后，拉赫仍然记得，在一个夜间，她是如何在艾沙有趣的梦中发出的"咯咯"笑声中醒来。

与此相应的是艾沙："见到她，她带来了列车经过时的声音、以及如果你是坐在火车的窗户旁边的座位上，那么窗外的光和影必然会落在你身上的一明一暗交替的景象。"这些出现在《卑微的神灵》前几页的段落非常可口，因为它们清晰地体现了一部小说最原始的含义——新鲜的故事（也正因为如此，没有必要讨论这部小说的具体情节）。

如果仅仅写孪生兄妹，那么这部小说无疑正是奈保尔欲除之而后快的三流货色。《卑微的神灵》的核心是阿母的爱情，然而从一开始就不是讲阿母而真的是"写爸爸，写妈妈，写叔叔和阿姨"，明明故事的开始就是结束，但在罗易漫不经心的笔下全部走失了，各个故事竞相呈现，亦互相迷失。罗易写其他人远远多于阿母，甚至多于艾沙和拉赫，她加大力气，笔墨全费在一些无关紧要的人身上，而主要的冲突却一再被推迟，那结局就像努力抢戏的二流演员，不断地在别人的戏分里蹦达着转瞬即逝的小脸。直到最后结局来临,原先使力气的背景转化为一种难以言说的氛围。(晚年名声大噪的中国作家汪曾祺写小说也爱以远景着手,让人强烈感受到什么是小说的氛围。)《卑微的神灵》为什么要采取这种凌乱的手法?首先它不是对所谓意识流的模仿,它没有取消情节而是呈现各种细节的美妙,其次《卑微的神灵》不是一部彪悍的小说,恰恰相反,它充满了轻盈、抒情与讥诮,在此叙述下,作为小说,《卑微的神灵》容纳了太多东西,一切在文学理论上应当分门别类细分的文学类型,在此都能找到:传说、英雄传奇、神话、谜语、格言、案件、备忘录、故事和笑话。简单的小说形体之中融合了这些单元,不仅如此,还有诗与戏剧的影子——

> 那熙熙攘攘的、匆匆忙忙的船的世界已经逝去了。
> 白色的蚂蚁忙着去觅食。
> 白色的瓢虫急于回家。
> 白色的甲虫匆忙地逃离光明望地下钻。
> 白色的小提琴上演奏出白色的悲伤的音乐。
> 所有这些全部消逝了。

罗易足以让勒内·韦勒克老怀堪慰,这位文学理论大师判断"类型体现了所有的美学技巧,对作家来说随手可用,而对读者来说也明白易懂",罗易完全实现了。同时,对广阔背景的描绘乃是采取浸染的方式渗透到故事里去,罗易并未着眼于实物描绘,而是提供一种世界性的经验:老姑婆贝比·科查玛对美国电视的热爱,阿母作为离婚女人回到娘家的遭遇。可以说,罗易把读者从纱丽、印度家庭、边跳边唱的宝莱坞剧情之中解救了出来,这种"谢绝介绍"的写法其实正是薇拉·凯瑟"不带家具的小说"的文学主张。从这个意义上说,《卑微的神灵》是绝对的现代小说,它遵循了现代文学的发展规则与技巧。

像很多女性作家一样,罗易的文字细腻敏感,甚至有些地方抒情性过于浓烈,这时,罗易以讥诮——不是暗嘲也不是讽刺——的口气让自己和大部分女作家不一样。孪生子喜欢倒写英文单词被老师痛罚,结果老师被运牛奶的卡车撞死——"对这对孪生兄妹来说,确实是有正义藏在什么地方的。那辆送奶车正在倒着车"。而老姑婆贝比·科查玛这个同样与孪生子为敌的人,"垂下手臂,就是一道多肉的窗帘,把艾沙和拉赫隔离开来"。最绝的是——

  一长列火车从有着青蛙样污痕的路面上隆隆地开过来。铁路两边的田地里栽种的甘薯叶子都在隆隆声里赞同地点头。Yesyesyesyesyes。

这是一种混杂着喜乐与悲哀的讥诮,不太轻也不太重,克制,但锐利,一种非常迷人的恶作剧,将抒情性的文学腔冲淡了,一下子罗易就从作家中跳脱了出来。换言之,罗易创造了属于她自己的文学语言与写法,且风格如此强烈。在罗易得奖的第二年,中国出了中译本,张志忠、胡乃平两位的译笔让读者领略到了罗易的风格。

二

贺拉斯归纳的文学价值——甜美和有用,对于《卑微的神灵》而言,批评家们的确难逃奈保尔那致命一击。这是一部里里外外都在讲述印度的小说,所取得的世界性声望,未必就没有来自对第三世界、前英国殖民地的某些想当然的拔高,而这恰恰是西方文学界最乐于看到,也是第三世界作家最乐于写到的。固然,罗易写到了印度二十世纪六十年代到八十年代家庭的崩溃,种姓制度的矛盾,全球化下的社会现实,这些可以被理解为作家有意识的逢迎,但罗易以其在文学上的创造力赋予了这个故事一种真实感。我们宁愿相信,小说所写的即是印度的现实,对小说来讲,可口可乐、革命与美国电视、猫王这些符号的出现是真实的而不是设置。这涉及到文学的真实性,它应该让读者觉得故事是真实的,不论这读者是印度人还是美国人。

很多处女作都不乏自传的成分,《卑微的神灵》也不例外。书中有一段对成年后就读于建筑学院的拉赫的描写:"拉赫穿一条牛仔裤,一件白色的 T 恤。她把半幅用多种布头拼接而成的旧床单用纽扣系在脖子上,她向后飘起,像一件披风。她的野性的头发扎在后面,看上去很齐整,但是事实上并不是整齐的。一粒小小的钻石在她鼻子的一边鼻翼上闪烁,她有着可笑而美丽的锁骨,和优美的运动员的步态。"罗易曾学习建筑,并且从照片上看,她也有钻石在鼻翼上闪烁,这位功成名就的女作家活脱脱拉赫打扮。就是这位大学生模样的女作家,对印度的现实积极发言,她反对印度修建纳玛达水坝的计划(被印度政府象征性判处监禁一天),积极关注印巴之间的政治纷争,年前更公开拒绝政府颁发给她的奖项。作为第三世界的知识分子,罗易所见所写,与她的发言是一致的。她近于金刚怒目的发言,是站在历史卑微者一边对抗暴力和强权。可以说,对于全球化背景下生存环境每个人都忧虑,包括奈保尔"炮轰"的那些作家,但通过具体而微地观察罗易,其实她和奈保尔是同路人——在全球化的背景下,更多的作家忧虑的是如何把第三世界的故事包装给西方读者看。罗易的成功不是偶然,并且她和她的小说所给世人的馈赠比想象的还要多。

附记:

十年前广州的岗顶还是文艺青年的集散地,丰富的打口碟和旧书(也有新书)让我逡巡此地四五年,淘书淘碟见朋友,度过了我在广州最初的好时光。就是在文津阁的岗顶店,我买到了《卑微的神灵》的英文版 *The God of Small Things*,当时刚刚推出了台湾吴美真译本《微物之神》,不过一对照发现新版本犯错不少。假如先读到的是《微物之神》呢?我发现也难掩《卑微的神灵》语言的流畅独特,作为次年就推出的中译本,不能不对此表示敬意。在同一家书店还淘到过哈代、霍普金斯的诗集,"书缘如此,淘可纪也"。后来,无一例外这些新旧书店碟店都关张了。

用力
——塞林格与基耶斯洛夫斯基

似乎读过塞林格《麦田里的守望者》才意识到该拥有什么样的青春——或者说结束青春。而几乎每个如此经历的家伙都会希望逃学、远离家庭、酗酒吸烟、反戴红色猎帽,有个像老菲苾那样的妹妹,都会离家无处去,看着旋转木马,心中充满自我怜悯:这是个他妈的坏世界,而我是个好孩子。

塞林格比他的读者走得更远。成名后他隐居在新罕布什尔州乡间,住地周围拉着铁丝网,安了警报器。塞林格成为了名副其实的霍尔顿。他深居简出,谨慎到了担心人们会以他作某一天日记主角的地步。据说,这些年来他只接受过一家中学生读物的书面采访。而他的作品,除了《麦田里的守望者》,结集出版的只有短篇小说集《九故事》和《弗兰妮和祖伊》、《木匠们,把屋梁抬头及西摩:介绍》两本中篇小说集。

不幸的是,作为一个读者,《麦田里的守望者》终结了我的青春期。隔了年头再读《九故事》,让我强烈不适。当我读着玛丽·简和埃洛依斯冗长、琐碎但精致得无懈可击的对话时(《威格利大叔在康涅狄格州》),我看到写作者在题材和技术上的重复。哪怕是一个词,都被锤炼得无法修改。可都是那些人那些事——成年中产子弟的苦闷,他们面临的精神危机。西摩是个渴望回到西比尔那样年纪的人(《捉香蕉鱼的最佳日子》),但他更是一个病人。塞林格号称遁世,他的力量全用在了他最熟悉的一根绣花针身上。绣花针再怎么精雕细琢，也只是一根绣花针而已。作家可以固守一成不变的事物，然而他的读者却在不断成长，告别他所虚构的那个世界。而且他自己也老了。

另一个用力的例子来自波兰导演基耶斯洛夫斯基。他的电视系列剧《十诫》的第五个故事又名"杀人短片"。问题少年雅泽克去冲洗店洗妹妹的照片，老板容忍了他的刁难；他盯着街上的警察，警察走了，下班了。在公厕里雅泽克掀翻了一个少年，少年却没有生气。最后他来到的士站，司机拒载两个酒鬼。

雅泽克问他们到哪里。

雅泽克上了车，把刚问来的地址向司机说了。他在街上游走就是要杀一个人。杀一个"任何人"。此前种种焦躁不安终于有了一个着落，引发强大的力量——到了目的地，雅泽克勒死了司机。司机挣扎了很久，露出双脚上的袜子，是那种穿得过久失去了弹性的袜子。

事情远未结束。雅泽克将司机拖到河边，没想到他还有气息。这时雅泽克又用石头猛砸，司机终于死了。

就是观看这过程都觉得疲惫。然而基耶斯洛夫斯基依然不放过雅泽克（同时也没放过观众），镜头转到了为雅泽克辩护的律师身上，律师了解到雅泽克的杀人动机：他有个妹妹，被汽车碾死了。一向和妹妹要好的雅泽克开始眼睛浑浊，他要向生活报复。看到这里时，我大大地松了口气，以为自己终于解脱了，没想到影片接着拍了雅泽克被处死刑的场面。这个场面和雅泽克杀害司机的场面一样，缓慢有力，每个动作都携带着沉默的力量。这让我想起卡夫卡的小说《在流放地》。

1996年4月，基耶斯洛夫斯基在巴黎病逝。刘小枫在《沉重的肉身》里表达了他对这位天才导演的喜爱，称之为"深紫色的叙事思想家"。他说，基耶斯洛夫斯基"既悲观又热情"，让我深受感动。基耶斯洛夫斯基的镜头对准的是生命中最本质的一些部位，他了解这种天地不仁，在他冷静客观的叙述背后，包容和体谅清晰可见。"即使一个人对自己的美好生活的追求在无从避免的生活悖论中被撕成了碎片，依然是美好的人生。"这是多么悲观，又何等的热情。所以在他强大的叙述下,司机死了,雅泽克死了,那个逃避孤单的辩护律师经历了这一切,继续生活。世界更真实了。

从基耶斯洛夫斯基和塞林格身上,用力呈现两种结果:饱满或者强努,虽然他们都苛求自己的作品。在基耶斯洛夫斯基的电影里,我们可以看见自己,看见其他人,他的力量是纪德式的:"我希望在人世间,内心的期望能够尽情表达,真正的心满意足了,然后才完全绝望地死去。"(纪德《人间粮食》)而塞林格有限的小说永远保持自传的体味,我们立即想到这个干酪火腿商人的儿子,他惶惑的青年时代。塞林格参加了二战,但关于战争,他写得甚少。他爱上剧作家尤金·奥尼尔的女儿乌娜,乌娜却跟喜剧演员卓别林结了婚(奥尼尔至死未与女儿和解)。塞林格停留得太久,沉默得太久,以至于我读到乔伊斯·梅纳德大曝其隐私的《我曾是塞林格的情人》,竟然毫不热心。时间已经远远地把我从我的青春期——包括塞林格和他的小说——身边推开。

附记:

大约在 2000 年前后,我开始买碟看碟,进入电影的世界。就像在此之前是投影、投影之前是电影院,在此之后是 DVD、现在是直接网络下载观看,每个年代有自己看电影的方式。我记得就在我买了 VCD 机器和一大堆 VCD 碟片不久,DVD 便杀到了,无可奈何地把 VCD 折价给了卖碟老板,买回 DVD。我买的第一张 DVD 碟是韩国电影《恋风恋歌》,一部关于济州岛的爱情小品。两三年前看到一则娱乐新闻,说张东健结婚了,仔细一看,这对新人正是男女主演。

难以忘记那些观影的日子,其中刻苦观看名片,一如阅读艰深的世界名著,但那些属于自己喜欢甚至是自己所发掘的电影,那种满足感永远也忘不了。为"观后感"驱使所写下的文字,那时写得不少,这是一种正常反应,是人与作品的对话。《用力》大概在十年前我便已感到习作气息,但今天从文章堆里选出来,我想可以作为一种时间的证明,我曾经以这样的方式理解基耶斯洛夫斯基,理解电影。

写过文章后不久,碟市又来了基耶斯洛夫斯基的系列套装,其中有一个故事，讲的是一个老妇人病重被在殡仪馆开车的儿子送进医院（因为实在找不到车），邻居听说以后，低声叹息：她不会回来了。我不知道何以当时不去写这样的电影，就像那些给予了快乐的电影一样，反而要去指指点点大家都在说的，比如《十诫》。到今天我重读这些观影文章，又想到了基耶斯洛夫斯基的作品，《三色》也曾经给了我这个老妇人故事的感受；我得到太多，却一点也不愿意写了。

"命运将我判给了赫拉巴尔"

你读过赫拉巴尔吗?

回答应该是肯定的。这不奇怪,中国青年出版社自2003年出版这位捷克作家的《过于喧嚣的孤独》以来,已有七册"赫拉巴尔精品集"陆续翻译出版,2007年又出版了他的长篇小说三部曲《河畔小城》,包括《一缕秀发》、《甜甜的忧伤》和《哈乐根的数百万》。"巴比代尔"、"底层的珍珠"、"温柔的粗汉"成为这位"出土"捷克作家的标签,而最最著名的,莫过于"过于喧嚣的孤独",一度成为造句甚多的"文学腔"。谁都觉得自己心里住着个书籍打包工汉嘉。《你读过赫拉巴尔吗》一书的作者,赫拉巴尔的忘年交托马什·马扎尔谈到他与赫拉巴尔在布拉格金虎酒家一起度过的七年时说:"命运,或更确切地说,一种更高的精神力量将我判给了赫拉巴尔。"

这本书是写给那些被"判给了赫拉巴尔"的读者的——读完此书,无疑这种归属感会更强烈,对这位作家的感情也会更加深沉一些。

像我们所熟知的文学回忆录一样,作者托马什·马扎尔占有一个相当好的位置。他是赫拉巴尔身边的近距离观察者,私人秘书,酒馆最佳伴侣,出版事宜的跑腿,可以一起谈文学的朋友;他比赫拉巴尔年轻四十二岁,可以帮助老作家应付生活中的大部分麻烦。他掌握的很多事情,都不是我们这些通过阅读小说来了解赫拉巴尔的读者所知道的。但是,无论是托马什·马扎尔认识赫拉巴尔的七十年代（后者最倒霉的岁月之一），还是在赫拉巴尔成为世界知名作家的八九十年代，这部书都不是那种揭秘式的回忆录——既不是揭开"仆人眼中的伟人"，也看不出锦上添花趁机哄抬自己身价的地方——对于这一点，不好替托马什·马扎尔打包票，不过追随类似赫拉巴尔这样的魅力人物，尤其是在他晚年，托马什·马扎尔更让人敬佩。作为一度保管着赫拉巴尔家钥匙，可以代他去银行提钱（主要是为了喝酒）的身边人，托马什·马扎尔真实地记录了晚年的赫拉巴尔，他的现实生活（这一点，不同于他借小说之名所写的自传三部曲），精神生活（这与赫拉巴尔的自我评价如《我是谁》里面所写的也不尽相同），这是旁观者得出赫拉巴尔的影像。

就拿 1997 年 2 月 3 日赫拉巴尔之死来说，官方说法是"喂鸽子不慎坠楼"，而当我们把此事置于托马什·马扎尔对晚年赫拉巴尔的观察记录中，就会对这位作家的境况了解更多。赫拉巴尔在妻子（他的经纪人，管家，也是他小说中爽朗勇敢的女主角，碧朴莎）去世之后生活的一塌糊涂，在写作上的停滞与枯竭，在遭遇冷冰冰的医疗系统时的无力感——"生活越来越艰难"，这是其中的一个章节。"年迈的际遇是非常苦涩的。赫拉巴尔对此心知肚明，深感自己的无可奈何，如此度日真是艰辛。"了解这些日常琐事都比去探寻赫拉巴尔之死是喂鸽子还是其他原因更有价值。如果说暴露那些冠冕堂皇大人物的阴暗面可以让我们更全面地去了解人本身，如奈保尔之与保罗·克索的交恶，那么体会诸如身体衰颓而世界依然奔涌前行，又未尝不是一种难得的人生经验。

在文学世界里不仅仅是奈保尔与保罗·克索，毕竟还有约翰逊博士与包斯威尔。从某种程度上说，托马什·马扎尔颇像忠心耿耿的包斯威尔。当年捷克总统哈维尔将正在金虎酒吧痛饮的赫拉巴尔介绍给美国总统克林顿（见该书第一百四十一页照片），是一则广为人知的文学掌故。然而通过托马什·马扎尔的批评，我们知道在赫拉巴尔的告别仪式上，尽管读者挤得水泄不通，官方却"只有一个文化部长出席"。托马什·马扎尔和他的朋友们对此深感不满。

因为这样鞍前马后的关系，尤其是两人的关系从七十年代持续到赫拉巴尔吃香的年代，在荣誉与名声的背后也有阴影与议论。托马什·马扎尔提到，有人就指责晚年的赫拉巴尔被人包围，外人很难渗透，一些人"垄断了赫拉巴尔"。这是合情合理的指责，类似的例子我们司空见惯。不过我也颇欣赏托马什·马扎尔的辩解（某种程度上也可以说是回击）——"这是一种对较为广泛的相互关系视而不见，特别是对赫拉巴尔和他的生活习惯毫无了解的，一种出自极其糟糕的角度的看法"。我们大可以相信确实有这么一个圈子存在。可以想象，那些急于采访赫拉巴尔的记者，没谱的投资人，酒馆里无聊而难以打发的仰慕者，必然会对托马什·马扎尔这样的"小鬼"心有怨气。说到报道，我在想，那些怀着明确的采访目的的记者，与我们这样慕名而读的读者何其相似，都是出于"赫拉巴尔是一位著名作家"这个前提，而托马什·马扎尔的"报道"却不是如此冠冕堂皇，但更加真实。他说他曾经拍摄过老年赫拉巴尔艰难行动的录像带，取名为《博胡米尔·赫拉巴尔的一天》，"这是我与他共同度过并拍摄下来的普通一天的记录。我想这恐怕是赫拉巴尔孤寂老年的悲戚画面，是一则最真实可靠的报道"。可惜的是，这个世界关注光环远远胜于平凡。

正是由于托马什·马扎尔这样的杂务角色，他所记录的大作家赫拉巴尔自然没有《我是谁》一书当中的整洁光辉，而是繁琐的，具体的，杂乱的，有时甚至是难堪的——比如赫拉巴尔酒醉之后当街小便。这些粗鲁的生活记录更有助于了解那个曾经写作可以像他喝下的啤酒那般畅快的作家，他的困境与难题。这是从生命历程上看待一位作家。

托马什·马扎尔谈到1972年第一次读到赫拉巴尔的短篇小说集《"世界"快餐店》的感受是，想立刻将赫拉巴尔所有的作品都找来读。在他与赫拉巴尔的关系中，还有就是读者与作家。他利用随侍左右的机会，记下了赫拉巴尔对自己的写作、作品的看法，这是此书的第二部分。托马什·马扎尔代替普通读者提问和倾听，包括"巴比代尔"的来源，"温柔的粗汉"是谁，师承——拉伯雷、塞利纳到巴别尔、超现实主义，还有赫拉巴尔终身热爱的哲学家叔本华和老子——他有一本翻到烂的《道德经》，1920年出版的捷文版，以及"哈谢克的光芒，将我照得乃至让我能借填字游戏和剪贴给作品以更多趣味"。我们可以读到赫拉巴尔的作品不止目前见到的那些，有不少是后来大作品的预习。他的一些力作产生的背景，比如《我曾经伺候过英国国王》和《过于喧嚣的孤独》即产生于六七十年代政治高压时期，也是一系列习作的加工和"剪贴"。他的家世，他对小酒馆一生的热爱，等等。所以，这本书也是一位读者对赫拉巴尔的阅读和理解，这一点与赫拉巴尔借他妻子来评价他（一如他曾借他母亲的视角来评价他和他那位文雅小资调调的继父）有所不同。

赫拉巴尔1914年生，经过了奥匈帝国，纳粹占领，共产主义，东欧巨变，在他定居的城市布拉格，也是卡夫卡、塞弗尔特的城市。"我是喝奥地利的牛奶长大的呀！"赫拉巴尔如是说。这里不是东欧，而是中欧。托马什·马扎尔记录了赫拉巴尔在酒馆里的几句自我评价，很是恰当：

"我曾写过的时代与我最后写作的时代相比，如今不只是时代变了，而且这些字词也有了不同的意思……我只能对其微笑处之。可与此同时，我也受到了惊吓。"

托马什·马扎尔这样写到："赫拉巴尔在灵魂深处确实是个胆小的人。"他指的是赫拉巴尔面对自己作品以及相关的编辑、出版社、读者流程的态度。在捷克1968年"布拉格之春"开始后，境况刚刚好转起来的赫拉巴尔面临着作品不能公开发表的尴尬，他在郊区的"林中小屋"也成了秘密警察监控的地方。不过，从他步入文学圈开始，周围便有地下出版的氛围和传统，传抄和扩散被禁作家的各类手稿、打字文稿，赫拉巴尔这一时期的作品很多都是通过这种形式发表的。出现在这本书里的地下出版社有这些："封条"、"探险"、"废品箱"、"布拉格想象"，还有国外的流亡出版社如"68出版社"、"禁书出版社"、"交谈"、"边缘"等，而本书的作者托马什·马扎尔也是这个出版环节的一员，他正是因为这个"业务关系"才认识赫拉巴尔的。除此之外，布拉格的小酒馆也是交换地下作品的地方，而赫拉巴尔也从经济上支持某些地下出版社，让它们运转，印刷其他被禁作家的作品。其中"封条"出版社的出版人瓦楚里克给赫拉巴尔写信说："我不管在哪儿见到您的手稿，就会在那里加以誊抄，即使不是我来干这事，别人同样也会这么干。"大概多亏了这些勇敢而又具有文学品位的出版人，竟然使得赫拉巴尔大部分的作品都在这些地下出版社印行，当九十年代地下出版社合法之后，卡德莱茨的"布拉格想象"出版社出版了十九卷《赫拉巴尔文集》，并且恢复了未经删改的原样。

相比之下，作家赫拉巴尔并不勇敢。因为作品的广泛地下传播，他免不了受到有关部门的注意，那位"淡黄头发的先生"一直是他的噩梦。托马什·马扎尔没有讳言赫拉巴尔的软弱与妥协，以至于他太太都看不下去，问他你怕什么呀。赫拉巴尔在授意下给出版人写信，违心地表达不再出版的意思，这些举动都是被原谅了的。怕虽怕，风声稍过，他又继续"供稿"。读到赫拉巴尔这封信的时候，正好读到国内一位名作家的专栏，写的是对负责调动自己工作的各级领导的感激。动辄拿国外与国内作比较是一件让人厌烦的事，可是你往往又忍不住，比如读到这样的专栏。像这样的两位作家，他们对自己笔下的文字持有何种态度呢？足以让人笑而不答。托马什·马扎尔还记下了赫拉巴尔的两种出版人之间的竞争，一是做豪华、高质量、限量版的，一是高速度的。后者赢了，因为越是到晚年赫拉巴尔越是想第一时间见到自己的作品问世。作为作家，赫拉巴尔的路程太艰苦了。

读到赫拉巴尔的小说之后，我曾经有意识地寻找捷克的文学作品，包括《捷克文学史》，但是在过去翻译出版的捷克文学作品，比如《捷克短篇小说选》里，找不到赫拉巴尔的名字。那么在赫拉巴尔作品随手可得的情况下，类似《你读过赫拉巴尔吗》这样的清浅读物又是否还有阅读的价值？托马什·马扎尔所揭示的晚年赫拉巴尔是有价值的，知晓这位作家的困顿、软弱、无力，才能构成完整的文学世界。

杜桑的肺腑之言
——法国外省作家让·吉奥诺

亨利·米勒在他一本专门写"我生命中的书"的书——台湾译本翻译为《生命的谷仓》（台湾新雨出版社 2001 年版，原名：*The Books in My Life*）里，对法国作家让·吉奥诺（Jean Giono）备加推崇，据他自己说，曾经多次怂恿美国的出版人翻译出版让·吉奥诺的著作，把他的小说推荐给别人——让·吉奥诺在那个时代大概属于比较畅销的作家，美国人赫伯·里德（Herbert Lead）赞美他，称之为"农人无政府主义者"。亨利·米勒曾经有一次专门去曼诺斯克（Manosque，位于普罗旺斯的阿尔卑斯山区）拜访让·吉奥诺，寻隐者不遇，亨利·米勒失望之情溢于言表。

亨利·米勒，让·吉奥诺，这两个名字是何等的不搭调。亨利·米勒是被贴上了"情欲"标签的作家，而这位法国人让·吉奥诺，他热爱的是乡村故事，大地上发生的事情，包含了云雀、夜莺、画眉的乐音（他让我想起另外一位法国作家马塞尔·帕尼奥尔，《山泉》的作者，电影《泉水边的玛侬》即改编自这部小说。他们都生长于法国南部普罗旺斯地区）。我的好奇正在于此。让·吉奥诺最为著名的小说《屋顶轻骑兵》（1951 年），1995 年在他百年诞辰时由让·保罗·拉帕诺拍成了同名电影，和那位二十五岁的帅哥"昂杰诺将军"搭档的是朱丽叶·比诺什。但事实上让·吉奥诺一辈子都在努力远离爱情题材。他的

《人世之歌》、《庞神三部曲》、《一个郁郁寡欢的国王》里爱情微不足道。就在《人世之歌》里，让·吉奥诺表明了自己的态度："大家在作品里竞相播种形形色色的爱情，长出来的苗子正在一天比一天退化……"

如果我是亨利·米勒，我看到这句话心里会痛，很痛。

让·吉奥诺还多次借助小说人物来表达他的爱情观。比如《屋顶轻骑兵》里面他经常写到的一句是：昂杰诺感到幸福……而这是无关爱情的。所以让·吉奥诺把目光投向了大江大河，要为它们写作。

在《人世之歌》里，孪生子贝松诱拐了农场主的女儿吉纳，并且打死了吉纳的未婚夫，农场主四处捉拿他，无奈之下只好躲在舅舅杜桑的家里。贝松得到这个女人是如此容易，在吉纳看来，这个红头发盗贼贪图的不过是她年轻鲜活的肉体而已，她质问贝松：你从来没有听过我内心的声音我的渴望，你是一个自私自利的聋子，只会畏缩在舅舅的庇护下……在贝松未得到吉纳之前，杜桑站在外甥这一边。可当他得知外甥打死了情敌之后，他的态度变了。尤其是这个一生听到那个可怜的情敌临终前的愿望，这一切引发了这个罗锅一直渴望爱却又不敢去爱的阵痛，把他带到了许多年前的爱情面前。作为情感的失败者，杜桑倾吐了他的肺腑之言：我真希望带走吉纳的是他而不是你。

英国人乔治·吉辛在《四季随笔》里假借亨利·赖伊克罗夫特之口说："我满怀同情，思念那些幸运的阳光照不到的不幸者。"而这不幸者之中就有一个是吉辛。俄罗斯作家邦达列夫在他著名的《瞬间》里表达过类似的思想：爱情那阵风并非吹着每一个人。直到现在，爱情仍然是最为常见的故事，而让·吉奥诺自然离我们越来越远——只有在非典时期，《屋顶轻骑兵》和加缪的《鼠疫》、马尔克斯的《霍乱时期的爱情》同时被提到。终其一生，让·吉奥诺可能都是一个外省作家，但他小说的美妙会让人无视他是一个什么地方的作家——他永远在写其他人写得最少的部分，他不写爱情，但他深知爱情的本来面目，他深知很多种本来面目——很多种"人之常情"。亨利·米勒的笔下千言，是一个"这样的作家"对"那样的作家"的羡慕。

在小说《蓝童》里，垂死的父亲和儿子在菩提树下进行一场安静的谈话。

"我犯错误的地方是,"父亲说,"我想要表现得善良,有帮助。你会犯错的,就像我。"

对于任何一位读者而言,这都是打动人心的故事,当然也包括亨利·米勒——他读了这篇小说后哭了。

不开心的理查德·耶茨

一个热心写作的美国青年喜欢上了孩子他妈（大美人丽芙·泰勒）。某天，单亲妈妈到青年家拜访，但见墙上挂满了爱伦坡、吴尔夫、普拉斯等人的头像，大胡子海明威旁边还有个大胡子。他向她坦称，这个人是他最喜爱的作家，写悲伤的故事，关于那些怀有可怜梦想的人。这位作家叫理查德·耶茨，和上面诸位比，非常不为我们所知。

这是电影《孤独的吉姆》（*Lonesome Jim*）中的一幕。除了这些作家结局很糟糕的共同点外，还能说明他们在美国无论名气还是功力都不小，否则，一个藉藉无名的写作者也不会找同样藉藉无名的作家崇拜、引为指路偶像的。

我当然也相信。在此之前的 2002 年，天涯网友锡兵先生曾就他淘到的耶茨短篇集《十一种孤独》（*Eleven Kinds of Loneliness*）发过介绍内容的帖子，让人很感兴趣。一是这么酷的名字，再是原来耶茨先生也是玩不开心的——如果将二战后美国盛行的描写普通人生活、故事结构反高潮、风格简约的小说如此简单概括的话，而且像耶茨这位在六十年代成名的作家又大大影响了简约派大将雷蒙德·卡佛（Raymond Caver）。此书蒙锡兵先生借阅，又蒙青年翻译家孙仲旭先生以复印本相赠，对着这册"原文"，就我而言，效果与对着菲茨杰拉德、卡佛的原著一样，它们都是经典。

关于耶茨小说的口碑，我们还可以听听他的同胞、在敝国名气不知大他几多倍的乔伊斯·卡罗尔·欧茨（又译奥茨）女士怎么说的。她在其文学评论集《直言不讳》（长江文艺出版社 2006 年版）里，先是认为耶茨是在继承菲茨杰拉德的衣钵（当然没有继承好），接下来对耶茨热衷写的美国中产及中低产阶级（记者、小镇报纸文员、推销员、出租车司机、写字楼职员等）的故事挑鼻子瞪眼，总之写得不好。我固然对这位著作等身的女作家相当不耐烦，但不能不重视她的意见。这就像外国人会喜欢张艺谋的《英雄》一样，我深怕成为文化背景、语言系统差异下的乱叫好者。我非常想听听他们系统的声音。可惜欧茨女士连菲茨杰拉德主人翁的失败与耶茨主人翁的失败都辨别不出区别，就判定两人都是美国梦失败者的守护神。盖茨比们好歹还暴富过一把，耶茨的人物可从来就没有有钱过，朋友送个旅行袋就可以感激涕下——不仅哭了，还把未来娇妻都扔一边。这也就难怪欧茨女士会困惑于耶茨的主人翁"对自己除了失败以外的意义缺乏认识"。

欧茨评价很糟糕的短篇小说 *Builder*，认为它不过是些轶事，结构散漫，结尾拖拉。我个人觉得，能把跟写作有关的故事讲得这么好已属难得，尤其是主人翁的"写小说＝干建筑活"的比喻十分有趣，故事多处都讲到怎么挖坑怎么做地基，砌墙、做窗户和烟囱，简直是在讲一篇短篇小说是怎么"修建"起来的。深扣主题，过目难忘。欧茨女士欣赏不了，实在遗憾。

对欧茨的意见来点鉴定是必要的，现在人人都可以。《译文》杂志 11 月号推出陈新宇翻译的四篇耶茨短篇小说，除了《自讨苦吃》（*A Glutton for Punishment*）较为一般外，另外三篇《建筑工人》（*Builder*）、《万事如意》（*The Best of Everything*）和《一点也不痛》（*No Pain Whatsoever*）都很棒，后者让你立刻想到卡佛，尽管顺序上其实正好相反才对。有那么多读者喜欢卡佛、安·贝蒂，应该会有人喜欢上他们的先行者。或许，从那位美国青年的偶像照里，就已经为耶茨平了反——这位一心想写作的年轻人正是在纽约没有实现梦想，才躲回到故乡双亲的阴影下，开始过他平庸的生活。

了不起的卡波特

卡波特是令人难忘的。

早前两年,由霍夫曼主演的卡波特传记片同样深得其中三昧——电影一开场,就是这位声音已如老鸦的中年男人拿另一位美国小说家詹姆斯·鲍德温开涮。混迹于上流社会、一副被酒色淘空了身子的模样,然而一开腔刻薄入骨"腌尖"到死。差不多二十年前,我从《文学自由谈》这本杂志上读到中国小说家苏童回忆他八十年代初的阅读,曾经提到卡波特《蒂凡尼的早餐》带给他的震撼,大意是什么是小说的氛围,读读《蒂凡尼的早餐》就知道了。也就是在这篇随笔里我知道了一个经常不带钥匙、有乡下口音的赫莉小姐,却从来没有想过,创造这篇美妙小说的作者是怎样的一个人——他和许多经典作家一样,以模糊的形象摆放在阅读者的私家神龛里。后来看了改编自这部小说的电影之后(有译作《珠光宝气》),似乎很难把奥黛丽·赫本跟赫莉小姐联系起来,诚然,前者之于后者,简直是过度美化了,加之好莱坞机器产业化的"小团圆",在让卡波特和他的小说流播甚广的同时,未尝没有一些有意无意带来的认识偏差。比如奥黛丽·赫本与蒂凡尼,那个气质与那个价位,已经演变成为一种生活趣味了,谁还在乎卡波特写了什么?

差不多二十多年后,这部小说再次翻译出版。如果有兴趣,不论是对卡波特、电影抑或奥黛丽·赫本,都值得一读。从中可以看出,当年派拉蒙公司究竟改动了什么地方，何谓真正的卡波特小说，甚至也包括怎样去理解那位拿詹姆斯·鲍德温开涮的家伙。

《蒂凡尼的早餐》在日本翻译出版时，日译者村上春树曾经写了长篇导读。他其实是以小说家的身份评论另一位小说家的作品，他提到了奥黛丽·赫本与女主人翁赫莉小姐之间的差别："据说，当卡波特听到将由赫本来演电影时，曾表现出很大的不快。或许他认为赫本身上那种惊世骇俗的奔放、在性上的开放，以及纯洁的放荡感，这位女星本来并不具备。"是的，雍容华贵的赫本在影迷看来依旧是《罗马假日》的跷脚公主，这难免会让更多的人知道和接受这个角色，却也难免会削弱原著小说的某种东西——是超越了"氛围"的那种东西。当电影将赫莉与穷作家"撮合"到一起，固然是出于迎合大众的需要，不过上世纪五十年代美国严厉的社会风气（然后才有六十年代的性解放运动）也是原因之一。不过，不管怎么说，这位穷作家，其实只是故事的叙述者，就像《了不起的盖茨比》的叙述者一样，他们都不能算是故事的主人翁。卡波特用这个身份来掩饰他的身份——他虽然也给穷作家"安插"了一位暧昧的赞助人，甚至还在小说里借赫莉之口说"搞同性恋的人我并不讨厌……但是关于同性恋的故事却叫我感到厌倦。我就是不能想象自己处于他们的地位"，但他毕竟没有让叙述者喧宾夺主地和女主人翁搞到了一起。自始至终，"我"都是整件事情的看客而已，这个身份和那位开酒吧的乔治·贝尔差不多（赫莉的故事，正是这两人在酒吧里回忆起来的）。

但究竟是什么才能说明卡波特的特别呢？固然包括上述这些被改编、被过滤、被整合的地方，但是卡波特的了不起，我以为只要把《蒂凡尼的早餐》楔子部分读完就可以领略一二。就是"我"与酒吧的主人乔治·贝尔闲谈起当年的房客、日本摄影师汤濑先生在非洲的奇遇——关于赫莉小姐的。可以看得出来，一，这些人都爱她；其次，赫莉的故事并非如电影所表现出来的、有一股面向众人之善的转变，成为皆大欢喜的爱情喜剧，相反的是，她更加任性，且故事可能比我们读到的更为离奇；第三，无论是从前、现在还是在传说中的故事里，赫莉是下落不明的——就是说，那位由真正看起来珠光宝气的奥黛丽·

赫本所扮演的赫莉，曾经混迹纽约名利场的高级三陪女郎，她一直被自己的梦想所惩罚，因为并没有实现。所谓的"我希望有一天早上醒来在蒂凡尼吃早饭时，我仍旧是我"的愿望，到最后就像她在公寓信箱里放的名片："赫莉·戈莱特利小姐在旅行中"。而作为故事的叙述者，"我"在看到赫莉走失的老虎斑纹的猫之后，所想到的是"我不知道它如今叫什么名字，但肯定它已有了名字，肯定它已找到了归宿。不管是非洲的茅屋还是别的什么，我希望赫莉也找到了她的归宿"。是的，卡波特并没有把这个故事寄托温暖的色调，调和成人人喜欢的奶油蛋糕，对于一位有着不快乐童年生活的写作者而言，依旧处于黑暗之中的勇气尤其难得；就像传记片表达出来的，他对别人挑剔又刻薄，然而在他所写的故事里，对待自己同样如此。

附记：

今年（2014）旧历新年期间的一则新闻：好莱坞演员菲利普·塞默·霍夫曼被发现死于他在纽约的公寓，警方怀疑由吸毒过量引起。霍夫曼正是电影《卡波特》的主演。

赫塔·米勒的第三篇中译文章

尝闻有女作家谓： 相同的东西让我悲哀（大意）。大约男女有别，相同的东西给我的感觉却是欣喜，当然我所谓的相同的东西可能要比那位女作家所说的狭窄一些，应该说本身就是让人喜欢的东西，相比之下却没能"乐景写哀"，未免有些"跌范"；多年来起码在阅读、买书上往往别具一种书贩子气质——好的书，只要有复本，一概拿下，如果一旦再见到，必然见一本收一本。没办法，好这口上瘾了。你知道上海文艺出版社《惶然录》哪一版用纸最好吗？除了1999年的初版本，2004年2版4刷最好，绝不泛黄。

这都是我一本本买过来的经验之谈。之所以说起这个"相同的东西"，是因为前两天在旧书店看到一册《灵魂的出口》，德国插画家昆汀·布赫兹画的与书有关的书，约请了世界上"四十七位当代知名作家"配文。关于这本书，自从我在大约十年前遇到它，就一发不可收拾地爱上了布赫兹的绘画，他的画作有一股静谧、神秘、细致但又往往突破你承受能力的风格，既能让你陷入艺术作品最容易引起的"情绪"之中，也能让你走进你个人的"回忆"，但画面所呈现的场景——几乎在现实生活中都是不可能的——又让你醒悟，这都是布赫兹的想象力。我记得自从买了这本《灵魂的出口》之后，又先后买了中央编译出版社出版的《在水一方》和《捕捉月光》，以及同年上海人民出版社出版的《瞬间收藏家》和《南极遥远的知音》。不知何故，后四种我见得不多——中国轻工业出版社出的《雪从遥远的天上来》和《希望》两种从未见到过，倒是这本《灵魂的出口》，检点书架，居然有三本，分别购自不同的城市。对我来说，它们是我心目中的"布赫兹的作品"，且是唯一的——确实是同一本。

像所有的图文书一样，我都是被图画吸引，直到好久以后，才赫然发现封面那署名"米兰·昆德拉"的后面乃是"等著"，聪明的出版商打了擦边球，我也这时才"粗读"文字，并且一个一个对照书后附录的"作者简介"查看他们的身世。这几年以来，几乎每次都会在这张仅只一页、密密麻麻的附录上查看到大作家的名头，炸得你头昏眼花深恨自己有眼不识外国泰山（如你所猜，这四十七位中没有汉语作家）。这份作者名单中，米兰·昆德拉自然可以按下不表，我对其他作家的了解是这样的：当苏珊·桑塔格去世时，我发现她就是了名列附录三十五位的苏珊·松塔；某次巴以冲突，新闻报道中的痛失爱子的以色列某作家，正是排在第十二位的大卫·葛罗斯曼。广西师范大学出版社出版的《观看之道》等书的作者，这位欧洲著名的美术史家约翰·伯格先生，不正是雄踞附录第三名的那么。细细数下来，写了《苏菲的世界》的乔斯坦·贾德（第十一位），比赫拉巴尔更早一点来到我身边的捷克作家伊凡·克利玛（第十八位），以及排在第二十六位、大名鼎鼎的以色列作家奥兹（此书译作"阿默·欧兹"），而乔治·史坦纳和马丁·瓦瑟都知道得太晚，前者是在知道他的晚年回忆录《勘误表》之后，而后者，众所周知的译名应该作"马丁·瓦尔泽"，他也是布赫兹《在水一方》的合作者。当然，最让我兴奋的莫过于2006年的诺贝尔文学奖得主帕慕克也在其中，排在第二十七位，他写的那篇文章叫《杀死一本书》。

检点一下，这基本上算得上是当代欧洲作家的名单，并且以德语地区居多。不过，对于组织这本书的编辑方和画家而言，这恐怕已经是一份当代世界文学的名单，大部分作家都在世，并且在他们生活地方的精神领域起着相当重要的作用，但，他们也可能在其他地方籍籍无名，命运如此，这既像我作为一个读者所逐渐了解到的，也在前不久对今年诺贝尔文学奖得主赫塔·米勒的所谓争论中体现得淋漓尽致——而这种逐渐了解，从某种意义上讲不也正是在印证着这些作家确实是世界性的？兜了这么大一个圈子，谜底该揭晓了：比找到帕慕克更让我兴奋的，正是淘到的第三本《灵魂的出口》，我下意识地去书后的"作者简介"看作家原名，陡然看到第二十四位的"奥尔塔·谬勒"（Herta Muller）！

你好，"谬勒"女士。我简直荣幸得直搓手，自从10月8日颁奖以来，都盛传她在大陆仅在《译林》杂志刊登过两个短篇，那么这篇收在《灵魂的出口》里面的《一百粒玉米》应该可以算她的第三篇中译文章吧（台译本《风吹绿李》系长篇小说）。如果我现在说这篇《一百粒玉米》当年就给我留下了如何深刻久远的印象，读者诸君恐怕也不相信，这本书让我印象最深刻的是大卫·葛罗斯曼的《钢索生涯》，但赫塔·米勒的这篇故事确实算得上其中佼佼者。只是，从这本多少有些生僻的书里找出这样的作家来，那么是我们了解得太多呢，还是太少？

附：《一百粒玉米》

啊，是这样的：每当家里有访客时，我们在吃完饭之后还会围坐在桌旁一会儿。不是想聊天，就只是这么坐着。

男士们包括我的父亲、祖父、叔叔，他们抽着烟。女士们则有我的继母、祖母、阿姨，她们用指尖沾着留在桌上的面包屑和糖粒往嘴里放。我也这么做，因为我是小女孩。我哥哥还不准抽烟，因为他还是个男孩，而不是男人。他用手肘去玩那些在我俩之间乱爬的蚂蚁。

叔叔看了看表，说："是玩牌的时候了。"他们准备了一百粒玉米来做筹码，用完了才改用钱来玩。

叔叔把装了一百粒玉米的小袋子从上衣口袋里拿出来。祖父走到橱子那边取出罐子，摇了摇，里面唰唰响。爸爸取出小折刀把天花板上的梯子放下来，倚墙靠好，然后戴上帽子爬到最高的那级，从天花板向外望。他说："我倒是想看看，今天会不会赢。"（《灵魂的出口》第四页，张莉莉译）

夏目漱石的黑暗

  日本明治时代的小说家夏目漱石,前不久国内出版了他的汉诗选,不过,最有影响力的,恐怕还是他的小说《我是猫》,或者《哥儿》(又译作《少爷》)。所以这次看到上海译文出版社重版的夏目漱石作品,除了上述两种,居然还有《三四郎》、《后来的事》(又译作《其后》)、《门》,还有《心》,简直有点惊喜。简单来说,除了初版,这几部夏目漱石的小说和《我是猫》不断重版的命运不可同日而语。我读到这些小说的时候,正是从旧书摊上一本本淘来的,本身没有任何悬念可言,但是十二三年前的《三四郎》,正好给了一个差不多跟三四郎同样年龄、也面临同样问题的读者一个寄托,一个宣泄。三四郎讲述的是一个二十三岁的乡下青年去东京上大学的故事,他最初见识到的这个世界的真实性:他的生活中有很多与他完全不同的人,比如他迂腐而忘我的老师,还有一个目标明确、现实得不行的同学,以及他暗恋的女孩子。对于一个涉世未深的年轻人而言,要去处理、包容这个新世界的关系是具有初恋般的痛苦的。整部小说像是一个开端,不过,直到读了夏目漱石其他的小说,以及那些钩沉人生内涵远远深刻沉重于此的小说之后,我依然觉得《三四郎》别具一种不过时的可爱,或许是因为夏目漱石安插的这个人物在后面还有故事。《后来的事》很像是这个年轻人毕业之后的故事,本来靠家境还可以混混日子,优哉游哉的,岂知一不小心,爱上了朋友的妻子,一来二去,娶回了家里。自然朋友断交亲人反目。

而《门》讲述的，就是这样结合在一起的夫妻的人生。

第一次读到《三四郎》，免不了是因为一种"意气相投"。我竟然先后淘到四五本来送人。直到今天，我都还记得小说开始时火车上的那一幕：三四郎因为一个不认识的女乘客，而产生了一种有了异性朋友的感觉，以及他们合开房后第二天女乘客对他说的没有胆量的人的话。然而即使三四郎有胆量，也不会给人"天亮以后说分手"之类的感觉，这大概就是小说的氛围。与故事相同时代的另外一些作品我们很熟悉，比如五四的爱情小说，然则主题往往像教育片一般投射到冲破封建家庭的牢笼之类的主题上去。《后来的事》和《门》差不多也是这样的主题，但夏目漱石似乎主要在表现个人被命运的拨弄，反而没有太多要跟时代算账的气势。《后来的事》最后，是本来对生活料理很不在行的男主人翁奔向电车找工作，《门》的开始是男主人翁在走廊下百无聊赖地打发时间，我们只看到琐碎的人生和生活，看到凄凉，也看到幸福。这是我多年之后一直对夏目漱石的小说念念不忘的原因吧。

《后来的事》改编为电影，由松田优作主演，曾经香港专栏作家迈克的鼓吹，不少论者对这部电影评介甚高。我一直不太能欣赏松田优作的演技，不过，夏目漱石的另外一部小说《心》，除了小说非常棒之外，改编的同名电影也很值得一看，主演老师的那位，正是日本很有名的演员森雅之——而我也差不多能看懂，他差不多把原著小说里老师内心的黑暗、压抑和痛苦都表演得淋漓尽致。这位老师年轻的时候和朋友同时爱上了房东的女儿，但他捷足先登，却为此内疚了一辈子。

论《窗灯》

大概是因为有《一个人的好天气》意想不到的销售成绩，最近出版的《窗灯》既无前言后记也无译者序名家导言之类多余的话，"纯文本"。但其实《窗灯》这个短篇是青山七惠的处女作（本书还收录了她的另一个短篇《村崎太太的巴黎》），她凭此在 2005 年获得了日本第四十二届文艺奖，"在文学界崭露头角"。

《窗灯》写的是辍学的女大学生绿藻在一家叫"香猫"咖啡馆打工的故事。一个曾经只知道看侦探小说的女大学生如何自立的故事？当然不仅仅是这点，内容还要宽广得多。"香猫"的老板御门阿姐是一位风情万种的女人，拥有至少十个情人，她"对待每个人都极其诚实、洒脱、平等、都会奉献自己当时当刻的全部柔情"；她作为女人的魅力、生活方式和情感世界，对于绿藻这样初涉世事的女孩子而言，既有莫大的吸引力，也会使之滋生出对自我的不满；既有与成熟女性在一起的幸福感，也有因为两人走得太近而产生的"矛盾、欲望、因悲伤而扭曲变形的丑陋面孔"。

这样的冲击在阿姐的"老师"梦二先生来访之后显得更复杂了——对于绿藻而言，从前的阿姐是不会执著于同任何一个男人之间的关系（这也是绿藻对阿姐的崇拜之处），而现在明显让"老师"搅得方寸大乱（这种感情也让绿藻感到困惑）；从前她想的是"我曾经以为只要跟在她身边，总有一天，她的想法就会如同我自己的想法一样，自然而然地就能理解了，自己也有可能成为她那样的人"，而现在阿姐与"老师"的关系不仅是她难以理解的，还在于这样的关系拒绝其他任何人进去，包括她这样的小跟班式的人物。

《窗灯》这个书名除了隐含形而上的窥视别人感情的寓意之外，在小说中也是绿藻的一种生活方式。这部小说是从绿藻对面的邻居搬来开始的，那是两栋类似于我们中国人常见的城中村"握手楼"那样的两个房间，绿藻对搬来的男孩子及其女友感兴趣，经常"偷窥"——她其实是首先想到自己会被对方偷窥，因为那么近。另外，她也喜欢晚上出去溜达，名曰散步，却是窥视邻居以及陌生人的生活，包括溜到了对面楼的男生门口。对她来说，这是每天必做的"功课"，"这是我慢吞吞的一天之中，最具有清晰轮廓的，安抚心灵的一段时间"。所以，务必不要把这位绿藻小姐当作花痴了。

青山七惠写的是不是青春小说呢？可能不是，因为主人翁绿藻毕竟没有成为故事的主角，她更像是御门阿姐的叙述者。但也可能是，因为诸如"散步"这样的情节深刻地写出了青春期的寂寞、无助和苦闷。关于绿藻每天晚上出去"散步"的段落我觉得是这个短篇最有意思最具活力的部分——大部分的人都有相似的苦闷举动吧？还有一点点黑暗。而这种举动（或者说"怪僻"）又无不与爱有关——《窗灯》里的绿藻是一个还不会爱的小女孩，她在御门阿姐这样的成熟女人身边其实又更渴望爱。为御门阿姐这样的朋友，为别人的爱情所激动、不安，甚至恼怒，对别人爱情的移植式幻想，对不完美的本能排斥，对参与感情的急迫心理等，乃是一种折磨人的学习爱的方式。最后她崩溃在阿姐和"老师"面前，乃是这两人对于绿藻来说，代表了爱最难理解、最艰难的那部分。读这部小说，会让人觉得这是写给渴望爱的人、尤其是给那些在类似阿姐这样成熟朋友身边成长起来的小年轻的小说。《窗灯》写出了这种独特的成长经验。

正因为有阿姐和"老师"这对人物的存在，也使得《窗灯》并未仅仅是青春小说，而是带上了黑暗和悲哀的色彩。既是对人的性格命运的探询，也是对强大的生活的理解。并不圆满，至少不是青春梦里的"美好"。假如联系起青山七惠后来的长篇《一个人的好天气》，则可以说绿藻这个角色已经从爱情的旁观者成为了爱情的实践者,走向更为宽广的生活内容,就像小说结尾她"慢悠悠地朝他(注:住在绿藻对面的男孩)招了招手"的那种从容。至于《村崎太太的巴黎》那样的短篇,则是《窗灯》与《一个人的好天气》之间的一次练笔。

大人物,小悲哀

——《病夫治国》与《非常病人》

2001年获得诺贝尔文学奖的印裔英国作家 V. S. 奈保尔在其小说《大河湾》开篇就写道:"我们的世界,就是这么的现实:如果你是个无名小卒,如果你愿意把自己当成一个无足轻重的人,那么,你就不配存活在这个世界。"

《大河湾》讲述的是非洲历史动乱、社会分崩离析的故事。奈保尔如此深刻地道出了我们生存环境下各种生活方式的实质,不论你是野心勃勃还是甘于淡泊,你始终要屈服于一种处世法则——成为大人物、不能成为大人物,只有这两条道而已。

约翰·菲茨杰拉德·肯尼迪之所以成为大人物,在于肯尼迪有个强悍的母亲罗斯。是她发现了这位绰号"唐璜"的肯尼迪家老二在女人那里所向披靡的惊人魅力。于是,从1952年开始,在罗斯妈咪周密的部署下——仅仅参选参议员,就组织了三十三次大型茶会。帅哥肯尼迪充分利用了他的帅;团结了成千上万的女人,将美貌成功地转化成了选票。终于,1960年1月20日那天,美国人倾听了肯尼迪总统的就职演说。

肯尼迪时年四十三岁,精力充沛,一扫威尔逊、罗斯福和艾森豪威尔三位总统给美国人留下的衰疲印象。对于这种已成定论的看法,有人喊"且慢"——皮埃尔·阿考斯和皮埃尔·朗契尼克博士说事实并非如此。这两位医学界人士在他们合著的《病夫治国》中，提到运动员般精神焕发的肯尼迪总统，其实在三岁前就患过猩红热，少年时代有盲肠炎和慢性哮喘，成年后又摔得脊椎间盘破裂，终生不得摆脱——"与杰奎琳·李·布维埃结婚后的两年中，他实际上是躺着过日子的……"不久后，他患上了更可怕的阿狄森病。在1963年11月22日，德克萨斯州那一记著名的枪响之前，肯尼迪总统的身体中已经暗藏了诸如此类的历史时刻。

考量一个历史人物或一宗历史事件时，也许医学是不可忽视的指标之一。与其说两位博士是在纠正我们对于历史事件的看法，不如说他们为读者建立了考察大人物身体状况的方法。难道我们不会为病人肯尼迪总统感到吃惊，尤其是他拥有运动员般的外表？另外一位美国总统尼克松先生因为"水门事件"下课，是看看他病历的时候了。他的强迫性精神病方面的种种征兆与爆发——这在两位专业医学人士看来，发轫于一个小人物成为大人物的路途之中。

《病夫治国》开篇题记是法国作家亨利·德·蒙太朗的随笔《灯火管制》："要写一篇论文，谈谈疾病在人类历史上，也就是说创造这个历史的伟人身上所起的重要而不为人知的作用。有人谈论克娄巴特拉的鼻子，却不见有人谈论黎希留的痔疮。"《病夫治国》可以说完全实现了亨利·德·蒙太朗的愿望，如果写到某个大人物的鼻子，那也是为了讨论他的鼻炎或者鼻癌。书中写到了大部分世界级的大人物们不为人知的身体疾病，以及这些疾病在一些重大的历史时刻所充当的角色。在《病夫治国》之后，还有其续篇《非常病人》，谈的是如今为我们所熟知的切·格瓦拉等人。

任何人都热衷于谈论大人物，因为他们的言行就是历史，一个喷嚏都有可能改变历史。无论如何，大人物身上的重大历史时刻，都不可避免地影响了你我这样小人物的存在。大人物的疾病按照以前的看法，是大人物自己的小悲哀；然而在《病夫治国》里，则是大人物的疾病，小人物的悲哀。

从疾病的角度来观察大人物，与我们津津乐道于"威尔士王迎娶柏克保斯夫人"（柏克保斯是卡米拉前夫姓）一样具有很高的八卦性。《病夫治国》在谈到大人物们时候，用了很是宏大叙事的西方新闻报道语气，但细节又是技术性和别开生面的。可以说,《病夫治国》既提供了另外一种解读历史的方式,也不乏浓厚的趣味性——这是在学术的名义下,轻松活泼的高级八卦,自然从专业上来说滴水不漏。

作为医学界人士,两位博士写下这些文章的初衷显然不是让读者看热闹。他们指出,"历史在其前进的过程中,从未考虑到发号施令的那些人的健康状况"。从罗斯福邱吉尔的私人医生对公众隐瞒病情,到"为国家计"变成公开合理的规则,一些真正重要的问题被搁置了——"如果这些政治家身体健康的话,某些决定将是不同的",两位作者正是基于这个原因,试图揭示那些被忽略的历史因素。

《病夫治国》,皮埃尔·阿考斯、皮埃尔·朗契尼克,何逸之译,新华出版社1981年7月版,内部发行,定价一元。何逸之是谁?《病夫治国》是怎样被译介到中国来的?当中国人从全面政治化的环境里走出来时,当伟人、领袖曾经是作为神明那样存在时,这样的书产生过什么样的影响呢?没有见到文字记载,但有一点可以肯定,即使在现在,阅读这本书也不过时。

小丑的提醒
——罗马尼亚作家诺曼·马内阿在西方

1997年,流亡西方已九年的罗马尼亚作家诺曼·马内阿随他的顶头上司、美国巴德学院院长利昂·波特斯坦一起访问祖国。对他们这"一对",马内阿称之为"典型的一对,花脸小丑和白脸小丑"。他这位"花脸小丑"在飞机上给他的同行解释,所谓的"花脸小丑"就是贱民、失败者,为了取悦观众而总是被踢屁股的人,"白脸小丑"则是老板、主人、权威(《流氓的归来:一部回忆录》,新星出版社2008年版)。

马内阿在其另一部随笔集《论小丑:独裁者和艺术家》中详尽地阐述了他的小丑观——或者说是进一步完善了小丑观,因为他的"论小丑"是"读费里尼文章有感",但触类旁通,费里尼大师关于权力与艺术之间的观点被马内阿用到了他的大部分文章里,在这位曾经是罗马尼亚异议分子、流亡作家的经历中,权力与艺术的关系、白脸小丑与花脸小丑的作用,几乎能说明一切问题。

但对中国人而言,无论是谈论的话题还是谈论方式都显得格格不入、"骇人听闻"。姑且不论当面指出自己的衣食父母为白脸小丑是多么"失礼"的行为(在中国的语境下,恐怕还要冒"失业"的危险),只说同样也算艺术家的利昂·波特斯坦(是一位指挥家),就因为他是巴德学院的院长,是老板、主人,于是在他与马内阿的关系中就转变成了白脸小丑,从花脸小丑转变为白脸小丑,掌握着权力的白脸小丑。

1986年马内阿正好五十岁，知天命之年流亡西方，三年后，他生存半生又激烈地反对不已厌恶之极的国家垮掉重装上阵。"小丑观"及其衍生阐发的"马戏团"观点，在马内阿对罗马尼亚过去的回忆将来的思索上，在对当权者、友朋和亲人的评价上都"居功至伟"。他在回忆录中多次提到罗马尼亚的掌权者齐奥塞斯库夫妇。如果说马内阿所赋予的白脸小丑称号确实辛辣无比鞭策入骨，那么更应该看到，这位拒绝合唱（甚至拒绝表演）的花脸小丑对整个马戏团的冷眼旁观是何其的深刻，形形色色的人物，稀奇古怪的规章制度（如《审查者报告》一文所言）——难道只有卓别林这位花脸小丑扮演的希特勒、给了马内阿切肤般记忆的齐奥塞斯库才是白脸小丑吗？马内阿将小丑观的观看方式从独裁者一直往普通人身上推进。

正如马内阿所写道的，他读费里尼谈小丑的文章每有复仇般的快感，读马内阿的"论小丑"或许没有那种快感，然而它能提供一种观看坐标（就像前引马内阿与利昂·波特斯坦的一番对话），让读者得以反思自身的身份，对于每天各个"系统"里的"马戏团"及其产生的悲喜剧，我们自身究竟扮演了何种角色——定义自己，就像费里尼毫不犹豫地把自己定义为花脸小丑，"但我同时也是白脸小丑"。从这个意义上说，五十岁以前的马内阿虽扮演着不合拍的花脸小丑，然而却是世界范围最值得称道的花脸小丑。他曾"极不愿意再增加一些假东欧政变知名披露痛苦经历来赚取钞票的文字"（见《作者补记》），但当他履行花脸小丑的职责时，他给了观众警醒，而不止是笑声。

《论小丑》一书内容单薄，却和篇幅巨大的《流氓的归来》一样含义深远，富于思想。马内阿大概是使用问号最多的作家之一，这些疑问、反问值得读者明年、后年去消化。关于他的译介最早见于《书城》杂志2006年6月号，在未读其作品之前，很难理解这样的评价：

"我们读马内阿的著作，一字一句地咀嚼他的文字。我们惊诧他精湛的语句，惊叹他裸露的坦诚，惊赞他深刻的思想。"（梁禾，《关于诺曼·马内阿》）

确实如此。

以色列人的"百年孤独"
——梅厄·沙莱夫的《蓝山》

读以色列作家梅厄·沙莱夫的长篇小说《蓝山》,不妨先读美国记者托马斯·弗里德曼的《从贝鲁特到耶路撒冷》"垫底"。

1988年某天,时任《纽约时报》驻以色列记者的托马斯·弗里德曼边吃早餐边从美国一家报纸的头版显著位置看到一张以色列士兵抓巴勒斯坦人的图片,紧挨着这则无关痛痒新闻的是伊朗与伊拉克互发远程导弹造成几十名民众伤亡。这件小事给了弗里德曼一个极好的反思机会。以他在中东地区长达十年的历练,他发现,"西方人心中一切历史的和宗教的运动,都和以色列有关"。西方(基督教社会)一直把现代以色列看做三千年前《圣经》里戏剧性事件的继续,因此,整个西方社会都关注以色列,新闻界更乐于将其变作"楚门的世界"。以美国为例,播报以色列新闻的频率可以超过总统候选人的新闻。弗里德曼引用以色列一位发言人的话说"每天上午我们都为世界表演脱衣舞"。

的确,到今天也是,即使这本书中的风云人物如拉宾、阿拉法特已经故去,沙龙在沉睡八年后去世,但巴以之间各种纠纷冲突仍旧源源不断地从新闻里向我们扑来。在这个无限透明、泛政治化的"弹丸之地",它的文学形态是怎样的,无疑值得研究,毕竟现实已经足够丰富。然而无论如何,如此触手可及的现实世界势必会极大地冲击作家的世界。阿格农如此,耶胡达·阿米亥如此,阿莫斯·奥兹如此,梅厄·沙莱夫更是如此——而且《蓝山》比前面几位作家的小说都靠近以色列的政治现实。

历史上从俄罗斯大地、中欧移民(以及流亡)西方的人中,其优秀者足以构成人类耀眼的知识分子群像,《蓝山》描述的不是这群人,而是历史上最藉藉无名的群体。"我"的外公和他的朋友们在犹太复国主义思想召唤下从俄罗斯来到巴勒斯坦,在以色列中北部的卡麦尔山(蓝山)下拓荒。小说的叙述者,"我",父母死于巴以冲突,由外公抚养成一个四肢发达头脑简单的男人,并且成了外公因丧子之痛而报复村里人的遗嘱执行人——将外公的土地改作墓园。身在国外的犹太人不惜重金购买坟墓,以求葬在以色列这片土地上,尤其是葬在外公——一位享有很大名声的园艺专家的身旁。着墨最多的当然是村中诸人,由最早的米尔金(外公)、泽尔金、菲吉(外婆)、利伯森创立的拓荒者小组,到一个犹太移民村落,自然界的侵袭和人事的纷争一刻都没有停过。《蓝山》出版于1988年,从托马斯·弗里德曼出版于1989年的书中可以看出,《蓝山》成书于巴以冲突最厉害的一段时间(加沙和西岸巴勒斯坦人开始"因提法达",抗议以色列的占领)。《蓝山》没有清晰的现实对立,但它内部的动荡更让人不安:故事的主要冲突在于,村里人不接受因战争受伤的埃夫莱因舅舅,这才会出现"我"经营的墓园,它不仅贯穿了整部小说,还有意无意地指向一个"莫须有"的寓言——外公的遗嘱是:我要毁你们的地。没有什么比土地更能在这片"应许之地"说明问题的了。梅厄·沙莱夫运用了大量的神话、传说,对于创造一个新国度的人们来说,这几乎是不费吹灰之力的,这里也有一个魔幻现实世界——

> 我儿子埃夫莱因养了一头小牛犊,名叫珍·瓦列恩。埃夫莱因每天早晨起床后都要背上珍出去遛一遛,中午才回来。天天如此。"埃夫莱因,"我对他说,"牛犊可不是这样养大的,它习惯了让你背,就再也不愿用腿走路了。"但埃夫莱因不听。珍越长越大,成了一头大公牛,这时埃夫莱因还是坚持扛着它出去……这就是我儿子埃夫莱因。

这的确就是《蓝山》的全部；它是一部当之无愧的"俄罗斯（犹太人）的浪漫曲"（《蓝山》的希伯来题目译名），甚至可以说是以色列人的史诗，但同时它也是关于疯狂仇恨的故事，人与人之间的仇恨，完全不必谈种族。这是虚构的力量之所在。这个蓝山下的村庄，就是以色列文学上的马孔多，只不过"百年孤独"已不足以形容犹太人漫长的流亡史。《蓝山》是梅厄·沙莱夫的第一部长篇，但显示出的彪悍厚重，甚至可以超过著名的阿莫斯·奥兹（相比之下奥兹的小说过于精致纤细、文学味过重），整个故事艰深晦涩，尤其是在头脑简单四肢发达的叙述者口中，时间混乱，事件错位。这部小说共有五十一个章节，比这个数目更多的是散落式的故事，如果读进去了，会发现一个个相当的精彩可口。举一个简单的例子，在这本小说中的动物们：骡子柴泽尔，母鸡拉吉尔·亚娜伊特，公猫布尔加科夫，奶牛哈吉特和珍·瓦列恩，这些动物们哪怕只有一句话的描述，却像一篇故事那样富有趣味和讽刺意味，这要比我们读到的"驴折腾"、"猪撒欢"自然、好看多了。

附记：

2013年初在泰国北部的清迈访书，收获颇丰，其中竟然发现了《蓝山》英文版，像个老相识一样，在旧书店旁边的餐馆里边喝啤酒边读。清迈是个旅游城市，书店有四五家，旅行者也带来了大量的书。不过，正是这次"重逢"，让我重新去读奥兹、耶胡达·阿米亥，以及介绍还不多的大卫·格罗斯曼。

他人的心事

——罗孚的《北京十年》

省港相邻,罗孚的名字是不陌生的。虽然,距离左派辉煌的上世纪六七十年代已远,但这十年来,我在广州曾经多次遇到署名"丝韦"的港版书。他就是罗孚,是周作人与曹聚仁、鲍耀明书信中提及的香港《新晚报》编辑,是八十年代在《读书》杂志上第一位推荐董桥的人(《你一定要看董桥》),也是《聂绀弩诗全编》编者,但这些都是做配角的掌故,侧身在他人的阴影里。罗孚作为主角的故事,是因滞留北京十年(1982—1993)而传闻甚广的那个人。近三十年来,罗孚的"美国间谍案"是文化圈谈论较多的一桩公案。去年,香港出版了由其子罗海雷所写的《我的父亲罗孚:一个报人、"间谍"和作家的故事》(香港天地图书2011年版),立意也是要披露"北京十年"的缘故。此外,更有不少人写文章,发凡钩沉,终归隐隐约约,甚至有的文章只能归结到一再问罗孚而罗孚并不声辩云云。对这件事所知不多的读者依然所知不多,并不知道准确的理由,内里的是非曲直——何为冤案,冤在何处,读完与未读一样雾里看花。今夏接到北京朋友谭然兄寄来几纸复印件,系许礼平在《苹果日报》所写的三篇长文,其中一篇即是关于罗孚者,题目正好是《雾里看花说罗孚》。许先生因为与文化老人黄苗子以及罗孚本人都有交往,文中不乏秘辛,比如,当年罗孚是如何从广州被弄到北京,消息传开之后北京文化圈又有何种反应,等等。

这篇文章最有意思的，乃是许礼平让黄苗子出具一纸证明，当年听到罗孚被抓时一些文化人的言论，时在 2010 年 11 月，经过修改的黄苗子证明谓：

"记得一九八二年罗孚同志出事，我曾以此事询之廖承志同志，答谓在调查中。隔数周后，再和廖公谈及此事，他说：可能是误会，现正在设法中。记得夏衍同志亦知此事。"云云，黄苗子的手迹并刊于该文旁边。当事人罗孚还健在，但坚不吐一词，有谓其对家里人亦然。正因为如此，大部分外围文章总是在外围打圈，无法进入到事件核心，更无法进入到当事人的内心。

许礼平文中提到了罗孚的《北京十年》这本书。这是罗孚写他在北京期间所见所闻所忆的书，以连载的形式在《香港联合报》刊出。港版结集为两集，大陆版都为一册，于 2011 年由中央编译出版社出版，这套罗孚文集还包括：《香港人和事》、《南斗文星高》、《香港，香港……》、《文苑缤纷》、《西窗小品》、《燕山诗话》，一共七册。

正是因为许礼平这篇文章，使我找到《北京十年》读，正因为读《北京十年》，发现从前的疑窦似乎豁然开朗，对于历史迷雾中的人和事，像盲人摸象那样，大致拼凑，心里有了个图像。如果说另外六部作品反映的是作为作家、文人的罗孚，那么《北京十年》要表达的是罗孚自己，是属于他的故事。因此，这本书实在要比其他六本更具有阅读和分析的文本价值。

《北京十年》共四辑。第一辑"我和我的朋友们"，记的是罗孚在京期间与首都文化界人士的交往。除了那些鼎鼎有名的，也有一些冷僻的名字，比如《与齐白石为邻》，《电子一条街》，《我的邻居们》则记着与张谷若（哈代专家）、侯德健住同院，和歌手程琳、毛阿敏同一个单元楼，另外还写了一些外地来京打工的姑娘们。从这些居住细节上，我们大致可以看到这位化名"史临安"的老头子的生活：他住在哪里，自由限度，还有可能与我们的生活重叠的历史痕迹。

但是意味深长的"在京期间"，正如前面提到的黄苗子"证明"所言，毕竟是一件大事，远不止个人生活这么简单。于是罗孚写了聂绀弩、丁聪、杨宪益、黄苗子、钟敬文、启功、范用、郑超麟、楼适夷、吴祖光、黄永玉、冯友兰、舒芜、舒展、萧乾、夏衍、李一氓、钱钟书、周而复、陈迩冬、章士钊、端木蕻良、张洁、王世襄、常任侠、卞之琳、臧克家、李锐、王力（及其儿子秦似）、朱光潜、沈从文、荒芜等文化人。这些人之中，有的是罗孚与之交往的，有的是过去曾经有过交往的（就是作者在序言中所说的，写的是所见所闻还有回忆）。与文化人的交往，当然少不了"世说新语"，兹录数则：

有一个时候，据说北京有三个"什么都敢"的人："吴祖光什么话都敢说，刘宾雁什么文章都敢写，范用什么书都敢出。"

王蒙的《坚硬的稀粥》出来后，《文艺报》刊发读者来信，认为影射邓大人，据说是总编辑郑伯农写的。王蒙状告该报诽谤。

"小丁"丁聪给罗孚所画漫画像很出名，罗孚请黄苗子题诗于背面，准备两面欣赏，但丁聪认为"把我压下去了"，虽经解释亦不能释怀。

李可染被文化部来的四个人问有关卖画的事，吓得心脏病发作，去世。

某日罗孚在街上，遇黄永玉驾小车，车上都是熟人，正要去吃饭，庆祝。一问，原来那天上午选举中邓力群落选，选不上常委，失去了继续当书记处书记、中宣部部长的可能。

夏衍的回忆录《懒寻旧梦录》，"他对于三十年代的一些往事，总是念念不忘，说了又说，一点不是'懒寻'，实在是'勤'得很"。

作家孟伟哉以极"左"而不安于中宣部文艺局之位，苦无出路，后求得人民美术出版社社长之职，与邵宇一时被称之为"左左相惜"。

大概是个人兴趣的缘故，罗孚笔下的启功、杨宪益、荒芜等人所写的诗词，都有大量的引用，很明显他热爱旧体诗词，这似乎也更能说明为何他是聂绀弩诗集的编者。其中对荒芜诗词的引用最多，而其讽世之意，大胆程度，实不下于杨宪益、聂绀弩也。

引用这些细节，以及众多交往的故事，可以看到上世纪八十年代文化圈的一些现实，颇有历史感。但更值得一叹的，是借这些交往的人，读者大致可以看到那个被迫滞留北京的"史临安"淡淡的影子。不论这是否是罗孚的写作初衷，都可以说不失高明之处，尤其是他一直以来坚不作正面回答，我们只能凭借他眼中的其他人，来映照出彼时软禁中的这个作者的面貌和经历。

《北京十年》更为丰富和耐人寻味的，是其后三辑。

"胡风集团人和事"、"我所知道的周作人"、"潘汉年和袁殊的传奇"所涉及到的，几乎个个都是经历丰富，遭遇奇特的时代人物。罗孚虽为媒体所作连载文章，但就文字的平实、材料的丰富、结论的客观公正而言，实有做学术的严肃和严谨。从某种程度上甚至可以相信，这是他的苦心经营之作。罗孚为胡风集团各色人物记录其遭遇，活像一部知识分子的受难"传记"，这些人之中不少人与他有交往，因此更觉得字里行间深沉有味。相比之下，罗孚与周作人，只有上世纪六十年代新晚报时期的编者作者之间的交往，甚至和周与曹聚仁、鲍耀明的交往对比，是较为疏离的（罗孚提到，有限的交往也有当时的阶级思想作怪）。而他对共产党的优秀情报人员潘汉年、对多面间谍袁殊这两个人的非凡经历的梳爬，对他们人生命运中的风光与逆境，所花力气甚多，更何况这两个人至今也算得上不必谈的禁区人物。

上世纪五十年代遭受到了不公正待遇的胡风集团人物，其精神创伤一直延续至今，而大节有亏的周作人，更因为"文归文，人归人"的两难，至今没有调和。好卧底潘汉年，多面间谍袁殊，表面来看是他们的人生具有极大的反差，而其实在那些出生入死的岁月里，又何妨没有瞬间的万念？想必在这些他人的经历中，书写者亦能想到抗战中的编辑生涯、香港左派报纸的人生经历，以及突如其来的噩运。罗孚为什么选择为这些人"立传"，钩沉他们的来龙去脉，何尝没有一点借此浇自己块垒的心声呢？这些人都受到了不公正的待遇，甚至是极大的冤屈，但他们都保留了自己的某种底线，尤其是潘汉年与袁殊，为了某种职业准则或者纪律，而绝不辩解。他们的心事掩藏至深，任凭世间人众说纷纭，只有通过曲曲折折的反射，方能让人看到一点：歪斜的影子。

罗孚为什么要做这样的专题研究？罗孚为什么要写胡风、周作人、潘汉年和袁殊这样的人？也许这只是他的个人爱好，但足以作为理解他对间谍案缄口不言的钥匙。他无论是迫不得已还是别有怀抱，都只能显得这是一桩悲剧。但明显的，保持沉默远比大声疾呼式的控诉更有尊严，更有耐力——这是另外一种坚持，并且更值得尊敬。

我曾经特别留意鲍耀明日记中提到的周作人与罗孚之间的往来，何以当年发文章、出书一再反复，终于被搁置，现在终于从亲历者笔下得知了一些真相。唐瑜为纪念潘汉年所编的《零落成泥碾作尘》多年前已经看过，李一氓的《存在集》题记"献给潘汉年同志"，并有一篇《纪念潘汉年同志》，似乎都没有罗孚这一组文章令人低徊感慨，这是因为其中寄托了太多不能说的秘密，不能说的故事，甚至连讲述者的身份都还是一个禁忌，一个名义上的"失德者"。对于人世的不公，命运的捉弄，个人的隐忍，曲折心迹，读者触手可及。

辑二
且读且记

"好的时候非常好"

香港无非还是那样。满怀购书的期待,结果还是被购物冲动给稀释了;总以为会遇上铭心绝品,却又难免被无所不在的内地版搞得呲牙咧嘴;心有不甘,于是抱上一堆可买可不买的书,过关还很紧张——这次站在旺角的雨中,暗自下决心,雨这么大,起码可以改掉最后一项吧!

内地书店这两年的风气是几乎每家都有董桥专柜,在香港似乎一直是常态,牛津精装非常打眼,也不仅仅只有董桥。想一下,既然董桥转为简体也不会有人动手动脚,那么除了死忠粉丝,大概再买港版的人不多。牛津出的书比较漂亮,比如也斯的作品系列,从2002年的窄装本到近期的精装本,都值得入手。在我喜欢的乐文书店买了也斯的《后殖民食物与爱情》(2012年修订版),也斯年初去世,买一本书权作纪念——虽然我本打算找他的《在柏林走路》和《雷声与蝉鸣》,深一脚浅一脚地转了几家书店,只见到这本书和《蔬菜与政治》。雨又大,也没有兴致再远征柴湾或者美孚的旧书店了。

无论是旺角的二楼书店,还是铜锣湾的诚品,最热的书无过于傅高义的《邓小平时代》和夏志清的《张爱玲给我的信件》(台湾联合文学2013年版)。网上有人对照港版《邓小平时代》细心考出三联版《邓小平时代》删节字数,但七百五十多页的三联版本身就够"丰富了"。由联合文学出版的《张爱玲给我的信件》,多少透露出写信人与收信人之间某种"平等"——"我"诶!确实庄信正是张爱玲的后辈而夏志清不是。对张爱玲的书、有关张爱玲的书，和所有文学类的港台版一样，考虑的只是"我买了它会不会在它引进简体字版本之前读完"，而夏志清这本，据我所知还没有动静。在1995年张爱玲去世之后，夏志清为台湾中时副刊写了一篇纪念文章《超人才华，绝世凄凉：悼张爱玲》，即是根据张爱玲写给他的信件。后来经过整理，自1997年起陆续刊登在《联合文学》。买这本书，是我特别想看看张爱玲是如何被夏志清写到《中国现代小说史》里面去的，自己发掘抑或他人提醒？近期相关的一件趣事，是内地媒体报道的有张迷指责夏志清等人出版张爱玲的信件，由此曝露了张"晚景凄凉"云云，真不知道是什么样的"张迷"——报道不少，确实也没有一个有名有姓的"张迷"。真想抓一个问问，看没看过一位作家和一位文学评论家之间的一百一十八封信啊？为什么我"打书钉"这么久，都没有发现"晚景凄凉"？

尽管现在内地版的书在香港书店里越来越多，但是"内销转出口"也有惊喜。在梅馨买了几种内地前几年的旧书，都是以前没有留意到的，自然也是一种惊喜。初版本《中国现代小说史》要八百元，如果再早两年，我会立刻拿下。至于掌故家高伯雨的《听雨楼随笔》，前两年已经炒得很热，一直没有买，这次意外地发现了第三卷，收有他的回忆录，又逢折价，于是欣然买下。

即使《张爱玲给我的信件》出简体版，也不会改成"光明"，不像有的书，就像繁简体转化一样，总要闹几个笑话。买港台书，有些坑更是防不胜防，比如新近翻译出版的村上春树《无比芜杂的心绪》（南海出版公司2013年版），拿到手挺兴奋的，终于先港台一步了。后来才想起买过时报版的《村上杂文集》，岂知竟是同一本。村上在为他的老友安西水丸的女儿出嫁时写过一篇致辞，很短很有意思，收在这本书里，其中说到婚姻，他说：

    结婚这种事，好的时候非常好。不太好的时候，我每次都想一点别的什么事情。不过好的时候，非常好。

我引用了台湾赖明珠女士的译本，因为用它来总结在香港买书，非常好。

与中国有关的

《始有集》（刘铮著，浙江大学出版社2012年11月版）有一篇《书评家奥登》，介绍这位大诗人的书评文章特色，乃是浅显易懂，不避俗事，比如评论费雪女士的饮食文章。这里有一句我印象颇深，奥登提到了"我在中国的时候"，刘铮说"这似乎是整本书中唯一一次提到中国的地方"。

这句话用在新近翻译出版的《战地行纪》（上海译文出版社2012年11月版）一书似乎也合适。在这本由奥登和衣修伍德合写的中国游记里，衣修伍德负责散文的部分，详细记叙了两人在中国的行程，而奥登的诗歌，即使有那句著名的诗句"被他的将军和他的虱子所抛弃"，诗歌文本却并没有（似乎也不能）呈现他的直观感受，特别是读者能看到的，尤其是和衣修伍德的文章相比——详细的行程，形形色色的人物，丰富的细节，准确而强烈的感受，形象机智的比喻，等等。诗歌是另一个层面的分析。《书评家奥登》的最后一句云："或许因为我自己是个不大能鉴赏诗歌的书评人，所以，奥登对我而言，是大诗人，更是了不起的书评家。"套用一句，《战地行纪》的诗歌部分不论如何解读，散文部分绝对是一流的文章。

1938年1月，奥登和衣修伍德是从香港进入广州再深入内地，应出版社之请，观察中日战争爆发后的中国。关于香港到广州的这段旅程，曾经给我留下深刻印象的是从澳门到广州的传教士留下的见闻，还有旅行家珍·莫里斯在其

《香港：大英帝国殖民时代的终结》（台北：马可孛罗 2006 年 7 月版）一书开篇所写的，一度我深为其庞杂丰富的材料所叹服。但与衣修伍德的经历一比，似乎就能明白冗长与直接之不同：即将进入虎门炮台，他们所乘坐的"台山"号贴着一艘日本炮艇驶过，"当水兵们在甲板上走动，或者擦拭着火炮瞄准器的时候，你可以看到他们的脸……"这一段推荐阅读，因为它不仅是衣修伍德对日本兵近身的观察，也同样给今天的读者一个近距离了解侵略者的历史瞬间。

以其对广州的观感而论，衣修伍德能够将形势、地区特点、人物等信息，非常清晰地反馈给读者。他记录了接受他们采访的广州市长曾养甫不少口误的英文发言（后面还有不少政府官员的），但并不给人刻薄轻佻之感，反而比较幽默，正如他评价曾养甫的："这种轻蔑不屑而又温良敦厚的逗趣，我们一致同意，确乎是一个富有教养且爱好和平的国家在其宣传中去打击一个残忍自负之敌的应有调子。"衣修伍德对不少人物的描写和比喻，不仅准确、形象，而且总是有一种淡淡的幽默感。举两个例子，蒋介石接受采访拍照时，给他的感觉是被罚站的小学生，而我们所熟知的史沫特莱同志，在他眼里是这样的："没有可能不去喜欢她或尊重她，她如此地严厉、乖戾、富有激情；对每个人都如此无情地挑剔苛责，包括她自己——当她缩成一团坐在炉火前，似乎一切的苦难、全世界一切的不公义，都如风湿病正令她痛入骨髓。"

与中国有关的，近来还见到两种。一是引起很大争议、也以引起巨大争议而在大陆宣传其吴镇研究的徐小虎，她的《被遗忘的真迹》（广西师范大学出版社 2012 年 10 月版）虽然看了颇有所得，但存疑处亦复不少。这种越是有争议的学术著作，越要听听专家的说法，如果仅仅听一些赞扬的评论，实对怀疑无所解答。不过巫鸿的《废墟的故事》（上海人民出版社 2012 年 11 月版）却读得欣喜。这是巫鸿对传统中国美术中的"废墟"观念及其视觉表现形式流变的考察，由古及今，从古代绘画到战争废墟、《小城之春》的废宅，到当代艺术的一些表达。以前读英国艺术史家克里斯多佛·武德尔德所著的《人在废墟：文学、艺术与历史中的废墟美学》（台湾边城出版 2006 年 1 月版），即被这一观念研究所吸引，但是局限在了西方的艺术氛围，而巫鸿无疑是借助这一观念，回到中国的艺术场域，把一些常见的概念推得更深刻，比如从废墟上来研究中国的怀古诗，并细分怀古诗与废墟诗。在此书第二章探讨抗日战争时期的战争摄影时，有一段分析值得留意：

> 另一方面，受难之所以成为视觉再现的主题，是因为它为抵抗运动提供了意识形态和政治上的支持。所以，战时中国的废墟图像虽表现了挫伤，但也起到了为中国的自由独立辩护的作用。这些图像因此最精确地涵括了与中国生死存亡息息相关的痛苦和欣喜，拼搏和牺牲。

这段话足以用于我们看待《战地行纪》的照片，用来分析奥登与衣修伍德的游记，亦无不可。

不曾苟且

每次零碎地从《万象》杂志上读到周成林的游记,都深感有推荐的必要——哪怕只是一篇三千字的游记。曾经见到坊间有一本书号称《不曾苟且》,觉得很奇怪,这不是写作最起码的要求么,有什么值得大说特说的呢?现在想谈周成林的文字,不免也要沦陷在这种悖论里头,因为也要谈"不苟且":比如,文字的简练干净。早在十多年前,在网易论坛,读到他以 melzhou 网名所写的一系列影评,就能感到作者对文体深有体会,却又毫不造作。之所以将这么基本的要求"大说特说",固然可以不负责任地批评周遭的苟且,但要检验也很容易,最近一期杂志上便有他一篇《在大理》,有兴趣的读者可以对照看看。

但更值得推荐的是其新作《考工记》,这是作者关于自己身世的几篇散文。《浮云》(代序),《乱云》——关于父亲,《残云》——关于外婆,《晚春》——关于祖母,《我们要爱母亲》——显然这是关于母亲的,《暖灰》——关于伯父,《杀父》——还是关于父亲,《冷冰冰》——关于在澳门共事的一个同事,《微观生死》——关于生死,《考工记》——关于八十年代的招工,一共十篇。"片名"可以看出昔年影评人的影子,但与其说是因为热爱电影而写下自己的故事,不如说是因为自己有这样的经历,对电影世界里的故事体悟更深。比如他对高峰秀子主演的《浮云》所流露的理解与同情,时隔十年之后,结合这部阴郁的《考工记》,我多少有所了解。简单来说,《考工记》是一个"六〇后"的故事,有浓重的八十年代色彩，但其黑暗与粗砺程度，远远超过了我们的想象，家庭成员之间的紧张、甚至残酷的关系，个人在社会里的挤压与损耗，而且毫无光明可言（更不要说光明的结局了），令人不快的真实感，这是在今天关于这一时期的小说和影视剧作里极其少见的。今天不乏公开宣称沉重、巨大、苦难的题材，但为什么依然会给人"苟且"之感？很有可能除了这样宣称的爆破点之外，一无所有，更不要说如何上升到血泪文字的层级了。

从篇幅上来讲，《考工记》仅仅是几篇短的散文而已，但好在文学评价从来不是依靠篇幅。无论是名之为自传也好，散文也好，小说也好，《考工记》都可以让人领略到文学的力量，这绝不是随随便便的随笔文字。最近读到的田川的《东京记》也有这样的感觉，特别是其第一辑"杂人"。田川作为留日学生，在东京边上学边打工——而且留学的人中大部分都要走打工这个路子。对于日本，有很多风花雪月纯粹精神方面的文章书籍，这么陡然给人"黯然"之感的介绍，不多。

《东京记》给人的感觉是，这是作为摄影师的田川在东京拍的最有意思的照片，只不过是以文字的方式呈现，简约而意味深长。更重要的是，《东京记》会让人减少很多对日本的想象空间，而落到真实的人身上——田川写了他在补习学校的老师，更多的是打工的饭店里的各色人等，既有日本人，也有中国人，毫无溢美之词，全是讲事情。田川所接触到的，正是这样的人，他笔下的这些中国人、日本人，像他抓拍的人物，省略掉了很多东西，而直接抓取真实的、核心的东西，比如那个工头安藤，如此令人不快，又如此真实地存在着，迫使你去面对。这些人物都是这样的：并不一定讨你喜欢，但他就是存在于你的空间里，和你发生着关系。最令人难忘的是他写的《小萍姐》，结尾所引用《喧哗与骚动》里面白痴儿班吉与凯蒂的某段，隐约传出的似乎正是小说的氛围。事实上，《东京记》的第一辑，完全可以看成是一部松散的短篇小说集。而第二辑"杂事"所写的东京零散故事，就是中规中矩的日本见闻了。

唐诺的《世间的名字》很容易让人联想起他那篇又长又好看的《最好的时光》，他的文本总是旁征博引，娓娓道来，密度奇大。《世间的名字》所写的几个故事,像一部部与众不同的小说——《医生》、《骗子》、《编辑》、《小说家》等,但还是随笔。以《书家》为例,他谈的是对书法的看法、包括自己的朋友们对书法的见解,不禁令人想到了叶兆言中篇小说《玫瑰的名字》,写的也是"书家",却完全是小说家笔法了。在随笔面前,小说或许不有趣,不真实,但总是具有可供解读的余地。这或许不仅仅是文体的不同吧。

重读韩素音

星期六早上刷微博，刷出一条新闻：11月2日，韩素音在瑞士洛桑家中去世，终年九十六岁。很容易就找到了她的自传三部曲之《无鸟的夏天》，这是三联书店在1981年出版的小三十二开，精致素雅，当年同另外两部自传《伤残的树》、《凋谢的花朵》得自成都旧书店，一直带在身边——除了装帧可爱、文章值得重读，大概也有韩素音家世的原因。看过《伤残的树》的读者都知道，韩素音的父亲周映彤是四川第一代留学生，周家是郫县大族，周映彤回国之后是铁路工程师，他的妻子是比利时贵族。无疑的，我对周映彤这一代的杰出人物——比如留法的李劼人，留日的吴虞——很感兴趣：不仅要看他们在革命大潮中的表现与作用，也有必要长远地看待他们。作为留学生，他们都会先在自己家族内部引起改变，继而通过自己以及家人、后人，影响一个地域。我长久地记得弘一法师回忆他的留日同学、成都一位姓曾的话剧界人士，因为后来他再没有听到其消息，遂有寂寂无闻之感。但这样的新式人物在当时当地，是不可能没有影响的，看吴虞的日记也可推断一二。所以当我读到更为条理、更有故事性的韩素音三部曲，就不得不为辛亥、民国间的故事所激动了。就在你生活过的地方，有过如此繁复跌宕的人生。这种惊奇，大概正是历史吸引我们的原因之一。而读者如我，又正好成长于这块盆地上。

从若干有关韩素音的微博消息中，我又得知，她生于河南，而周氏家族是客家人，所以祖籍在广东。她的堂弟、著名物理学家周光地接受了媒体记者的采访。而顺手在《无鸟的夏天》中翻到的，正是1946年韩素音在英国期间，她的三叔（在《伤残的树》里面亦有"出镜"）把两个儿子送出国，其中四弟就是周光地。他来到伦敦，在一所理工学院读书。某一天，正是周光地给韩素音带来了她的丈夫唐保黄战死东北的消息。作为国民党高级官员，唐保黄自然是与共产党作战；当时韩素音与丈夫感情破裂，也因为国际局势的瞬息变化，她没有回到中国参加丈夫的葬礼。

当然，最值得一说的微博消息，还是韩素音的这三部自传以及自传体小说《瑰宝》近年都有重版。我在一边刷微博一边重读《无鸟的夏天》时又发现，有关她丈夫的死，她的朋友芸玲从台湾来信，"说法最骇人听闻"，说"他们杀人的方法残忍得令人难以置信"，也就是代表台湾方面给韩素音做"统战工作"。而众所周知，韩素音是亲共产党的。就在同一页，有这样一段：

> 一九五八年，我在北京和我的朋友龚澎提起上述这种种说法，一方面是怀着悔恨的心情回溯以往，一方面也希望能最终确切地知道到底是怎么回事。但是龚澎对此却一句话也没讲。

中共高干龚澎是韩素音的燕大同学，在两个阵营之间的韩素音耐人寻味，但绝非简单而平面的"亲共"或者"左派"。如果不注意历史的幽微之处，又谈何知人论世？就像韩素音引西哲所说的："人而无知一己民族的历史，终将在劫难逃。"

这次重读《无鸟的夏天》，她所写的1945年夏天在英国威尔特郡乡村的生活尤其令人喜欢：

> 由于骑车累了，我躺在茂盛的草地上歇息——英国的乡村真美呵！它是如此丰饶，如此安谧，一切都那样美妙，那样深邃……成群的轰炸机时常在这夏日的天空中飞来飞去……一枚V—1火箭从我头顶上呼啸而过。但

是，柔软恬静的大地对此却毫不在意。我们一边用手遮着眼睛向上看，一边嚼着三明治，既不愤怒，也不害怕。

我一下子懂了十多年前读的詹姆斯·希尔顿《偶然的收获》里，一帮子人在庄园里驾车的对话。那也是在大战胜利之后，他们谈论的其实是一种久违的生活：庄重的、固定的生活方式。只要你读过其中任何一本，我想都会对何为变动的、浮躁的、焦虑的生活有所察觉。

焚烧舞台的演员

二十世纪五十年代滞留巴黎的马尔克斯，"许多天里花费许多小时在圣米歇尔广场那家咖啡馆里看书"，这只是二十年代巴黎深远影响的案例之一。关于这段时间的回忆之多，也许正应了海明威所说的，巴黎是一场流动的筵席，可在后世读者看来，这场"筵席"来的人实在太多了，不客气地说，阿猫阿狗都能写一部特有现场感、充满名人掌故的回忆录。后来，甚至还有专门研究那个时代菜谱的著作出现，像《毕加索时代的蒙马特高地（1900—1910）》、《超现实主义者的生活（1917—1932）》这样的著作虽然是很严肃的学术研究，但它们大量充斥的还是名人往事，与名人回忆录试图重现场景的初衷并无二致。

同样经历了这场"筵席"的法国人莫里斯·萨克斯，他的作品《充满幻觉的轻浮时代——巴黎日记（1919. 7. 14—1929. 10. 30）》和大部分的回忆录不同，这是日记体，从1919年7月14日写起，写到次年12月23日，空了九年，在1928年6月28日又开始写，中间的九年空白找了他的朋友布莱兹的日记补抄，然后记到1929年10月30日。这样繁琐地抄录日期是想说明，萨克斯的日记并不像书名显示的那么漫长，但内容丰富，基本上囊括了我们大致知晓的这个时期的各种元素：达达主义、超现实主义、毕加索、科克托、六人团，文艺圣地巴黎的各种"演出"，等等。这也看得出在那个年代的巴黎，值得记录的事情委实太多了。

萨克斯一开篇就写："人们都不知道各自的年龄了。要不然大家就都是二十岁。"接下来又写跳舞、恋爱、参加文艺活动，尤其是"洛易斯和维奥莱特姐妹俩都很漂亮。问题是我很想要维奥莱特做妻子，但又想和洛易斯上床……"无论哪一种活动，对于十三岁的人而言都太不合时宜了（萨克斯生于1906年）。萨克斯写到了音乐家萨蒂和诗人雅姆——后者即里尔克"我坐着读一位诗人"的那位诗人。还写到了圣埃克苏佩里夫妇，这是我读过的对《小王子》作者最亲切自然的评价，有人情味，也很有分寸，没有一点抒情别扭的成分。他两次提到吉吉——女明星，跳艳舞，中途有人退场。有理由相信，这位曾经是纪德私人秘书、同时自己也是作家的见证人所记录的名人交往真实可信，然而也让人猜测，萨克斯乃是故意用了年龄上的不真实，试图以虚构的形式记载他所经历的真人真事、他的真实看法——毕竟，书中有那么多不留情面相当刻薄的"见解"，毕竟这本书出版的1939年离他描写的年代并不遥远，也许作为一本"小说"，当事人会好受一点？这一点与大部分的回忆录都不一样（远远超出了"1920年代巴黎回忆录"这个话题的范畴），大部分人的回忆录都会以真实感来说服读者（某种程度上讲，亦是说服自己）过去发生的一切是真实的、确实发生过的，是如同我经历的、见证的那样，亦如同我所评判的那样。这其实远不如萨克斯的"虚构法"好：因为太真实了，不得不希望读者当成小说看。

萨克斯笔下那个"我"，眼光和品位都是独到的。他不仅区分了当年的文艺明星们（当然，这个明星并不是指吉吉那样的文艺界"坚果"）何为新奇取巧——在他看来，夏奈尔、安托万、科克托、毕加索和超现实主义者都属于这一类，何为严肃类——普鲁斯特、弗洛伊德、纪德、爱因斯坦、斯特拉文斯基等，这些人"尽管是在战后闪亮，但他们还是属于战前的一代"。他还清楚地知道辉煌杰出与二流作品之间的比例。他对剧场与剧场演员的评判让人想起了何谓"艺术感受力"。而无论是日记的前一部分（二十世纪一十年代），还是续写的二十年代末，作为巴黎土著的萨克斯都写出了回忆录这种文体广泛而深刻的东西，比如一战前后巴黎（甚至法国）人的社会思潮变化，它也许仅仅体现在人们对单身（包括离婚）的看法上，然而萨克斯借那个青春期的年轻人之眼捕捉到了。

相比之下，比如同时代的吉吉的回忆录则未免太皮相之谈了。

值得重点阅读的是 1928 年 6 月 28 日，这篇长达二十页的日记像那位年轻人的反思，并将之前的怀疑精神向前推进。你可以说他是对当时的社会、国家、贤达人士乃至个人生活的深刻怀疑，甚至是"科克托、毕加索身旁狡黠老练的配角"，对熟人攻讦不已，沦为揭人阴私、放冷箭的宵小之辈（因为萨克斯对这两位都"恶毒"丑化。以中国人的惯有角度看尤其如此。况且经过牛×的时代而不牛×地回忆，反而要承认自己当年很傻很天真，实在奇怪得很）。但这位年轻人在接近三十岁时，对过去人生种种的清理，对现实的怀疑与厌倦，未尝不是一种个人思考的结果。最可贵的，不论是在 1928 年回忆过去，还是作为撰写者的笔调，鲜见对往事的一味歌功颂德，尽管有少许感伤。他明白：

> 我们这一代人是被引入歧途的。我们被告知世界上只有诗歌和造反，只有兰波、天使和魔鬼。我们被告知在洗手间里挂个十字架（超现实主义者即如此），让我们吸食鸦片（科克托……即如此），让我们喝酒，写无主题的文章，随便和人做爱，并在其中寻找崇高；最不幸的是那些意识到自己上当却无力自拔的人；总之，战后年轻人的病症非常严重。

对过去的自己的苛刻态度实在太少见了！看看中国人的八十年代回忆录，基本上不是激情燃烧的岁月，就是与青春同在的日子，除了理想一无所有，美好得不掺一点杂质——可能吗？"我要对奢华、多余和肤浅的事物，也对自己说，再见了。至于那些繁荣时代的各路英雄们，我大概要对他们说，永别了。"——这也仅仅是年轻人的感伤吗？

现实中的莫里斯·萨克斯在二战中受雇于盖世太保，在巴黎以告密、黑市倒卖和欺诈为生，后来因为行动不谨慎和做假报告被拘禁，1945 年转移途中行走迟缓被看守击毙。这种堕落身份确乎够得上吸引人，然而萨克斯笔下那位年轻人在我看来更具魅力。他同时代的文学批评家，也是从未向他要钱也未给过他钱的朋友安德烈·弗雷尼奥总结说，"他焚烧他的人生，正如演员焚烧自己的舞台",而我们这些看客、读者,也确实见识了演员们在燃起来的舞台上是什么样子——幕布是萨克斯点燃的。

新井一二三眼中的八十年代

读新井一二三，大概起于早年的《万象》杂志，她写的上世纪八十年代留学中国大陆时的旅行记给人很深的印象。这是我读她的两本集子《我这一代东京人》和《独立，从一个人旅行开始》的最大动因。当然，其他原因还有这两本精装小书设计得非常合理，可以摊开读，没有一般小精装书根紧、必须双手狠命掰开才能看的毛病——如果后一本书里的图片不是只有邮票那么大小，这两本书简直可以入选2011年度"最美的书"了。小精装开本是近两年出版界的一股潮流，尤其是书话类读物。但到目前为止，经手舒服的小精装开本，似乎除了新井一二三的这两本外，还没有达到如著名出版人钟叔河先生所说的标准：他在最近将要出的一本小书《记得青山那一边》的小引里谈到小开本的书，"装订还得讲究，无论翻开哪一页，都要能伏伏帖帖，不要一松手就自动合拢来……"

除了"硬件"，"软件"也值得一说。新井一二三是用中文写作的，早在大陆留学时期就给日本报章写通讯，后来又给香港媒体写，2005年开始在大陆发表文章。用中文写作的日本女作家，之前还听说一位茂吕美耶，这两位都有在中国留学（生活）的经历，对中文的把握确实在行。新井在序言里谈到自己写文章的故事，简体横排，繁体竖排，有次她手写日本作家"幸田露伴"的名字，编辑认成了"幸田露体"——新井这位资深撰稿人想说明的是，"在计算机上用繁体字写的文章，只按一个键就能够全部换成简体字，我真的感动极了"，然而繁简转换如果真这么简单，恐怕错漏会更多。另外还要捉一个字虱，简介最后一句"她和先生都是专职创作者，一人写鬼怪小说，一人写散文"，"她和先生"似该为"先生和她"，不过这虱子未必算得到新井的头上。

新井推崇旅行，尤其是独自旅行，"在我看来，能够一个人旅行是独立人格的标志"，这种理念，是段位还处于阅读旅行手册的读者如我很难领会的。不过，虽然这种独自旅行的感觉没有能够从书里分享到，但是她在上世纪八十年代中国大陆的游踪却不经意地流露出历史的细节，堪称另外一种享受："刚改革开放不久的北京，连长安街上都没有汽车的影子，反而有许多待业青年没事干地蹲在路边，晚上趁黑在大街上踢起足球来。但是北京人还没有穿牛仔裤的。"

等她到了上海："印象最深刻的是上海第一百货大楼，商品丰富且时髦，连牛仔裤都有卖。"而她在广州的中山大学留学时，有位教授夫人多次请求她帮忙从香港带一台洗衣机——因为新井是留学生，有当时外国人才能拥有的、可以对外购物的"白卡"。

又比如她认识的北京摇滚分子丁武王力臧天朔崔健们："北京许多人还穿军装的时代，他们就已经打扮得好前卫，在别人看来蛮奇怪，疯疯癫癫的。"现在回头看看，确实有一种观赏弄潮儿的感觉。还有她结识的上海待业青年阿鹏，偷渡到香港去的广州人阿成和阿德——现在来看，这些个人的命运都能在改革开放的大潮中找到注释。

这些人、物与地域的印象，来自一种可以称之为"他者"的视角，可能不一定准确，但是留下了真实的第一观感，像底片一样，不会遭到飞黄腾达之后的自我修复、自我虚构、自我神话——这样的例子，在惯见的八十年代回忆录里总是很难避免。也许可以说，这是因为新井一二三是个局外人。也可以说，通过新井在八十年代中国留学、旅行的经历，三言两语透露出来的当地风俗风物面貌、当时的流行趋势，尽管这些丰富的细节就今天的旅行而言已经落伍很多，但是作为真实的记录，亦能增进中文读者对这段历史的了解。

现在谈到中国的发展，往往会以先进国家为借鉴案例。新井在《我这一代东京人》里提到 1964 年奥运会改变了日本,这是近代化的标志,设计高速公路的工程师们填埋了东京的交通网络水路,种下了环保恶果:新井父亲记忆里可以游泳和抓鳗鱼的神田川,到了女儿的记忆里却是"每年购买新电器的居民往往把旧货干脆推下河去"的地方——日本政府的清洁部门开始回收大型废物是后来的事情。直到二十世纪末,市议会才通过景观条例企图恢复水边生态。这些先进国家的"失败案例",也是在这种私人角落里被记录了下来。

读董小记

"大字本"散文丛书

读台湾远流版"董桥作品集"第二册,有一篇《一部新编的钱钟书散文》,说的是浙江文艺出版社出版的《钱钟书散文》,责编罗俞君女士做了不少辛勤的工作。其时,亦由罗女士责编的《董桥散文》已经出版了。那是上世纪九十年代中期,散文大热,各种选本层出不穷,这些好好坏坏的各类散文我当时读了不少,民国、外国、现代,落得外表迂阔内里消化不良,直到好多年后才晓得散文是怎么回事。浙江文艺这套散文选本当年可能读过,不过,真正让我觉得意外,被董桥这篇文章勾起话头,却是近两年的事。正是那册《董桥散文》,字号奇大,行距密实,天地宽阔,朴素大方。我在旧书店捡得此书,读了有种恍然大悟的快慰:这是我曾经读过的书,原来是如此之好。又陆续搜罗了几本,董桥、张继高、施蛰存、杨绛、钱钟书、钟叔河等人的散文集,每册都在三四百页之上(《钱钟书散文》近六百页),封面由著者题签(当然,钱家是互题),书装都用画家韩黎坤的画,极有味道,倒颇像"董桥作品集"之用杨元太的陶艺作品作书装。这套书纸张亦好,绝非时下风靡的轻型纸,软精装亦锁线。这几本书书价在二十元上下,十二年前未免太贵,但如今看来,货真价实。每种印数都不小,我手上这本《杨绛散文》已是 1997 年 4 刷,印数为十二万八千册!印数这么庞大,即使如今想从头收拾,也是容易的事。可惜这么好的一套书,如今书店里都不见重版。这套"散文"的英译有趣,如董桥、张继高、施蛰存、杨绛的,译作 proses,钱钟书、钟叔河的,则是 essays。

"这样难听,叫我怎样见人!"

读桑简流先生《西游散墨》集外之《闲人日记》,有云:

五月十一日(星期五)

三年来天天死拉克鲁泽及巴哈,四十年来不下一万两千遍,始终不能背。今天再试冲破柴可夫斯基 Poco Piu Mosso,小儿忽从外面跑来气急败坏说:"街上行人都问是不是我在拉。这样难听,叫我怎样见人!"我只好索然作罢。小孩不懂"业精于勤荒于嬉";余致力小提琴凡四十年,失败为成功之母。

我是读董桥文章一再提及他这位在英国广播电台的前同事水建彤先生("桑简流"系笔名),才想起家中有一部《西游散墨》。按董桥描述,水先生精通英文而旧学淹博,翩然有英伦绅士风采。但细读其书,字里行间不乏名士脾性,比如这则"弹琴"日志之后,还记了他改造四张从"破货店买来二三十磅粗制小提琴","虽然家小无故讥我'拔苗助长,焚琴煮鹤,专做无益之事',我坚信改造。万物平等,一律可以改造"。再参以该书其他部分的游记,原来老天真如此。

古书上说,学琴三年,精神寂寞,说的是伯牙尚未得其法。相比之下,水先生费力四十年却依旧能享受"致力"于失败的乐趣,品位超乎古人。我不是水家邻居,没有听到那不可见人的克鲁泽和巴哈,但我的邻居也有拉二胡的,上午闲寂时分,去上班的路上匆匆一听,既不苦涩,也不难听。经历有限,似乎难以入耳的二胡还未听到过，反倒电视上激越状的二胡女郎每每不好意思看。金庸笔下的莫大先生自然给他的琴声染上孤僻的色彩，格调不高，像郑逸梅记载的蒋梅笙醉后"必唱京剧，而命其子拉胡琴"（《艺林散叶》），不必与闻，已经厌之。这都是二手经验带来的势利眼，我听得顺耳的不正是胡琴么。水先生的孩子不忽老父琴拙，想必有一定的造诣；很多人最厌烦听邻居儿郎练琴，喻为弹棉花，其实想想，练琴的孩子十有八九也是厌倦的。我记得旧居楼上每逢周末下午，总有叮叮咚咚的琴声流淌下来，时断时续，凭空给乏味的午后添了些乐趣。这是作外行的好处。及至听到 Rosalyn Tureck 弹奏的巴哈平均律，稚拙天真，怎么跟十多年前听 Andras Schiff 弹的很不一样，也让我觉得几年前那位午后琴童是快乐的，甚至体会到那位发愤了四十年的练习者自得其乐的心境。这也是作为外行的幸福。

听了图蕾克（Rosalyn Tureck）演奏的巴哈，我想多了解她：美国人，生于1914年，2003年去世，"因对巴赫音乐有深入研究，有演奏巴赫的专家之称"。读桑简流先生的《西游散墨》，也作如是想。书前简短的说明交代他是藏书家傅增湘的外孙，上世纪四十年代在新疆从政，《西游散墨》乃是1957年夏赴伦敦参加国际笔会顺访欧洲的纪游，云云。关于桑先生在海外的行踪，如定居英国与董桥同事等等，则无资料。网上仅查得《西游散墨》是香港珍珠出版社于1958年7月出版，辽教版收录的集外十三篇随笔，除最后一篇之外均发表于八十年代初之《明报月刊》——当然是因为前同事董桥约稿。不知道这位老顽童的巴哈此时拉得如何了。

"当下"是什么时候？

《听说要查禁这本书……》收在董桥《回家的感觉真好》一书里，最近读《董桥文集》才注意到这篇文章的开头是这样写的：

"内地的朋友寄来一本《太平杂说》，夹着一张字条说：'此书因否定农民起义，并有影射之嫌，听说即将被官方查禁。当下购寄一本参考。'"

我在出版社工作的某友经常不客气地指出我所在媒体使用字眼的荒谬，"当下"即其一也，往往正襟危坐在通栏大标题之中。当然，以今时今日的语境，虽然按照词典解释"当下"为"立刻、马上"之意，但"现在、刻下"的歧义分明已经深入人心，使用者率多罔顾词典定义。以我的亲身经历，十多年前就有一位爱自称"述而不作"的仁兄对我说过"关注当下"之语。

我疑心不少词语经过社会改造，早已失去了原来的含义，如"空穴来风"，按照词典定义的"恐有其事"来用的，少。"当下"的蔓延尤其厉害，因为新闻报导、时事评论都离不开"马上"。近来逛书店，见到一位台湾学者的书，《活在当下》，且是国学大师饶选堂所题，或许港台字典早已自动更新"当下"的词义了吧。不过，好歹从"内地朋友"处见到了一例"正确用法"，虽然是在一位香港人的书里。

中文英文

吴蔼仪是经常出现在董桥文章中的一位，照董桥转述，英文绝佳又有识见，写了很多高妙的小品。遂去google，原来是香港的大律师，又与董桥同事，做过《明报月刊》的总编辑。

近读《吴蔼仪的信笺》，有云，吴氏"信笺上方细字印了瑞典大导演Ingmar Bergman名片《芬妮与亚历山大》（*Fanny and Alexander*）里的一段话：'The world is a den of thieves, and night is falling. Soon it will be the hour for robbers and murderers…Therefore let us be happy while we are happy, let us be kind, generous, affectionate and good. Therefore it is necessary…to take pleasures in the little world：good food, gentle smiles, fruit trees in bloom, and waltzes.'"

董桥译作：人间是匪窟贼窝，夜色渐渐深沉。强盗凶手转眼就要来了……所以，开心的时候且尽情开心。我们都要宽容，要慷慨，要体贴，要好心。在这个沾亲带故的小世界里，乐趣当然是要有的：可口的饮食，温柔的微笑，茂盛的果树，还有那翩翩跹跹的几曲圆舞。

我记得六七年前一个早晨掀开电视，正好看到伯格曼这部名作，坐在沙发上看完，竟然花掉整上午。吴蔼仪信笺上引用的话，不知藏于这部漫长电影的何处，此番读，倒觉得像某些香港文人的注脚：往往会有温柔敦厚的陈词滥调，但下笔却总是隐有所指，不曾失掉自己社会人的那份火气。

同一文中谈到语文训练之策，吴说要中英文俱佳，"必须对两种文化，两种思想有体会，奠为基础；因此，经常留意两国文化思路与风情格调之特质，方可写出像中文之中文、像英文之英文"。同样中英文俱佳的桑简流先生说："自汉人言：汉文，土也；英文，花木也。汉文不深，无以长英文。盖欲能神游英文作品，往往以汉文之'文心'耳目可以得之，以粗浅之英文程度则不能得之，'无明不能自照'。"（《西游散墨》序）此说亦大佳。

酒肉岁月

董桥先生的《酒肉岁月太匆匆》，写的是台湾学人林文月女士的厨艺，末段提到北京大家王世襄先生，说："王老'玩'什么像什么，每天天亮就到菜市排队买菜，衣着语言跟平民一样，有一位老庖师和他聊起来，真当他是同行，说：'咱们这一行……'"

去年沈昌文先生来穗宣传他的新书《知道》，席间谈及曾与王世襄为邻，一度陪他逛菜市场。两人吃的份，菜却买了一大堆，沈公纳闷，等回家一看，叶菜都择到只剩最嫩尖，当然也只能做极小份的菜了。这让身为普罗大众的沈公很受不了，据他说后来也就不跟去菜市场了。

董桥谈及林文月厨艺时提及后者买超市速冻鸡胸肉。我听说在北方的菜市场是没有"杀鸡处"的，只能买杀好的全只。南方还能随时点杀，并且可以买半只、四分之一只，等等。但每次有禽流感消息传来，菜市场总上电视，香港亦然，全城打冷颤。以今天的食品安全潜规则而论，买一堆菜吃个嫩尖应属安全措施。即使去城郊村子里买回来的菜，恐怕跟超市里的一样让人放心不下。王世襄先生吃的是习惯，是品位，而老百姓惧怕的只是农药残留重金属污染。

酒楼里的酒肉岁月另当别论。

毛边本《董桥文录》记

《"你要善待这个人!"》是董桥"答谢"他的责任编辑龚明德先生的文章，书即是1996年在四川文艺出版社出版的《董桥文录》，文中提及此书第一版错字太多，再版时龚先生校了三遍，"害我非常过意不去"。十二三年前，此书应是内地收录董桥文章最多的本子，设计亦大方，尤其封面董桥名章极遒丽可喜。大约十年前，我在成都冷摊上搜罗了好几部送朋友，因其便宜，只要五元。后来读出了错别字，也开始嫌弃里面印得不好，纸差，有些左页都印到右页上去了。这本书跟着我来了广州，后来还是送进了旧书店。

《董桥文录》我只有一个念想。八、九年前，有次去成都旧书店"淘书斋"，位置大约还在C大一处极偏僻的地方，只买了一些便宜的文学书。在高高的书架上看到一册《董桥文录》，书脊向外，可以看到上方毛茸茸的未经打理。当时心里好可怜旧书店生意难做，居然把这等次品都给搜来卖了——等到晓得毛的究竟是怎么回事之后，"淘书斋"那册"次品"总在我心里晃来晃去。

现在，真正的毛边党人，不惮于大清早上网竞争拍卖，不惮于逢人就问：今天有毛的吗？亦不惮于收进自己不读的不喜欢的——唯毛是选。要我大清早的上网哄抢就不行，哄抢从来抢不赢。我只是希望看到自己喜欢的书做成毛边。所以对目下的毛边大会，只能酱油地飘过。此情此景之下，这本出版于十多年前的《董桥文录》自然在网上找不到了。

前不久在王家葵先生的博客里看到贺宏亮先生的留言，提到他与流沙河先生讨论"叩"字的含义。忽然想到，贺先生会不会与《董桥文录》的责任编辑龚先生认识不？积想既久，未暇多想就托家葵先生代为打听。不料第二天就回信说找到一部，且隔两天到广州旅游时就可以带来，真是令人欣喜欲狂。我总是爱劳烦别人：又请家葵先生略写数语题跋以纪其中书缘。八月二十日中午到广州东站接家葵先生一行，车上即赐赠此书，读了家葵先生写在后面的书缘，我才知道一个念想麻烦了这么多的好心人。电话向贺、龚二位先生道谢，谢谢宏亮兄的热心，也谢谢龚先生的慷慨。龚先生却说谢我，因我喜欢他编的书。这本书我确实喜欢，不知是否版本差别，毛边本的纸张极好，我读到一半，竟不忍心再裁了。

附记：

王家葵先生题跋：文艺社《董桥文录》出版有年，新伟兄索毛边本，因浼宏亮兄代询龚明德老师，居然搜得一册，惜封面不完，龚师母乃专程往川师大配补，承宏亮兄携来，又笔陈子善、龚明德两先生电话于简端，热诚可感动也。此书经我手转奉，有荣幸焉。新伟兄嘱写得书因缘，漫涂数行。己丑三伏。

（2009年夏天写于广州）

香的文化史

"'香'弥漫于文学，历史，也弥漫于我们的日常生活。"开宗明义，和正式的学术文章不同，奚密这本《香：文学 历史 生活》虽然跨了三种范围，其实清浅。"你知道曹操最爱九层塔，曹丕最爱迷迭香吗？"这诚然能立刻吸引读者的好奇心，表明趣味所在，更关键的是，这本书本身就是一种趣味的彰显。

一种事物的起源，字义，流播，相关的著名人物及其轶事，以及在我们刻下生活中的形态。有的人聚焦于一处，截取一个部分即可成文，考其名目含义，足以成为一部著作。这是常见的文化史写法。而更常见的是《香》——它是全面的涉及。虽然这也是文化史的一种写法，但读来并不让人心折。

芳香文化，芳香疗法，芳香学，在西方是专门的课程，奚密此书即是从西方文化入手，探讨香在其文化中的作用。然后，旁征博引，观察香在中国社会中的历史。本书谈到的三十余种花，果木之香，首先就是寻找文献上关于它们的记载。比如曹丕将迷迭香自西域移植中土，并写了一篇《迷迭香赋》来赞美它，"附玉体以行止兮，顺微风而舒光"，而欧洲文明则视迷迭香为隽永回忆的象征，葬礼，婚礼都有它的身影。而女性将它放在外出的丈夫的旅行箱里，意味着防止外遇。

引用的文学作品（基本上是诗歌），不仅有经典作品，还有现代诗人如杨牧、纪弦、夏宇等人的作品，甚至还有龙榆生写的现代诗《玫瑰三层》。不过，最为耳熟能详的材料，莫过于由西蒙与加芬克尔二重唱（Simon and Garfunkel）演唱的英国民谣《斯卡布罗市集》，歌里说，市集上香草商人云集，带来香菜，鼠尾草，迷迭香，百里香。在西方社会文化传统中，香菜代表了喜庆，鼠尾草代表贤惠和健康，迷迭香象征忠贞和回忆，百里香象征勇气。而这首美妙深情的歌谣却有着严酷的背景。中世纪的瘟疫年代，香草受到前所未有的重视，不仅人人佩戴香草，还堆积起来焚烧，借以净化空气。虽然在当时于事无补，但由此产生的各种芳香疗法和手艺，却流传至今。

我记得香港导演严浩拍的电影《厨房》里，就有一段是借吃饭讲述碗里的几种香料，并且轻声唱起了这首歌。这也是一点文化史的材料，正如将来我们回顾这十年，板蓝根同样应该占有一定的篇幅。

玫瑰之与里尔克，丁香之与戴望舒，莲之与周敦颐，菊之与陶渊明，都是香与文学紧密结合且深入人心的例子。奚密又从西方的角度，扩展了我们阅读的视野：香水中，以玫瑰，茉莉和桔花三种天然精油最为昂贵，只有最高级的香水才包含这些成分。"香奈儿5号"就兼含玫瑰和茉莉，而且只用法国南方格拉斯的精油。而丁香当今年产量逾八万吨，百分之七十都来自印尼，在十五六世纪，欧洲与印尼的香料群岛发生了丁香争夺史。而在中国东汉以后，臣子觐见皇帝时口含丁香，"欲其奏事对答，其气芬芳"，可以类似今天的口香糖了。屈大均的一条记载也可作为佐证，《广东新语》中说，（丁香）"从洋舶来者珍。番奴口尝含嚼以代槟榔"。

读奚密此书，连带又翻出《广东新语》、《岭外代答》、《中国伊朗编》、《香料传奇》等书对读。书中关于桂花的一节《"吾"三桂》，对桂花的介绍似有失简单，且说"桂花又名木樨，因为它的木纹像犀牛角"。据《岭外代答校注》，桂属樟科，果实长椭圆形，而木樨是木犀科，俗称桂花，并不结果。而且明确指出，桂花与肉桂皆称"桂"，实不同类，二者同名乃在唐代以后，"凡经传言桂，皆非今之木犀，唐以后始名木犀为桂花。"现在桂花的品种更多，作为博物文章，似乎更应该准确。而拿桂作文化史的文章，比如，在我的老家四川，近年收树种的行业发达，竟有一种说法，桂花中的月月桂（又称四季桂），因为"月"近

"药"的发音，卖不上价；而在广东地区，众所周知，"桂"谐音"贵"，所以极受青睐。在茉莉一文中，关于其名字来源，一是来自波斯语，译作耶悉茗，耶塞漫，耶惠茗，与英文同一字源（yasmin），另一来自梵文（mora），译作末利，末丽，抹丽，"加上草字头后就成了现在通用的'茉莉'"。茉莉的原产地是波斯，引进之后在广东地区广为种植，因其喜欢阳光。不过，我关注的是，从末利，末丽，抹丽到茉莉，这个草字头是怎么加上去的？是因为这个地区根深蒂固的讨口彩习俗，还是其他原因？

"文化的定义一度非常狭隘，但现在又已经变得过分宽泛。"历史学家彼得伯克在探讨新史学中"社会文化史"和"文化社会史"不同的位置时这样说。他还有一个观点，也足以帮助我们看待一些文化史方面的著作，他把比较"自然"现象的历史保留"文化"，把属于文化产品的研究保留"社会"。以本书为例，关于西方社会中芳香文化和洗浴文化的交流有一段，说古希腊和古罗马人都喜欢沐浴，其中也有精油按摩。但在罗马帝国灭亡之后，基督教曾禁止人们上澡堂，因之在十九世纪前的欧洲人很少洗澡，于是香水发达起来。我觉得这段足以说明文化史与社会史的紧密不可分，更说明要从后者入手，去研究，发现前者。文化史的有趣也正在于此。抛开了具体的社会历史环境的考察，文化史便失去了丰富生动的可言说性。同样的，也可以在当今流行的文化史著作中有一个清晰的判断——做这项研究的人，究竟是在罗列（我们不知道的名字与材料），还是在为我们证明这个名字与这个材料的关系？

谈笔记

史学家邓之诚晚年曾在其日记中说过，那些不为大众所知的人与作品，其实不必过分期待（大意）。他说的大概是经典的作家与作品都是经过时间的淘汰，联想起邓公晚年搜罗明清易代时期的各种文集，想必这种结论有感而发。不过，在任何一个时代，发掘不为人知的作家与作品，无论是评论家还是普通读者，都难逃这一心态。更何况，是在写作的文体、载体都远超以前的今天。

偶然看到海燕出版社一套五本的"竹堂文丛"，有以下几种：《书法直言》、《笔法琐谈》、《竹堂笔记》、《曾经》、《襄城》，作者孟会祥，闻所未闻，作者简介说是河南人，现为《书法导报》副总编辑，《书法直言》、《笔法琐谈》大概是和工作有关的，于是挑了一本薄薄的《竹堂笔记》看。让我觉得这本书有意思的是这么一则笔记：

> 五四时期，学人天堂。嬉笑怒骂，纵横捭阖，活《世说新语》也。士气作用于社会，于此为盛。随后劫数，噤声蒙辱。此或亦天行有常也。经此寒燠，此烬遂渐，于今安有士子士气耶。

文字写成这样，看法如此，我想书也不会差到哪里去。这本书以笔记的形式，大体谈的是对书法的看法，既有读书、读帖的感悟，也有对刻下书法圈一些现象的调侃讽刺。一家之言，自然就涉及到人事的好恶。或许你读过余世存的《非常道》，简单来说，这本书就是当今书画圈的"非常道"。比如：

> 所谓风格，即找到合适的笔墨纸砚，养成习惯。
>
> 莫言高密书房一斗阁，为沈鹏先生所题……莫言乳名一斗，因以名书斋。
>
> 某书家之书，皆极怒张。张胜曰，似是观者皆欠其二斗黑豆钱。

率多为艺坛掌故、趣闻，不过，也有这样皮里阳秋的："为展事作书，自当留心时尚，大似卖笑，百般装点，揽生意耳。"

我留意到，作者对刻下展览体这种时风、对以职位名气论作品的种种风气都予以讽刺——注意不是批评更不是批判，后者义正词严，便失去了笔记体的蕴藉和幽默，便不会有孟先生敢自承参加多次展览却一次也写不出、给人写扇子经常十扇九坏赔人扇面这样的自嘲了。

为什么要拿《非常道》来比拟这本笔记体？因为除了这些引用的较为幽默的之外，还有更多的笔记是文字通顺甚至优美，真正属于读书人读有所得的内容，就像第一条所引那样，还有思想。而反观所谓业内的书画笔记，好听点叫崖岸自高自我作古，不好听点道听途说涂脂抹粉的可不少。纯以唬人为目的，既不读书，掌故的基本事实错误一大堆，还谈什么文章与思想呢？

不过，在今天，笔记体确实像是过时的文体，媒体用不了"补白大王"，想读郑逸梅那种内容好文字好掌故的读者不免扼腕。记得快十年前博客勃兴的时候我就看到过一些人大谈今之博客乃古之笔记也，十年后也有人这样套用微博。然则笔记体是否仅仅是形式短小而已呢？想必你对前两年一些大V动辄来个文言体记忆犹新，又前两年在报纸上拜读过当今一些著名小说家评论家所写的笔记，汤汤水水的连"也"、"矣"都分不清，如果要产生所谓笔记，必然需要有思想和格调的人来写才行。近年来看到值得一说的笔记体是网上流传的《红朝士林点将录》。

孟会祥的这五本书,《书法直言》、《笔法琐谈》没有看也不准备看,因为太专门了,正襟危坐这样的文章,很可能还没有一则笔记的内容给人启发多。不过,他的另外两本散文集,《曾经》还有点文人习气,《襄城》却是篇篇接地气,放笔直抒胸臆。我特别喜欢《大哥》一篇,它讲尽了我们平凡的生活,而这生活是值得叙述的,因为那是你的生活,包含了你全部的感情与价值。值得为这本书写一篇《论散文》。

岭南故纸寒香

一

"无端来作岭南人",扫瞄今年上半年的图书,倒是不乏跟岭南有关、或者即是岭南人所作者。如陈寅恪先生这句诗,在读初版本的《陈寅恪诗笺释》时不曾留意,最近通读新版增订本的《陈寅恪诗笺释》(胡文辉著,广东人民出版社2013年4月版),发现它不仅牵扯人去关注与岭南有关的书籍、人物、文献,同时也揭示出一种惯性思维的误区,就好比历来人们都对"不辞长作岭南人"所表现出来的随意旷达赞赏不已,而对于这块土地的人文风景漠然视之,对生活其中的文化人运命的流播无常,似乎往往不能具体与岭南一隅产生关系。相比之下,还是寒柳诗更显深沉有味。是因为想到寒柳堂最值得笺注的诗,牵扯最大争议最多的诗,似乎也在岭南,巧的是,为寒柳堂作笺注的,恰好也是岭南人。

《陈寅恪诗笺释》初版于2008年,此次出修订版,据著者说大部分是诗词例句相关史料的补充,比较琐碎;寒柳堂作品的增补只限于诗三首联三首,但很显然,增补也是因为初版之后的学界反应,而著者也不是被动修改,近两三年来新见的材料也多有补入,通过不少脚注可见其搜罗之用心。

不过，相对于著者认真负责的增补态度，我则更欣赏他对"增补"的看法：后记里提到，对于这样一部开放式的笺注大书，不必一直增补，何妨不了了之。想到著者在初版的后记里说："我们必须花费更多的精力来消化他们那一代人的成绩，必然地，我们也就无法花费跟他们同样多的精力于古典学问的世界。"这说的是时代的局限，而"不了了之"则是完成者的自信，我以为，即使是对陈寅恪的诗，这也是一种务实的学术态度，也不失为治学者的高明之见。

二

关于陈寅恪，关于修订版，最近还可以记上一笔的是初版于1995年的陆键东《陈寅恪的最后二十年》（三联书店2013年6月版）终于再版了。修订版删去了众所周知的官司文字，增补一些新内容。回想这近二十年来无论是学界还是读书界对义宁陈氏的关注，陆著功不可没，上面提到的《陈寅恪诗笺释》的作者胡文辉先生就说过：

> 陈诗透露出陈氏专业学术背后的精神世界，它既是陈氏本人的心史，也可视为现代中国知识分子群体的心史。

如果没有《陈寅恪的最后二十年》对大众的"普及"，或许今天的读者不会对这位学者有如此深厚的兴趣，并且如此透彻地把他的遭遇与时代紧紧联系起来。它既让我们对群魔乱舞的年代里，人性的丑恶群体的迷狂有一定的了解，也让我们对于那些类似陈寅恪却只是寥寥数笔的"配角"知识分子充满了好奇，那些与陈寅恪保持往来、进入这部书的人物，如吴宓，本身也是值得研究的知识分子个案。

可以说，尤其是在对知识分子研究特别深入、对知识分子作为也特别在意的今天，《陈寅恪的最后二十年》尤其值得重读。

关于知识分子的研究，也可以说是今年的一个热点。除了这两本书之外，还有杨奎松《"忍不住"的关怀》（广西师范大学出版社2013年5月版），陈徒手《人有病，天知否：1949年后中国文坛纪实》（修订版，三联书店2013年5月版）、《故国人民有所思：1949年后知识分子思想改造侧影》（三联书店2013年5月版），而以杨著的研究方法直接深入，启人良多。

三

在粤言粤，不要说前面胡文辉陆键东两位是广东人，"寄籍"岭南之后，我对涉及到的岭南人物文献也较感兴趣。这里不得不提广东人民出版社的大型丛书"岭南文库"（《陈寅恪诗笺释》亦列其中），这套书不仅有关于广东历史沿革风土人物的专题小书（多为今人所撰），也有厚重纯粹的学术著作，对古籍文献的点校整理，对一些社会民俗方面的研究，如蜑民、南音与粤讴、博济医院、广雅书院等。而我最期待的一本，乃是笺释陈坤的《岭南杂事诗抄》。此陈坤非彼陈坤，是清代钱塘人，曾经在潮汕地区做官。这部书近似竹枝词，自有注释颇多，而笺释本想必会是一部关于清后期岭南风土方面的百科全书。

"岭南文库"学术价值较大，但似乎还仅限于岭南地区，所以很有必要略加阐释，而下面提到的这本，更是不仅仅于岭南有价值而已。

1938年，著名学者、也是广东人的叶恭绰联合在香港的文化界人士，以"中国文化协进会"的名义，动员了四百多人工作，终于在1940年2月22日至3月2日，在香港大学冯平山图书馆举办了以"研究乡邦文化，发扬民族精神"为宗旨的"广东文物展览会"。"凡先民之所留，皆民族精神之所寄也"，借着展出这些劫余文化遗产，凝结爱乡爱国之情。据统计，展出的两千多件展品，以广东文物文献以及相关者为主，盛况空前，引起了极大的轰动（书中也收录了此次展出相关的评论、报道），接着又出版了以展览内容为主的《广东文物》一书。近日，广东人民出版社按照1941年版的《广东文物》影印出版，因为相信七十多年过去，"至今仍有重要的学术价值"。

三册一套的《广东文物》分为图录之部（上册），研究之部（中下册），一共十卷。文物形式丰富全面：图像、金石、书画、手迹、典籍、志乘、文具、器用、太平天国文物、革命文献等类别，其中收录的典籍志乘类文献达七百多种，岭南著名藏书家徐信符关于广东藏书历史的两篇文章读来极有兴味，像这样的文章还有很多，因为撰写者都是名动海内的文章大家，如简又文、罗香林、高贞白、冼玉清、陆丹林、饶宗颐等等。

今天看来，国民党要人孙科、李汉魂等作序已难以想象当年的"高度重视"，"广东文物"这样的题名在今天也容易给人地方文献的偏见，但是看了这厚厚的三大册纪录，谁能说这些文献不是中国人的历史记忆呢？更何况，这样的盛举乃是出现在国难当头的日子，令人感佩的何止是其学术内容呢？今天固然值得重视其学术内容，但更值得重视的是那一辈文化人的眼光、决心与视野，相信会给承平时代的文化人更多的启发。

四

简又文、陆丹林、叶恭绰，这些岭南人同时又置身于晚清民国的历史场域中，让人对更多的岭南籍人士产生兴趣。除了"岭南文库"，我陆续搜集到的，是汪兆镛的诗集，朱庸斋的年谱，赖少其的信札，莫仲予的诗稿，读这些岭南前辈的文字行踪，就多一些对"暂住地"的了解和理解。但如果需要一位行家来为我这样的"岭外人"介绍艺坛学林人物掌故，则非梁基永的《故纸寒香》（花城出版社2013年5月版）莫属。

近年读书界流行精装小册子，上海书店出版社为"始作俑者"，中华书局紧随其后，其他如世纪文景、海豚出版社这两年均有系列产品。《故纸寒香》所属的花城出版社"书蠹丛书"至今已经有九种，略有规模，此前尤其以胡文辉《广风月谈》和《书边恩仇录》最为读书界所注意。而梁基永此书，则是近期"白眉"，这本书让我们看到，今天的收藏家、文化人是如何以一己之力，拥抱过去。

作者的代序《买书者言》恰似本书的副标题，交代甚是清楚：基永买书，是真正的"旧版书",线装书。也许读者要说,这样的书,目下何止上千种,何必一定要读他?但我还是要推荐这本小册子。如果你对前面提到过的汪宗衍感兴趣,那么,这本书里有一篇《雨屋深灯》,对汪的家世、诗歌、卜居澳门的原因,都有详尽的叙述。如果你对梁鼎芬、罗瘿公、陆丹林、王韬、梁众异、冼玉清等人感兴趣,不妨读一下相关的篇章,读一下被搜罗打捞出来的残篇残章里拼出来的故事,对于如何领略岭南的历史风味,会有很好的口感。

基永擅书画,交游广阔,平常只见到他的零星文字,此次集中读,深感他搜书之勤所得之多,更从一篇篇旧书故事,领略到他文字的妙处。为什么今天看来,这些故事需要拼起来?因为这是我们时代的心事,只能意会,画公仔画出肠,就不免"公知"了。基永的笔下既铺陈大量实证,又能严密控制那一点心事,只让它像盐一样,少量提味;既不滥情,又不拘谨,所以读来往往会心。基永对于岭南乡邦文献的热爱溢于言表,同样,对"无端来作岭南人"的陈寅恪,后世的研究者同样给予了相当的关注,因为这也是岭南学术的一部分了。故纸的寒香,正是有这些人的护持,才有可能历劫不磨,得以传播,即使无法同二十世纪三十年代的乡贤们比美,但精神一也。

活埋八卦里

微博上有个帖子,把当红几位明星的关系捋了一圈,合龙了。当你在书店闲逛的时候,是不是也特别有个冲动,因为找到了某本与某本书的隐秘联系,想把它们放在一起?倒不一定因为是出于八卦,只要你感兴趣,这里就是你的娱乐圈。洪业的《杜甫:中国最伟大的诗人》(上海古籍出版社2011年9月版)一直买了未读,最近翻袁行霈先生的《陶渊明集笺注》,跋文感谢的曾祥波——就是《杜甫》的译者嘛,可见其来历之一斑。

看到刚刚上市的《读史阅世六十年》(中华书局2012年6月版),因为作者何炳棣大师去世而较受关注,2009年广西师大版刚出时,也受到关注。此番重读,才发现以前未留意处不少。比如他对各位史学大师的或藏或显的评价,包括对前面提到的洪业。他有一个脚注提及"迄今最佳联大校史John Israel……对联大历史系的详介颇富史料价值,对雷海宗讲课的精彩有生动的描述",现在易社强的这本《战争与革命中的西南联大》大陆版今年已经出版。初读时十分佩服作者在史学、特别是学习中的韧劲,此次结合他谈昆明的风物一节,其实更可以看出文与史在其身上的差别,这点在他回忆其少年时代的好友、诗人朱英诞的文章中表露无疑。一开始便不打算走这条路,后来不免越走越远。更宽一点,也能看到西南联大人物的丰富性,虽然一想到云南的风物首先想到的总是汪曾祺。

加拿大歌手、诗人莱昂纳德·科恩的小说《美丽失败者》（上海译文出版社2012年4月版），在多年前就买了第一个中译本《大大方方的输家》（译林出版社2003年1月版）。在 Leonard Cohen: I'm Your Man（2005）这部纪录片里，他曾经朗诵过一段给中国读者的信，即是为这部小说的中文版所写。无论是否是"加拿大第一本后现代小说"，其难以卒读是跟此类经典作品相仿佛的——此书出版时，有评家谓："乔伊斯还在人间，他以柯恩（按，台译）之名在蒙特娄生活，他以亨利·米勒的角度书写。"相比之下，科恩的诗集《渴望之书》（台湾中正文化中心2009年版）一早买来读了，这是一个死忠歌迷的心情，但我更想看看歌者的诗歌是怎么回事。读科恩的这本诗集，让我对何者为歌何者为诗有了进一步的了解。这源于某诗人朋友和我的一次谈论：（如果诗）写得跟歌似的，怎么行？这或许算不上文学评论，但是个很有趣的标准，比如我曾经用这种方法来看陈升的作品——我指的是他的书。

现在，《渴望之书》亦有大陆版，如果在书架上连线的话，我第一个想把它跟美国歌手珍妮丝·乔普林的传记《活埋蓝调里》连起来。风传这两位有过一段，冲着这个抓下了署名麦拉·弗莱曼的这本传记。她是乔普林的助手，见证丰富，以这个身份，本着"事实不容协商"的态度，确实梳爬了这位巨星生前、特别是人生经历与性格铸造方面的可贵资料。不过，书中出现的乔普林的男朋友们，寥寥可数，对科恩这位曾光顾切尔西酒店的客人只字未提。当然这样理解乔普林，可能就太过片面了。

人民文学出版社"蓝星诗库"新近推出了翟永明和多多的诗集，《多多的诗》与他之前的作品甚少重合。这两本书值得推荐当然是因为"蓝星"这套丛书的品牌，入选者的份量与地位。尝见该社出版某歌星的诗集，我倒没有过多联想。

附记：

一、《读史阅世六十年》里，有个著名的历史学家与汉学家之分野的掌故，即杨联陞对何炳棣说："你是历史家，我是汉学家。甚么是汉学家，是开杂货铺的。"何说："可是你这杂货铺主人的货源确实充足，连像我这样'傲慢'的历史家有时还非向你买货不可。"这个掌故较为人熟知，不过我更关注何炳棣身上折射出来的历史学家与文学家的区别。又，"买货"一说似乎确有其事，可参见该书第三百五十二至三百五十三页。

二、我留意诗与歌的问题，始于十年前收集英文诗集，不过，除了自己创作之外，Cohen 的诗歌受人瞩目，不免更显出此问题的必要。可参见最近出版的《人间地狱和天堂之歌：世界摇滚乐歌词集》（李皖编译，南京大学出版社 2012 年 7 月版）。

三、关于 Cohen 的相关论述，十年来所见甚多。最近看到《万象》杂志 2012 年第五期有署名何华的《老歌"扇子"》一文，所发"妙论"前所未见，附录于后，以为 Cohen "扇子"的拊掌之资——"很诡异地，若硬要找一个和黛德丽类似的声音，我宁可挑男歌手伦纳德·科恩（Leonard Cohen）。科恩是加拿大人，但一般被称为美国歌手。我觉得科恩没有在中国走红，是我们大大的损失。"

四、既然涉及到"八卦"，不如多加一条吐槽：近来所见到的翻译作品，书一开头便是译者自己的长篇大论——什么时候译者变得这么高调了？书的腰封被很多人痛批，但听说非常有利于促进销售，分寸不够的文章，我看是比腰封的作用还要差。

管风琴，书生活

早年混天涯社区闲闲书话BBS，有两枚巾帼ID不让须眉，风格超迈常人，一署碧玉舲，谈宗教与诗歌，一署管风琴，谈古典音乐，一扫论坛的文人酸气，当时我就震惊了。近十年这两位以真名倪湛舸、马慧元频频出书，风采不减当年，当年网友真是有福了。以新到手的《书生活》（马慧元著，中华书局2010年6月版）而论，迥异她以往几本谈音乐的书，这本倒是十足的"闲闲书话"，书封上立着数本洋书，书下的四排横线或者是键盘的意思——这是一本谈音乐书的书。

当然，谈音乐的书，依旧属于"谈书的书"这一类型，亦即书话。马慧元谈音乐书的风格，用她自己的话说，似乎可以概括为"操作者言"，以她对巴伦博伊姆和萨义德谈话录的读后感最能说明：巴伦博伊姆和萨义德关于音乐也会有分歧，但"巴伦博伊姆的意义以及传达意义的效率，远胜于萨义德，尤其他们的意见有分歧的时候。从中你可以看到操作者和'评论者'的区别。萨义德不可谓不懂音乐，自己还弹钢琴，但他对音乐的观念，主要是一种'文化视角'，虽然态度鲜明、不忽视细节，但挑剔地看来，还是不乏心态上的'隔膜'"。

马慧元亦是弹奏者。操作者的身份使其书话文章甚少胡搅蛮缠之处——阅读之感人固然每个人不同，但总不至于每每都要"沉溺"，都要来一番想当然的感动幻境。相比之下，马慧元的态度似乎更可取：

惭愧，我对萨义德的个人历史背景和专业那部分不够了解也不够敏感，所以没什么可以说的感想。我的感想，往往集中在音乐的部分。

或者说，她的注意力在其可操作的部分。所以，读她写关于音乐家的书，就颇多值得信赖的看法。除此之外，马慧元对文体的自觉亦值得留意。一般而言，关于书的文章，凡是个爱书人，谁都可以提笔写上两句。马慧元这些文章的起笔收笔都是用了心的，是经营过的。也可以证明，书话实在是易写难工的文体。这在几篇关于美国诗人西米克、史蒂文斯的书话里可以感受到，文章写得像诗歌并不能说明其特点，事实是她确实领会了那份诗意。

如果你要说，起码作为一名爱书人，没有写过最为常见的淘书文章，那是不可能的。确实如此。《书生活》也收录了马慧元在美国图书馆的读书随笔（《图书馆》），买打折书的经历（《买书几记》），淘书经历（《书边杂写》），可能跟她在国外生活有关，这类文章往往带有强烈的网络（日志）风格，又因其所买的书独特而吸引人。毕竟是我们不容易买的西洋书嘛。倪湛舸不少谈及书和作家的短文也是如此，都有一股自我为文体的不拘，她和马慧元一样，都多写到图书馆。我在想，图书馆与书之爱，这两者之间恐怕是个悖论吧？从这个角度来说，这两位还真不是书痴那类人，图书馆往往更能实现她们对书的大部分需求。不过，就从这种关系似乎可以引申出，但凡对于一件事物的热爱，其实更需要一种对热爱本身的警惕。

和《书生活》差不多同时读的是《鸣溪谷书话》（何宝民著，大象出版社2009年12月版），作者是郑州一位从事了大半辈子编辑工作的老同志，书中不少是他与文坛前辈如叶圣陶、孙犁、师陀、冯至等人的组稿故事。书出得静雅，内容也具有特点，只是何先生2006年在深圳"鸣溪谷"写这部书时尚不认识，否则可以约来一篇篇发表，而《书生活》的文章如谈格伦·古尔德的、谈侯世达的，谈诗人霍尔的，谈《纽约客》六十年的，都曾经在《南方都市报》阅读周刊上刊发，当然，不是全发也可以想见，书话有许多报纸容纳不了的内容，比如自由的写法，尤其是对这样一部奇特的书话而言。

确实做作，但……

舒国治系导演李安的同学，年轻时壮游美国，写的文章率多关乎旅行，按理应该早早觅一部台湾版一读为快才是。只因为先入为主听说"做作"、"不好"。等到今年年初读引进大陆的第一本，"关于旅行也关于晃荡"的《理想的下午》（广西师范大学出版社 2010 年 1 月版），读到诸如"乃我自儿时至青年无数次亲近它之后的感受便是如此"，"然在随时可见的下午却未必见得着太多正在享用的人"，又如《早春涂鸦》、《旅夜书怀》这样古奥的文章题目，确实有如置身山野，到处磕磕碰碰。这样的境况在舒国治文中堪称层出不穷。要想来个时下所谓的"悦读"？恐怕够呛。不过，假如存心要读舒国治，这些佶屈聱牙布置出来的荒山野岭，就不得不放慢脚步，一个字一个字地读过去。快读基本上是不可能的。慢读舒国治则可以扭转先入为主的看法：确实做作，但……

关于舒国治其人其文的微言大义，梁文道写的导读《但少闲人》庶几胜任，只是读者未必要那么形而上的东西——如果慢慢走完舒氏山野，似乎可以得出这样的结论：这位与现代人生活方式迥异的人，绝非有意识要做领头羊，去引领一股子什么新生活的潮流。他没有电视机不看电视，但并非要读者向他看齐。文字里的山山水水吃吃喝喝都是求个自在，那是他选择的。正如他这样不工作、四处晃荡，饱看山水，身心俱畅，然而未必说今晚读了他的书，明天就要一大早去冲老板挥挥手，做个自由人。这不是不用脑的电视广告，这是生活。舒氏文章透露出的，正是芸芸众生尽管拣自己满意的生活方式生活，如此而已。

《理想的下午》写到在国外的旅行，也有在大陆的游记，新一本《流浪集：也及走路、喝茶与睡觉》篇章更多，同样有在美国打工的纪录，也有在江南吃烧饼、在山东淘旧书的故事，还有进入城市，对台北的观察，如《台湾人的包包》、《台北女子之不嫁》。应该说，远远谈不上要断绝与文明社会的关系，只不过行事多少显得独特罢了。以游记而论，同是中国人，舒国治对牛津的描写，就与"哑行者"蒋彝不同（《推理读者的牛津一瞥》）。蒋彝写到牛津的墙——友人聊天，只好半夜翻墙，舒国治则说，牛津的墙将沉静分割。从写法上看，蒋彝的文字多少有些英伦随笔的味道，而舒国治则是一如他所谓"英国的全境，只得萧简一字"，也是"只得萧简一字"。同文引用旅行作家 Jan Morris1965 年出版的《牛津》说，"牛津这城市，那儿总是有太多钟声在雨中敲得当当响"，他连此公的名字也翻译成奇崛的"鹈·莫里斯"。

《理想的下午》与《流浪集》如果单纯视之为游记，那么舒国治确实是一位异常优秀的旅行作家，盖因他所开辟的线路就与他人不同。如桂林郊外的景色，他认为"压根就是宋画里的桂林郊外"，这样别致又一把抓住重点的图说，让人立刻起兴欲作桂林游。但他游记写作最值得一记的，我以为应该是《旅行指南的写法》、《再谈旅行指南》，最绝的则是《一千字的永康街指南》：为一条街写一篇小型指南，实用，简单，且让人受用。即使是我这样热衷读旅行指南的人（津津有味读"孤星"）也深表赞同。表面看来，这是资深老驴友力矫当今太厚太多太面面俱到旅行指南的用意，而从实质上看，未尝不是一种新鲜的游记写作理念。假设一下，如果你要为别人介绍你自己居住已久的某条街，自然对这条街就有了另外一种视角——绝不同于每天单调重复的路线和邻居。在这个到处充满了简单粗暴、千篇一律建筑的年代，在每个城市逐渐变为同一个城市的年代，往大一点说，这未尝不是一种深具人文气质的写法。

巧的是，舒国治深以为赞赏的，就有1923年徐珂编的《西湖游览指南》，1929年陆费执原辑、舒新城重编的《实地步行杭州西湖游览指南》，以及1925年陆璇卿编的《虎邱山小志》等。可以看出，舒国治之所以推崇这样别致的写法，实在是出于流行的旅行指南太庸常太产业化之故。

读完他的两本书，回过头来说他的做作，他的书确实不是"幽闲小品"，哪怕可以悠闲地阅读。我留意到，这两本书里的文章，近十年写的居多，早期也有。这种自由散漫、自成一格的文字能够发表出来，则台湾的纸媒就并非"人文理想没落了"——这是近几年来常常听到的论调，其中不少还是业内人士断言。现在读到这种做作的自由，则不免要狐悲于自己周遭充满太多现实问题的论说了。假设一下，换个化名，舒国治的这些文章还能发出来吗？这似乎可以拿来考量一种文化生态。虽然舒国治文中甚多"佳美"，但其文风却与坊间所见的台湾文学有所不同：没有散文家那种或甜美或惆怅的文学腔调；让读者磕巴的文句不仅赞美吃喝还赞美拉撒。舒国治正是设计了一条"独特的线路"，才使得山山水水有别于他家。他有意识的少、不通顺、奇崛、萧简。像这样具有文体自觉的作家很少，成功的更少。

与茶有关的人生

大概现在喝茶的人越来越多了,有关茶的书也充斥书店的生活休闲区:茶史、茶人,种法、喝法,不一而足。英国人罗伊·莫克塞姆的著作《茶:嗜好、开拓与帝国》系三联书店"新知文库"丛书之一种,这套书虽与科技相关,其实是题材新颖别致、写法深入浅出的文化史丛书,一直有留意,莫克塞姆这本则是看了周小康先生的书评才找来看的。记得周先生文章中评述的是莫氏关于茶在中西方交流史上的经脉,但我读了这本书,却发现一个甚为"骑呢"(广东话"奇怪")之处,即此书作者的故事,这也是周文中一字也未提及的,姑且野人献芹,请教同好。

莫氏开篇即交待他高中毕业无缘升入大学,从《泰晤士报》看到一则招聘,从此奠定与茶有关的人生。这是英国一家茶叶公司为在非洲中东部的茶叶种植园招管理人员,"虽然我对茶叶种植一窍不通,但我可以学习"。这是本书的背景部分"一份茶叶种植工作"。书凡七章,从第一章开始,讲述的是茶叶在中西方的文化史:交流,贸易,战争。中间不仅包括中国的鸦片战争,也有印度、锡兰的茶业历史状况。要到最后一章"在非洲的一年"才回到莫氏的经历:这位高中毕业的初哥,作为英国海外贸易的一分子,如何在对自己的工作一窍不通、对周围环境一无所知的情况下生存。这两部分描述实在引人入胜,他写非洲茶叶种植园的炎热,写野外的闷与湿,让生活在广东的读者很容易"代入"。

这是极好看的小说章节，这位莫兄在非洲活动那阵子，不正是"离散"作家奈保尔的《毕斯沃斯先生的房子》、《河湾》出版之时？他完全就是小说的主人翁，再往前，则可放到毛姆的异域小说里。有趣的是，莫兄坦承他对海外的了解正是来自毛姆的小说。那么，本书中间的文章内容又该如何解释呢？我的意思不是说有关茶叶历史的部分太枯燥，恰恰相反，完全当得上专家学者写的文化史随笔，主要是这两块太不搭调了，不禁想问：是这位莫先生从此操练成了茶业界的学者？还是作者的这段经历仅仅是本书的一点谈资、点缀而已？

读《茶》一书的同时还看到一本有意思的书，新西兰一位专栏作家乔·本尼特写的《内裤从哪里来？——从一包内裤看中国》，这位仁兄从内裤全球化的生产线寻找，布料、棉花甚至内裤腰带的橡胶的源头，真是有趣的行旅——全拜本尼特的文笔，清清楚楚，十分轻松，把中国人羞于提及的物事轻易地与全球化挂上了关系，主要是，有故事。他写的在上海、泉州和义乌的经历对国外读者而言充满惊奇，对中国读者而言未尝不是，包括那些历史上的看法与陈述。

这是不折不扣的一本畅销书的写法。在广州，如果留意一些旧书店的外文书，是可以看到不少外包尾货或次品的，这种和本尼特买到的内裤一样，都是在中国（珠三角）加工生产的。不知道有没有人去研究这一贸易体系，参与其中的人，不就类似莫克塞姆吗？他们的故事、眼光、看待生意与异乡人的观感，在这个全球化的时代，各有各的精彩吧？所以我觉得，如果莫克塞姆那本书全是自己的经历，完全当得上本尼特的"内裤之旅"那么精彩，毕竟写茶的学术著作，又不缺他这一本，最可惜他把一本可能会大大畅销的文化史著作，活活拼成了严肃的学术著作了。

窥视工作间

就汉字而言,"工作间"实在不能从视觉上激发人的想象力,即使加上窥视这个动作,也会因"工作间"这个意象所呈现的冷漠、呆板、无趣而显得无聊。但是日本"老妖怪"妹尾河童的《窥视工作间》(陶振孝译,三联书店 2007 年版),却打破了这种习惯思维,被他窥视过的日本画家须田剋太说:"他好像坐在直升飞机上一样,从上边完全驾驭了我的房间。这种方法让房间的主人看到了连他自己也看不到的实体,完全是一种新的视角。"不过,我更喜欢同样受访的日本剧作家仓本聪的"反窥视",他的题目是"天花板里的河童"。

对于大部分读者而言,名人的生活具有天然吸引力,妹尾河童以他独特的素描手法向读者推销这些名人的工作间,效果不赖。这是他为日本《朝日周刊》"窥视工作间"连载栏目做的采访,包括人物特写、受访者工作间的素描(采访时的大量测量和拍照)、采访者的"反窥视"文章——他们也窥视了一把采访者妹尾河童。此书汇集的内容多,参与的心血多,就不再单单是一本旅游/图画集之类的书,正如受访者之一的日本作家野坂昭如所说,河童的素描捕捉到了他书房里时间的流动,赋予了他的书房以永恒之感。受访者共四十九位(如果算上河童自己窥视自己的那篇),均是日本文学、艺术、科学、医学、建筑和政治等领域的知名人士。

妹尾河童的书大多是这样的图文书(虽然我还见过他老人家写的长篇小

说），但只有这一本吸引了我，可以说这是他最有意思的书。这大概跟仓本聪的看法一样，平常没有人采用"天花板里"这样的视角。这让我想起了两本爱书狂写的书——我先是用"书虫"，接着用"书痴"，但还是用了最恶狠狠的"爱书狂"来形容《神保町书虫：爱书狂的东京古旧书街朝圣之旅》的作者池谷伊佐夫和《蠹鱼头的旧书店地图》的作者傅月庵——这两本书诚然详细地介绍东京著名的淘书圣地神保町和台北的淘书行状，然而吸引我的，却是书中的插图，像"天花板里的河童"一样，插图也是从这些旧书店的天花板上描绘的，对于我们这些好歹也算书虫的人来说，就像在街对面窥视书店里的藏品，本本在目，大饱眼福。这种视角当然大大地有别于淘书买书的文字版，它如此细致而具体地描绘了一个个天堂的模样，以至于让有天堂梦想的人感觉到已经身在其中，不必再去搜寻一本本的旧书了。

或许就是这种插画的整体氛围让人忘记了细部？这和妹尾河童那种尽管精细然而呈现出的是主人气质的"工作间"图画有某种暗合之处。它更能从整体上告诉你书店为何物。《神保町书虫》里介绍了一家叫海坂书房的书店，专卖时代小说（即武侠小说）。海坂藩是日本时代小说大家藤泽周平虚构的地方。我也是藤泽周平的 fans，作为爱书人也做过不知多少次做书店的梦……然而，我确实没有这位海坂书房的老板勇敢。当你这样看着一家书店的时候，类似于英国建筑师约翰·索恩爵士观看他的英格兰银行的废墟构图。

老实说，最初读到《蠹鱼头的旧书店地图》，我以为是 copy 自《神保町书虫》，后来看似乎"蠹鱼头"出版在先。如果说真有创意上的借鉴，也许正是来自于妹尾河童——别忘了，老头这书出版于 1986 年，台湾版出老久了，这才出大陆版，封底还称"当今日本之万象"，准确的说应该是八十年代的日本万象。傅月庵在书中感叹北京旧书店之隆胜，假如有大陆的爱书狂也来一把，千祈记得用上这个好创意。

有必要介绍一下另外两位绘者：《神保町书虫》也是池谷伊佐夫，《蠹鱼头的旧书店地图》是陈昭仪。

附记：

妹尾的采访中，有三篇没有"反窥视"，一是陶艺家加藤唐九郎，因为突然去世，另外两篇一是当时美国总统里根的办公室，一是当时日本总理大臣中曾根康弘的办公室。至于为何没有两位大人物的"反窥视"，有兴趣的读者不可不读妹尾河童的这两篇特写。又，日本作家野坂昭如先生的工作间，也用在了《窥视工作间》的封面上，个人十分喜欢，也许是一种趣味吧，正如傅月庵书中漫画的夏冬两套搜书狂行头，让人有依样画葫芦装备一番的冲动。

蔡澜佩服他

正如旅居墨西哥的三十三岁小说家马尔克斯遇到了《佩德罗·巴拉莫》的作者胡安·鲁尔福之后大放光彩（老马云："对于胡安·鲁尔福作品的深入了解，终于使我找到了为继续写我的书而寻找的道路"），某个领域的杰出人物总有一个看起来不那么杰出/著名的心仪对象，后者或者至关重要地启发了前者，如鲁尔福之于马尔克斯，或者做出的某些成就一直为前者所尊敬，如陈荣之于蔡澜。

前不久在旧书店里遇上一套《入厨三十年》，十四本，香港陈湘记书局1985年再版，作者陈荣（闻所未闻），看封底的预告，除了这套书之外，他还有《中国点心》、《家庭食谱》、《汉馔大全》、《烹饪指南》、《饮食经》等著作。外事不决问google，发现他资料极少，毫无生平，却意外地搜到了蔡澜在去年8月11日《明报》的专栏《好文》，写的正是陈荣这套《入厨三十年》。

蔡澜写道，"一直在找陈荣先生的旧稿，他那年代吃的东西，是无法尝到的，但至少可以读读，才知道我们失去的实在太多"。有朋友送了他四册本的《入厨三十年》，他高兴坏了，陈荣师傅的饮食文章好在哪里呢？除了他是粤菜权威之外，用蔡澜这位行家的话说："像陈先生提的'腌虾仁必爽法'、'炸鸡皮必脆法'、'清蒸土鲮鱼妙法'、'炒西洋菜去苦涩法'、'猪肚制法'等等，以及和读者讨论的'乳猪收火猪皮必韧'等文章，都是深入浅出地说明，聪明者一读即能领会。"这对于专业的大厨来说，可能最是难得，难怪文章结尾蔡澜这样号召："当今的许多大厨，基础没打好，成不了大器。如果肯努力的话，先从《入厨三十年》开始看起吧！"其实蔡澜自己的饮食文章是达到深入浅出要求的。

后来细细展读，原来陈师傅非但粤菜了得，对于中国的其他菜系、包括西餐都有一手经验。大师傅就是大师傅。

这套《入厨三十年》纸张早已发黄，绝不像一位饮食界大佬的传世之作，倒像平常人家厨房里的手册，上面沾上酱油菜汁也无所谓。我本来无意要买（价钱也忒贵了点，尤其是同去友人都在大买学术书，自尊心自信心备受再三考验），但是随手翻到一篇写黄埔附近某道菜的菜谱时，我被他短短的百把个字吸引了，简直有了打入该行业的痴心——即使做不成大师傅，也能看看文章写法吧？这就是好菜谱的魅力吧？

这短短的百把个字是这样写的：

> 黄埔距穗郊不远，此地艇户甚多，艇家善制滑蛋，在此间过夜度宿者，辄喜吃该地艇户所炒之蛋，某巨公在黄埔军校时，更嗜之如命，因此驰名一时，通称为黄埔蛋。

这是"炒黄埔蛋"这道菜的"导语"（接下来写用料与做法），其他如"论蜜糖鸡之制法"、"论一只蒸百花鸡"，以及"斩鸡刀法"等等，气魄都非常大。

与书店有关的日子

读《书店的灯光》，可佐以最新增订版的《书店风景》。前者是一位美国书店从业者十七年从业经历的杂笔，后者则是以逛书店为名写下的各种书店特写，增订版还包括后续报道以及书店网址、活动DV片段等内容。11月号《万象》杂志有钟芳玲一篇《重访鲍德温书仓》，正是对此书的长篇补白。她与刘易斯·布兹比两人对书店的痴迷殊途同归，并且都常住美国旧金山，记叙的书店、轶事有大量的交集，就两本书来说，仿佛是店员与读者的对谈，对象就是他们一生工作与闲逛的地方，也是一生中挚爱的地方。

刘易斯·布兹比回忆他童年受到的眷顾——作为萧条年代的过来人，他父母鼓励他多阅读、多受教育；十五岁那年在陪他母亲做头发的间隙，斯坦贝克的《愤怒的葡萄》让他知道了何谓"当书店开门迎客，世界的其他部分也随之而来"，一如他十二岁时震撼于"甲壳虫"。从此那位热衷游荡在书店里的男生有了目标，文字的力量让他意识到"这个世界上有一些人，一些不是高中教师的成年人，他们懂得莎士比亚、书和写作的重要性"。也因此，大一学生刘易斯"毫不犹豫地中断了在7—11卖冷饮的远大前程"，转而到这家名为"狂鸦"、对他的一生有着重大启示意义的书店打工：满足嗜好，结识朋友，学习书店业的专业知识，从书店职员做到销售代表（刘易斯将其比作古时候东方的"书贩"、西方的"书佬"），当然他也成为了曾经如饥似渴翻阅的书籍的撰写者——除了这本分类为"图书史"的《书店的灯光》,刘易斯还写有两部小说,并在旧金山大学教授写作课程。

这位"刘叔"的才情确实让人感到,阅读是如何深刻地影响了一个人。他的"专业知识"尽管远远多于中国普通读者对书店行业运作的了解,但并非罗列账簿:在做销售代表与禁书等章节(第五、八章),插入了一些书籍的历史,却也没有掉书袋之嫌;他关于书店从业经历的部分(第一、三、四、七等章)都深谙写文章的远近取舍之道。假如少一些"资料性",多几条情节(他的书店同事,也是良师益友的格蕾塔·瑞,即是活生生的小说人物),拿掉第九章的一系列随笔,这就是一部小说。爱书的读者能轻易捕获这位刘叔笔下的书店氛围,而这未尝不是一种小说的氛围。

当还是大学生的刘易斯被"狂鸦"书店录用后,他说:

> 我想我是找到了一份我只能形容为"酷"的工作,然而感觉要更深切和复杂,就像是找到了一个适合居住的城市。

这种他称之为"酷"的感觉,并不是大多数中国"书城"、"中心"之类的地方传达出来的,更不要说一步步学来的书业知识:比如刘易斯长达两年,在"狂鸦"填了三次工作申请表,比如从图书上架、分类到成本核算一系列的行业知识(工作就是工作,而非仅仅满足个人趣味),又比如他真正到"狂鸦"工作后,书店的老板们隔段时间就会"给新雇员讲授图书、出版和书店的历史。他们希望教会我们不要局限于结清账目,打扫卫生和了解哪些图书上了畅销书榜,还要有所突破"。这种"酷"甚至也不是美国超级连锁书店的店员体现出来的,虽说无论是刘易斯还是钟芳玲都侧重叙述独立书店,但反过来看,不正是现代商业的成功模式,抹杀了值得记上一笔的独特性么?作为一家独立书店的老板(即使员工,差不多就是《书店风景》里的书店掌柜们),远远比连锁书店的员工(甚至老板)更为特别。

整整十年前,阿汤哥所代表的大型连锁书店与独立书店代表梅格·芮恩上演了一出好戏（《电子情书》），十年来在书业发生的巨大变迁不知是否惊醒过两位的鸳梦———现实恐怕还要残酷得多。时代变化，购买方式变了，即使大型书店，也必须求新求快地建立网站，必须抓住网络销售这杯羹。刘易斯作为图书业一环上的一分子，已经认识到自己的行当不过是在逐渐与其他文化产业一样，沦为某家庞大传媒帝国的一个部门而已。但他和钟芳玲共同写到的独立书店依旧方死方生，并未完全绝迹于市场利润的压力之下。《书店风景》给读者留下了许多印象独特的书店形象，有的即使转手关张，总有人接手或新张。刘易斯跳槽到他心目中的"世界级书店普林特斯"之后，他发现这家位于斯坦福大学附近的郊区书店成了"支柱商店"，带动了附近更多商铺的兴旺，使得周围居民融入其中，逛书店买书成为了当地人的生活方式之一，而绝非简单的拉动内需："围绕普林特斯滋生出的乡村生活是建立在书籍以及书籍在人们生活中的重要性上，而非将书店作为又一购物场所。即使只有短短的三个街区，这个城市的中心就是书店。"钟芳玲将此类独立书店的意义归结为唤醒社区意识，而每当独立书店有难，亦会有本地有识之士加入抢救行列。两本书都写到了旧金山著名的地标书店——诗人佛林格堤的"城市之光"书店，该书店与店主均获得了该地区文化上的坐标地位（无论是官方还是民间），更通过售书以及由书店举行的文化活动（如朗诵会、诗歌节）使其影响力辐射全世界。《书店的灯光》和《书店风景》不约而同都写到了在 2001 年 10 月 28 日，为了抗议布什政府借"反恐战争"出台的《爱国者法案》，"城市之光"书店打出了五幅巨型白布条，写着"异议并非反美"标语（《书店风景》就有这张现场照片），再次证明了一家独立书店的"作用"。

　　《书店的灯光》曾于 2007 年 12 月由台湾网路与书翻译出版，书名抒情但还靠谱，《如果你爱上一家书店》（除了书名，译本相同，大陆版有少量删节）。这么快出大陆版，策划人功不可没。据说因台版封面（也是原版封面）图片太过昂贵未用（德国画家昆汀·布赫兹的作品），现在的封面出处在钟芳玲的《书店风景》里——正是著名的巴黎莎士比亚书店的露天书摊。我相信惠特曼画像下的书名，书名下密密麻麻的书，都能吸引读者，尤其是患了书痴症的读者。然而读《书店的灯光》却远较一本书痴之书更令人感慨：除了刘易斯毫不自矜的笔调，资深的从业经历这些优点，他的故事对书店经营者、读书人、爱书人都不无裨益，那些寄托了我们私人爱好和趣味的地方，是如何体现着一种公共性，它的从业者又是在扮演着怎样的角色。诚然，不是每个书店老板都能如"城市之光"的佛林格堤那般勇猛精进，不断反讽社会，但刘易斯（包括钟芳玲）对美国独立书店的叙述表达了从业者的喜好，也表达了他们的情怀；证明了这些书店的生命力，更证明了他们对周遭世界产生的影响力以及自身存在的价值；能让读过这两本书的从业者有个参照，亦能让读者重新审视——究竟自己常去的书店对自己对社会意味着什么。

找来读的书

> 那些让人重读的书呀。
>
> ——小泉八云

翻检旧日记是异常愉快的,每次总会读到一些饶有兴趣的段落。比如"整日大雨,无所事事"、"晚上下了很长一段时间的雨"、"整晚听CD,写几十页的读书记",等等。它们往往都附在很长的一篇日记之后,而更多的必然是跟买书或者读书有关的一天。偶尔整天只有一句——"听见密集的雨声,心里很喜欢"。怎么有那么多的雨?又为什么会看到雨就很高兴?大概我的日子都与下雨、书籍有关。

"总觉得自己读的书太少了,大半的书都是拿起即放下,每日人浮于事,教人痛心。前天去西南书城买了十五本好书,而现在我坐在这地方写日记,沙发上那两排排列如古城墙的书啊,那些好书啊,我每开一次它们,都觉得每一本都该重读一遍的。重读很多遍的。"(2001年7月某日记)

"暮窗归了读残书"(黄庭坚七律《池口风雨留三日》,录自黄宝华选注《黄庭坚选集》,上海古籍版),傍晚时回来,继续读窗下未读完的书。我能写下那样怅怅然的话,自己却是没有黄庭坚这样的闲心了。我像大多数的读书人一样,买下的书以为等两天就会读,就会读完,而现在的未读完的书、阅读上一推再推的书，却不知堆积多少本了。

偶尔，我会兴致勃勃地找一本书来读。这本书通常都是以极其短小的面目出现在我的面前。可能是从朋友语焉不详的介绍里，也可能是从书上某一行，也许仅仅是道听途说。寻找就花了很大的精力，逛旧书店，地摊，特价书店，小书亭，带着目的去搜寻，不再是为书的价钱而狂喜，只会为它们的名字动心。我发现，这样的阅读方式异常有意思，我以这样的方式读到了《红字》、《小城畸人》、《沙郡年记》、《一生的故事》等好书。这也是我喜欢和人谈论书，看别人的书单的原因。我也越来越倾向于这样的找书读的方式，不曾浪费掉多余的时间和钱，反而更有找书和读书的乐趣。

我还发现，这样费力气找来的书，大概都能算得上一读再读的好书。我喜欢那些能让自己重读的书籍，它们可以证明，我们之间的距离是何等的短，而影响和喜爱是何等的深。当购书时视线从众多书脊上滑过，我充分的感受到了一种愉悦，预约的，重逢的，将要见面的，将要产生影响的，被喜爱的，被放弃的，很快就会发生。

列出我一直在找的书。话说到最后，无论是找书来读，还是买书来读，心态都是匆忙的，急促的，也是很功利的。"其实一个人若把读书作为一辈子的乐趣，又何尝不可。"这是某个晚上一个朋友说的。这话又把我触动。

一、《威尼斯日记》《闲话闲说》，阿城，作家版。都已经读过，想找来再读。阿城的叙述有很多的废话，但是这些废话衬托出了很多有意思的话。而这些有意思的话，他好像又是用极若无其事极漫不经心的样子写下来的。

二、《变》，（法）布托尔，桂裕芳译。给我推荐该书的朋友说，这本书里的描述非常细微、精确和精致。

三、《伤心咖啡馆之歌》，（美）麦卡勒斯，李文俊等译，浙江文艺"经典印象"书系。这篇小说我甚至找到了1979年4月上海译文出的《当代美国短篇小说集》。主要是想看麦卡勒斯其他的小说。

四、《说吧，记忆》，纳博科夫。他是如何流亡和颠覆自传的？他是如何被生活颠覆的？或者生活被他所颠覆？

五、《我承认，我历尽沧桑》，聂鲁达。在旧书摊上看到过苏联人写的聂鲁达的传记，十分不感兴趣。

六、《梭罗集》，三联版。对《瓦尔登湖》的延伸阅读。上下两卷本，黑色护封，精装，多人翻译。可是我就是等不到它打折。我已经打折买下了两卷本的《薇拉·凯瑟集》，看来哪一天收到稿费得先去买下来，不打折就不打折。

七、《番石榴飘香》，马尔克斯。我很惭愧，这两年我把马尔克斯读砸了！《百年孤独》总是一读再读，永远在开头，永远没有读完。

八、《如梦记》，文泉子，周作人译。依稀记得在1997年或次年我是见过这小书的。就是忘记了买。

九、松尾芭蕉、小林一茶的游记与俳句。

十、《徒然草》，兼好法师。

十一、《青梅竹马》，樋口一叶。余华在其随笔集《内心之死》里这样写——樋口一叶毫无疑问可以进入十九世纪最伟大的女作家之列，她的《青梅竹马》是我读到的最优美的爱情篇章，她深入人心的叙述有着阳光的温暖和夜晚的冷爽——我至今无缘读到她的作品，不过，在这个月中我从旧书市场上意外淘得一本有关她的书：日本学习研究社出的"明治的古典"第三辑，有她的日记，也有后人对她的考证评价，她的年谱，等等。花了极值得的钱买下来，非常地喜欢。日文版。尤其珍贵的是，图片资料异常丰富。在余华的这本书里还提到了如下的小说：布鲁诺·舒尔茨的《鸟》、《蟑螂》和《父亲的最后一次逃走》，若昂·吉马朗埃斯·罗萨的《河的第三条岸》，拉克司奈斯的《青鱼》，克莱恩的《海上扁舟》，等等。要找这些书读很容易，最近新世界出版社出了一本书，里面收录的正是余华提到的这些小说。

十二、《在蒂凡纳进午餐》，卡波地。这是我一直想找来读的书。最初是因为苏童一篇谈读书的文章（那大概是他写得最好的随笔）：我还记得女主人公不带钥匙乱掀邻居门铃，记得她的乡下口音（大意）。后来拍成电影，是奥黛丽·赫本演的。

十三、《洪堡的礼物》，索尔·贝娄。我已经淘到了《赫索格》。

十四、《东京人》，文洁若译。我对文洁若的文字信赖是从《尤利西斯》开始的，看前面两位译者的话，我对文洁若简洁的喜欢远甚于萧乾的啰嗦。《东京人》其中的一节，我在某一期的《读者》上读到过，那是非常有日人风格的翻译。可惜坊间都不见此译本。

十五、《我弥留之际》，福克纳，李文俊译，漓江版。为了这本书，我写下了我在1995年的某段生活。

十六、《命运之书》，昌耀。青海有家出版社在昌耀死后出了一本五十多元厚厚的昌耀的诗集。正在读人民文学版的《昌耀的诗》。

十七、《台静农散文选》，陈子善编。台静农似乎可以用他名字来形容：静，记住他和读他的，当在少数。零碎读到他的女弟子、台湾林文月回忆恩师的零碎文章。我之记住台，是他的一段话打动了我——"扁豆初著花，白蓼刚长过短墙，牵牛无可攀依地盘伏在地上，青嫩油肥的玉簪叶发满了一盆，紫霞灿烂在西天，反射着全院中的花草都变了颜色；我默默地倚着门旁，静听隔院的《梅花三弄》，终日的疲劳都消失在美丽的黄昏里。"（《我的邻居》，人民文学1984年版台静农《地之子·建塔者》）纷乱的时代，抒情的人沉默着。

十八、《夏洛的网》，怀特。去年夏天，我在网上搜索到署名肖毛翻译的这部童话，同时也在网上看到有人列出的书目里，上海译文八十年代是出了此书的。现在都流行读童话，这是一部让我感动的童话，也是第一部。它把我的童年洗干净了。夏志清在《杂七搭八的联想——〈英美十六家〉序》里说——怀特也写儿童故事，鲁芹所提到的两本小书"Charlotte's Web"同"Stuart Little"早已是儿童文学的经典之作，每逢圣诞节，不知要销多少本。Stuart Little是一只老鼠。夏洛特（Charlotte）则是一只蜘蛛，她结网在猪棚里，每天饱食蚊虫之余，同那只肥猪谈谈心，怡然自得。有一天肥猪获讯要被宰了，焦虑不堪。夏洛特设计救友，联合猪棚左右邻近的鸟兽昆虫，教农夫回心转意，不杀肥猪。故事既幽默又动人，儿童读了，没有不落泪的。《夏洛的网》想来早已有中译本了——我只是不明白这样的好书，出版社为什么不出？或者出了我不知道？我只好从网上"荡"下来,存在电脑里,不时看看。

十九、《小银和我》,(西班牙)希梅内斯。1996 年生日时一个同学送我一本《诺贝尔文学奖获得者散文诗选》(薛菲编,浙江文艺 1995 年 3 月第二次印刷),里面收了这位 1956 年在获奖作家散文诗集《柏拉特罗和我》(即《小银和我》)里的诗共三十九篇,傅一石译。译笔那种细致和到位,诗意和抒情,异常的好。这是我迄今见过的最完整的了,不知道出过全本没有,还是这就已是全本。它常常让我想到比尔·沃特森的漫画《凯文与霍布斯》。它们都代表着人身上某种倾诉和想有所寄托的渴望。

二十、《野兔的故事》,(法)雅姆,散文集。以及他的众多不知名的诗集。我认识雅姆是通过读苇岸的书。后来淘到罗洛译的《法国现代诗选》(湖南人民版"诗苑译林"丛书,1983 年 12 月第一版),里面选了雅姆三首诗,《和驴子一起去乐园的祈祷》、《太阳使井水》和《从前我爱过》。在苇岸的《我热爱的诗人》一文中,转引了一段里尔克《马尔特·劳利得·布里格随笔》里的话——一个诗人,他在山里有一所房子。他发出的声音是净洁的晴空里的一口钟。一个幸福的诗人,他述说他的窗子和他书橱上的玻璃门,她们沉思的照映着可爱的、寂寞的旷远。正是这个诗人,应该是我所要向往的——这个可爱的、终其一生在法国西南部比利牛斯山区度过的老头,我经常想,他多像西班牙导演亚历山德罗·阿曼巴 2000 年的电影《蝴蝶》里的那个老教师,他们都代表着我们在幼年、在成长中,在人的生命中被温暖被感动的片段和忆念,正因为如此,我们总是在甚至不为自己所知的地方暗自祈求心灵的另一个家园。另外,里尔克《马尔特·劳利得·布里格随笔》也算得上一本。

二十一、《草叶集》,惠特曼。现在的书店里随时可以找到,人民文学版。不知道是不是好版本。苇岸的日记(1987 年 7 月 11 日)记着,海子买了这套上下两本的诗集,跑来跟他说,"优秀的诗人看看诗选就行了,伟大的诗人要读全集"。现在坊间所见的版本,装帧实在看不过眼。

二十二、《孤筏重洋》,(挪威)海雅达尔。

二十三、《人·岁月·生活》,爱伦堡。

二十四、《玉米人》，（危地马拉）阿斯图里亚斯。这位1967年获诺贝尔文学奖的小说家更为人知的作品是《总统先生》，写于1949年的《玉米人》，"描写本国内地印地安农民的生活和思想感情"的书。张炜在他写自己心仪的作家的书——《心仪》里这样谈到阿斯图里亚斯：《玉米人》能彻底征服读者。书的前三分之一写得特别好，简直有如神助。

二十五、《在本布尔山下》，叶芝。这个曾经被自己深爱已久的女人称作有女人气的诗人，我是如此深爱他这样的诗句——向命运/向死亡/冷冷的看上一眼/骑士啊向前。这是多么勇敢的诗。

二十六、帕斯的诗。

二十七、《我的同时代人的故事》，柯罗连科。

二十八、《斯堪地纳维亚小说集》，这是看王安忆的随笔集《我读我看》，她写：一个小孩拿了他极宝贵的一点钱，决定去商店买一件心爱的东西，结果在营业员逼迫的询问下，窘急地买了一把毫无意义的锁。看了叫人特别心痛。

二十九、《中国人的气质》，亚瑟·亨·史密斯。

三十、《太阳升起来》，冯秋子，文化艺术版。前几天翻两三年前的旧札记，见上面贴着一张复印的剪报，是冯秋子的《孤独的写作》，我还记得那时这篇东西打动了我，到现在我还是喜欢，比如这样的句子——我成长的过程，非常孤独，想跟人说话，就把这些话写在纸上。可是现在，我倾诉的渴望慢慢消融了，我的生命随干燥的日子一起流淌……我们这代人的生活，被拥有各种权力的老人和我们自己毁坏成了畸形。老人们曾经内心阴郁，对所有不进入自己阵营的人进行疯狂屠杀……——这样的文字我从抒情读到力量。我最近找到了这篇文章的全文，很长，名字叫《虚伪的写作》。但愿她的文章都与这一篇保持差不多的水准。

三十一、《涅朵奇卡·涅茨瓦诺娃》，陀思妥耶夫斯基。在王小波的《绿毛水怪》里有这样一段——我一看书名：《涅朵奇卡·涅茨瓦诺娃》。我看了这本书，而且终生记住了前半部。我到现在还认为这是一本最好的书，顶得上大部头的名著。我觉得人们应该为了它永远纪念陀思妥耶夫斯基。我永远也忘不了叶菲莫夫的遭遇，它使我日夜不安。并且我灵魂里好像从此有了一个恶魔，它不停地对我说：人生不可空过，伙计！可是人生，尤其是我的人生就要空过了，简直让人发狂。还不如让我和以前一样心安理得地过日子。不过这也是后话，不是当时的事情。当时我最感动的是卡加郡主和涅朵奇卡的友谊真让我神醉魂销！

　　三十二、《雾海孤帆》，卡达耶夫。同样来自王小波的那本小说——第二天我完全叫《雾海孤帆》迷住了：敖德萨喧闹的街市！阳光！大海！工人的木棚！彼加和巴甫立克的友谊！我看完之后郑重地推荐给妖妖，她也很喜欢。后来她又买了一本《草原上的田庄》，我们也很喜欢：因为这里又可以遇见彼加和巴普立克，而且还那么神妙地写了威尼斯、那波里和瑞士。不过我们一致认为比《雾海孤帆》差多了。（2002年4月26日）

辑三
文艺随笔

爱是唯一惩罚

女诗人蓝蓝有诗云:

报纸:人质。武器。死伤人数。
每个民族占据一块版面。
(见《几粒沙子》一诗)

巴以往往不止占一块版面,刚刚过去的奥巴马则占了很多。曾经的"老大哥"则持之以恒牵动我的阅读神经:无论是总统总理之间还是与昔日"小弟"之间,俄罗斯总能填满国际版,唯一让人感到不满的,或许是大人物过多而鲜见普通人景况。《将爱放逐》既然是安德烈·兹维亚金采夫(Andrei Zvyagintsev)的电影,容易让人以为具有《回归》那样的政治表达和国家隐喻。《回归》讲的是突然返家的父亲与两个未成年儿子之间的冲突,既直白阐明一种现实生活场景,更形而上地设置了巨大的隐喻,仿佛比拟俄罗斯民族的新生活。在我看来,《回归》是电影镜头里的国际新闻报道,电影透露出导演与众不同的对自己国家的关注。安德烈·兹维亚金采夫这位年轻的俄罗斯导演凭借这第一部电影即轰动世界,获得2003年威尼斯电影节金狮奖。第二部电影即《将爱放逐》,获得了2007年度戛纳电影节最佳男主角奖。

当看到主人翁 Alex 为哥哥取子弹，确实会让人以为这是俄罗斯穷街陋巷的故事，但这一家人，Alex 和 Vera 夫妻俩却领着一双儿女坐火车回家去，乡下，Alex 的家传古屋。我得承认这座伟大的乡间建筑在电影中传达出的美学品位征服了我，也是我奋力观看三小时长度电影旅程的动力，而且这座房子也让人联想到塔可夫斯基《牺牲》的场景，却要更温暖更美，也没有那股绝望紧张的哲学味。这一家人是否为了第三个孩子的到来才回到乡下，这一动机并不清楚，然而确实是第三个孩子引发了家庭危机——或者说是婚姻危机。假如只看在两个大人的份上，沉闷无语的关系又是否意味着通常所说的爱情的结束？

家庭，婚姻，爱情，这是安德烈·兹维亚金采夫第二部电影的主题，一种无论电影里还是电影外都呈现混淆的关系。但《将爱放逐》有一大特色，即摒弃了我们惯常见到的流窜于文艺作品中夫妻双方竭力挽回破碎婚姻的桥段——繁琐愁闷的中产阶级特征。尽管男主人翁家传的古屋、家庭每个人一举一动都折射出布尔乔亚气息，安德烈·兹维亚金采夫的讲述方式还是冷冰冰的，像男主人翁失魂落魄地跑去向其兄长求救（因为女主人翁 Vera 称，她将生下的是别人的孩子），即使看到他借到车开到半途又折回家，我几乎都认定这部电影与一些处理婚姻危机的电影类似：徒以冗长的剧情来表现所谓内心的痛苦，主人翁除了愁眉苦脸说不出一两句连贯的话，发狠的话也没有——当然，动手了。其至摸到了他那位疑似黑帮的哥哥留下的手枪。夫妻两人关于未出生孩子带来的不和谐同样没有连贯利索的对话（或者对骂）。但是在电影的结尾，在医生离开那座温暖美好的古屋之后，在安德烈·兹维亚金采夫充满炫技色彩的倒叙部分，观众和男主人翁一起"补课"：何谓家庭何谓婚姻又何谓爱情，何谓不幸又何谓惩罚，以及在女人这堂"大课"面前的浅薄无知：为什么妻子会投身到 Alex 的朋友那边，那种倾诉与其说是感情的暧昧，不如说乃是女性置身于家庭之下的孤独，试图求得一种独立的姿态——丈夫、两个孩子还有即将来到的第三个孩子，都不是她的。夫妻双方缺乏共同话题只是肤浅的臆测，最大的问题在于作为妻子的一方是再也承受不了作为丈夫摆设的地位。

只有在爱情消逝之后才会意识到，这是何等大路货的道理，然而又确实如此。Alex 到底淡漠在了哪些地方？爱情究竟在何处何时奔走流失？两个人究竟被什么所惩罚？——然而，不再关注对方的心灵又是否只有 Alex 一个人？不能忘记巨大的生活的背景，就像 Alex 儿子提到的那样，他妈妈的"反常举动"正是在 Alex 外出工作的时候。就像《消失在地图上的名字》那部电影里的丧家又失业的父子，他们也是俄罗斯现实的写照。在家庭、婚姻与爱情之外，能全部是心灵而忘记生活的摩擦乃至于损伤吗？说到底，不能忘了这部电影里的人群缺失：故事发生在乡间——夫妻两人带着孩子们从市区回到乡间，朋友无多，即使有限的几处"返回城市"场景，依旧不见人。不能不说这不是一种隐喻。压在 Vera 心间的"我知道你和你兄弟是干什么的"，Alex 尽管像洒狗血的电影里铺排的那样给哥哥取子弹，但取完子弹，观众依旧不知道他是否黑道？他们是否黑道？这一家人是否黑道？（我看到 Alex 开车直驰而去，宛如他哥哥风驰电掣地出现在电影开头，也同样不无洒狗血地想或许是替他哥哥执行"未完成的任务"。但 Alex 端坐在 Vera 情人的楼下一动不动。）这些或许都是整个故事的背景、氛围、也是压迫着故事前进的力量。

  关于导演安德烈·兹维亚金采夫，有不少人认为他乃是塔可夫斯基的继承人。除了电影里的那栋房子，安德烈·兹维亚金采夫运用长镜头拍下许多堪称绝色的场景，像影片开头的大原野，像教堂墓地，等等。最炫的莫过于从房子后面的核桃园一直拍到磨坊的长镜头，象征意义与诗意并存，胆色过人，气魄极大。还有论者屡屡提及的电影主题的所谓宗教性色彩。不过，就作为观众而言，我更愿意看到的是《回归》、《将爱放逐》的导演，而非其他人的追随者。在导演访谈录里，安德烈·兹维亚金采夫曾经谈到戏剧上的一大规律——第二部作品都是失败的。如果不把《将爱放逐》比附塔可夫斯基的电影，我以为虽不如《回归》那么从天而降，但决不是失败之作。

奥利维拉：一座城市的记忆

曾经出过北野武、侯孝贤导演访谈录的法国 mk2 公司，近期有葡萄牙导演曼努埃尔·德·奥利维拉（Manoel de Oliveira）的访谈录浮出碟市（居然和法国导演侯麦收在一起）。正巧在网上看到奥利维拉下月 11 日过百岁生日的消息，据说他会在生日第二天开拍一部叫《金发奇女》的电影为自己祝寿。奥利维拉被誉为葡萄牙国宝级电影大师，也是唯一健在的拍过默片的电影导演。一切大师的回忆录（不论其形式如何），都会披露一些秘密、诀窍、掌故（当然从不缺乏自我神话与必要的掩藏），真的有必要看奥利维拉如此漫长的电影人生吗？然而对我来说，侯麦可以不看，奥利维拉一定要看。

保罗·罗沙（Paulo Rocha）拍摄的这部访谈录告诉观众，这位百年导演的大致风格（这一点应该很重要，毕竟大部分观众不可能一一观赏他的电影），比如带有一些夸张的惊悚诡异——从一些张大了的嘴，涂白了的脸上表达出来，一如观看默片时代的电影。也有一些相当诙诡的处理，比如奥利维拉与他的拍档在玻璃门外相互谦让不决，干脆开聊，而室内又正是他的"惊悚"电影。如同我们习惯见到的，访谈录里有大量被访谈者的人生废墟与作品影子，保罗·罗沙也是葡萄牙波尔图人，他使用横跨杜罗河（Douro）的钢铁桥上轰隆隆开过的火车这一场景，是出于"此乃奥利维拉标志性废墟"还是简单使用作品影子，不得而知，不过当我看到这里，我想奥利维拉自己的电影可能更能解释他的出生、际遇和电影之路。我说的是他的《追忆童年往事》（*Porto of My Childhood*，2001）这部电影，甚至还包括《世界源头之旅》（*Journey to the Beginning of the World*，1997），两部电影混乱的回忆夹杂同样混乱的现实，交待的绝非仅仅"我是谁"。《追忆童年往事》的结尾同样是这座桥上轰隆隆开过的现代火车，目测起来似乎较二十世纪二十年代的图像更长。即使如此雷同的风景，却分明能让人看明白何谓"艺术的人生"，意境亦远较奥利维拉对着镜头讲述开来要深远。

我还记得第一次（以及每次）看他在九十三岁上拍摄的《追忆童年往事》所受的震撼，虽然电影一点也不大场面。一开始镜头就对着一座只剩下一面到处穿孔的墙，旁白的声音并非老得沙沙响：

> 我出生的房子除有魂灵别无他物，
> 荒无人烟的废墟而已。
> 不过那里却是某个人的摇篮，
> 他在那里成长，审视自身及其世界，
> 痛苦的渴望残存他灵魂深处……

仿佛念累了需要休息，换成了女声清唱：

> 噢，很久以前，
> 我泪如雨下，
> 离开那个舒适的家。
> 二十年还是三十年，我记不得了，
> 我的保姆看着我，
> 我记得她唱歌给我听……

像吟诵法朵（Fado）的歌词，相当简素，只有在烈日、夕阳与夜晚之下，

"门前种了三棵菩提树的房子"稍微变了一点颜色而已。这是奥利维拉为他出生并度着漫长人生的波尔图撰写的城市回忆录。

《追忆童年往事》里歌声的间隙,他继续回忆说,"站在高高的窗户前可以一览城市风貌"。他可以看到假日广场(Sunday Mass)的乞丐伸手要钱,看到往日的演员,民族英雄的塑像,卡德丽亚花园(Cordoaria Gardens)的吊刑树(Hanging Tree),七月九号街(9th of July),哼着号子的纯洁谦逊的石匠们,攀登城市最高建筑的比赛,水晶宫(Crystal Palace)的汽车拉力赛和花展……这就是二十世纪二十年代的波尔图生活画卷,波尔图,葡萄牙第二大城市,座落在杜罗河河口,位于葡萄牙北部。而属于奥利维拉自己的回忆,则是他父母拥有季票的巴里拉剧院(Bandeira Theatre),他在十六号包厢里看的戏剧,舞台上的黛博小姐(Miss Diabo)与进屋的贼之间的谈话。后来,这个"来自荒野地区"的贼开始唱起歌来,用的正是女声清唱的调子:

> 有犯罪,有同情
> 反复无常,荒无人烟
> 有饥饿,有困难
> 法朵的歌唱者
> 没人从你那里得到甜蜜的吻
> 我的出生让我过着不纯洁的生活……

奥利维拉还记得,作为波尔图中产阶级的孩子,看完演出后,他决定自己坐车回家。他坐在汽车里,世界以车窗上摇晃而模糊的街景呈现出来。这是奥利维拉在波尔图记忆久远的漫游(或许是第一次),那时,一如普鲁斯特之需要玛德莱娜小甜点,他希望听到巡警清脆的马蹄声,这能让他安然入睡。如此幽微的感受究竟是怕还是爱?又于生命意味什么?即使无法命名,也与波尔图二十世纪二十年代的世界一起保留了下来:景色,剧院,舞会,咖啡馆的女人,以及老而有钱的男人和除了帅"什么也不能给"的男人,无所事事的年轻人散布流言蜚语，装酷扮少妇杀手，侈谈人生；思想，人物，历史，发黄的图片，展览，汽车，新鲜事物……也许，奥利维拉所拼凑出的城市回忆录，可依据的实物并不多，他那座千疮百孔的故居固然算一个，但更多的事物连废墟也没有，它们幽灵般存附在奥利维拉的"玛德莱娜小甜点"里。

奥利维拉的另一部回忆录，《世界源头之旅》讲述了一位法国老演员回到葡萄牙故乡的故事（这位扮演者居然是意大利演员马塞洛·马斯楚安尼 Marcello Mastroianni，演出完当年年底就在巴黎去世，这也是他参演的最后一部电影），这是一部有着清晰线索的电影，阿丰索（老演员的名字）在清晰的现实里依然能感受到那些逝去时代的废墟，这世界最初赋予他的感受此时最强烈。

葡萄牙诗人佩索阿（Fernando Pessoa）曾写道："有时候，我认为我永远不会离开道拉多雷斯（Douradores）大街了。一旦写下这句话，它对于我来说就如同永恒的谶言。"他还说："但我可以肯定，即便整个世界被我握在手中，我也会把它统统换成一张返回道拉多雷斯大街的车票。"（《惶然录》）奥利维拉则利用电影（尤其是这两部）打造他的道拉多雷斯大街。一如在维姆·文德斯（Wim Wenders）的《里斯本物语》（*Lisbon Story*，1994）中充当灵魂人物，佩索阿也出现在波尔图的城市史里：他的著作出现在镜头里（那些陈旧的精装羊皮书脊上的名字，说不定还有他的化名），他在奥利维拉记忆深刻的波尔图水晶宫花展上，挟着手杖，一边吞云吐雾一边悠哉游哉地跟友人一起走进过去，不过五秒钟的历史。《追忆童年往事》的结尾，一部手摇摄影机对着一架挖掘机，工人正走出来，大门的两边分别写着"2001"和"Porto"，这是一个点题的镜头，虽然如此，却远比《里斯本物语》的主题性要淡得多（我总觉得《里斯本物语》好则好矣，只是太过优美了）。正因为《追忆童年往事》里差不多就是奥利维拉自己的故事，这样的个人史可以是城市史，却不是一种"政府项目"。奥利维拉拼凑自己的过去，观众则在这些补丁里看到电影本身的美好。

记得在奥利维耶·阿萨亚斯（Olivier Assayas）拍摄的侯孝贤访谈录里，他曾对自己童年时代爬上树偷听大人谈话印象深刻，观看方式的不同对于他后来从事电影业或不无启示。奥利维拉则坦陈，他童年时从浴室出来，表姐们嘲笑他瘦弱的身子；他曾给一位死者（他的近亲）拍照却拍起了吊唁者，这些奇异经历构成了他最初的电影生涯。这些经历无疑都影响了他，诸如他最初作为演员的羞涩拘谨……任何一部导演访谈录都很难给出导演的价值坐标，但奥利维拉拍摄一部回忆录式的电影来清算自己及其生活的城市，这样的导演并不多见。而且还不是将童年的梦魇与青年的挫败感藏着掖着私货那样夹带在自己的电影作品里，奥利维拉关于波尔图的回忆，是坦率的害怕、爱、恐惧、不快、迷惘等情感的交织。

夫妇善哉：一种小吃，一部电影，一本书

日本演员仲代达矢为美国人 Audie Bock 女士所写的 *Japanese Film Directors*（此书尚在翻译中，译者翻为《日本电影大师》）一书作前言，谈到他合作过的导演们，"抑郁不欢如成濑……"抑郁不欢四个字说得太好了（或者说翻得太好），简直有种恍然大悟深乎我心之感——对于看成濑巳喜男电影的观众而言。至今我看《浮云》，仍然悲哀大于喜爱。高峰秀子与森雅之所演一对不伦恋人，身处二战后日本凋敝的社会画卷里，其穷愁苦病种种，大概正是人之真相，婚姻之真相，人生之真相吧。如果说周防正行的《乱伦家族》是对小津安二郎富足平和追求幸福家庭观的反动，成濑的电影则是一种拨乱反正，一种还原——人生原本不只有殷实的平庸的生活，或许成濑电影中的人生才是最普遍的人生，比其他都来得真实。

后来，我读原著小说不能罢手，林芙美子的《放浪记》以及其他。

大道多歧，人生实难，原本没有单纯的快乐与不快乐，只是成濑的电影里实在太多为了一时快乐而长久不快乐的人，亦太多为了让别人不快乐而自己不快乐的人，这即是所谓世相吧。《浮云》里森雅之与高峰秀子的分分合合，总会给人"人生大抵不过如此"之感，女人惨，男人更惨，他们的随波浮沉与《稻妻》、《兄妹》里的茫然无依很像，这大概真像仲代达矢所说的，皆因导演的"抑郁不欢"。所以森雅之的阴鸷之气正合《浮云》的悲哀气息，到了《兄妹》中

演大哥，仍能让人不快。他这个角色也是要让人不快的。

我看过的成濑电影，最平和的要算《饭》。原节子的温静，上原谦的清朗，让人边看边有"成濑拍这部电影时大概心情不错"的感叹。或许对我这样的平常人来讲，更喜欢《饭》这样的琐碎人生吧。就像同样是讲述大阪生活的《夫妇善哉》，无论是织田作之助的原著小说，还是丰田四郎的电影作品，都超乎寻常地喜欢。商店小开柳吉迷上了艺伎蝶子，不顾身家性命地私奔了，这也是"为了一时享乐而作出的愚蠢事"，但不同的是，小开本来就是为了享乐的，自然也无所谓愚蠢还是不愚蠢。当看到两个人虽然潦倒，柳吉却花一天一夜时间煮海带，只因为这样更好吃；两个人每次开店不论赚钱与否柳吉总想寻欢作乐喝个大醉，柳吉是好笑但也是非常可爱的。

号称无赖派作家的织田作之助，在小说《广告气球》里写"孤儿回忆录"，说——"既然是不太美好的故事，那就用活泼有趣的口气来讲吧！"既然是不太美好的人生，也不妨用活泼有趣的方式活下去。可以说，《夫妇善哉》始终充满着一种诙谐有趣的气质，不论柳吉与蝶子的命运有多么不堪，喜剧感始终胜过了悲剧感。丰田四郎之了不起正在于，他起用了森繁久弥和淡岛千景两位来演绎柳吉和蝶子的放浪人生——森繁久弥简直演活了柳吉，挑剔蝶子父亲做的小吃，凡事今朝有酒今朝醉的公子哥儿作风，尤其是他那一张动辄眉毛胡子皱到一起的脸，叫只有二十岁的蝶子"老太婆，零用钱不够啊"，天生吃软饭的家伙，鬼马得让人开心——即使是这样糟糕的人生。淡岛千景也把蝶子这位出身寒微地位低级的女子那种小家子气、虚荣、努力和最难得的果敢都演出来了。

如果先读原著，再来看电影，会有不谋而合的感觉——无论是我想读到的还是看到的《夫妇善哉》，都正是这个样子，最好世间所见也是如此。

看了《夫妇善哉》，总想说一句，要排戏就排一出喜剧吧！虽然以悲景写悲与以乐景写悲并无绝对的区别。艺术从来不乏往人生的幽微处做文章，却没有比充满热情的悲观者更有说服力和感染力的了。

这也是我喜欢夏目漱石的原因。他小说里身为"背德者"的夫妻们，都活得凄凉而幸福。

台湾译者黄瑾瑜在《夫妇善哉》的译者序里第一句话就说:"捧读织田作之助的作品时,总是不禁升起一股想一游大阪的念头。"可见织田作之助大阪庶民故事的魅力。但我觉得他的魅力不仅仅在于勾勒了大阪的世俗风情画,小人物的生活况味,正如"夫妇善哉"并非仅仅是大阪城的一种食物一样。在小说的结尾,两个人一起去吃"夫妇善哉",谈起这道名字,借蝶子之口说:

"应该说,夫妇两个人会比一个人好吧!"

在《浮云》结尾,高峰秀子随着森雅之前往小岛一起生活,大概人生也可以归结为这样一句话吧?而成濑敢于以高峰秀子之死来收笔,先不谈究竟是热情的悲观还是一味的愁苦,无论如何,成濑的黑暗程度在日本导演中是少见的——也许黑暗两个字换作伟大,同样成立。

藤泽周平：温贫暖老及其他

今年3月的香港电影节，7月的上海国际电影节，日本电影《武士的一分》都是备受瞩目的电影。曾经执导《黄昏清兵卫》、《隐剑鬼爪》的山田洋次，主演木村拓哉，因之这部电影被广泛关注。前两部武士电影以注目于幕末日本武士的清贫和日常化的生活状态而被称作是日本人的怀旧心灵鸡汤，从题材上讲，《武士的一分》同样是这些卑微的带刀族故事，因为它同样改编自日本"时代小说"大家藤泽周平的短篇小说。被现实所压抑的小市民，不得志的武士，是藤泽周平所热衷描写的人物。

2006年5月，台湾木马文化翻译出版了藤泽周平的长篇《蝉时雨》（2005年由日本导演黑土三男拍成电影），12月出版了藤泽周平著名的"隐剑"系列，共十七篇，分为两部短篇集《隐剑孤影抄》和《隐剑秋风抄》。在木马文化这套"时代小说"系列丛书里，藤泽周平与日本著名的武侠小说家五味康佑、山本周五郎同列。《隐剑孤影抄》的译者，旅日随笔家李长声为藤泽周平的小说写了导读，对于认识作家和作品都大有裨益。他认为藤泽周平是日本寥寥无几值得翻译其全部作品的作家之一，二十三卷全集有败笔，但无粗制滥造。藤泽周平的短篇小说集《玄鸟》，曾经在1994年由中国社会出版社出版，译者之一是翻译过《放浪记》的魏大海，该书已经绝版。据李长声说，这部小说集的翻译出版得力于日本某位企业家资助，他在生前靠藤泽周平的小说慰藉愁绪。

但藤泽周平的武士世界更为直观地为人所知，尤其是日本以外的观众，还是因山田洋次之故。在藤泽周平笔下，这些武士一般都怀有高超的武艺，这一点与日本鼎盛时期的武士电影所表达的一样，"隐剑"系列，篇篇主人翁都怀有绝技；但不一样的是，武功高低并非重点，藤泽周平所惨淡经营的，恰恰是我们所熟悉的日本上世纪五十年代到七十年代武士电影弃而不取的，诸如武士个体命运的悲剧感——过去，往往以武士对主上的忠诚来戏剧化地表现，藤泽周平用的却是记流水帐式的描述：武士们的房屋大小，房屋是如何被藩主以恩赐的形式分配给他们，房屋的归属问题往往在一家之主去世时变得市侩又猥琐；武士们邻居的构成——往往他们作为藩主的臣民，都会跟自己一个等级的人为邻；等级又必然牵涉到个人的俸禄——藤泽周平的小说最有意思的，是他每每将自己小说中的人物以俸禄划分，每个人出场，他每年的俸禄是多少石和他的官衔一起介绍。大概正是最后这一招，会让藤泽周平的读者去幕末时代映照出工业时代的自己来——唯一区别不过是带刀与不带刀而已。

所以，在冈本喜八、稻垣浩、黑泽明这些导演的武侠世界里，武士大多好勇斗狠，以杀身成仁自许，却不会太切入武士的个人生活。三船敏郎望着郊外的麦田说自己名叫"桑田三十郎"（黑泽明《用心棒》），多少有些谐趣的意思，不过是调节观众的噱头而已。但我们通过山田洋次的电影看出，藤泽周平小说只能读到——武士们也是普通人，小人物在生活里的悲喜剧往往比表演武士道更有叙事力度，藤泽周平将武士们调查表一样的个人情况贯穿在故事情节——朋友来往、婚嫁与复仇——之中，无疑，琐碎的人事在他这里获得了"重用"，而山田洋次一仍其旧，所以电影完全"与他们不一样"。简言之，观看六七十年代的日本武士电影与看山田洋次的"武士三部曲"，是两种不同的享受，一是艺术照，一是生活照。

然而，藤泽周平的小说是否真如电影所表现的，坊间所鼓吹的，仅仅只是怀旧而已、心灵鸡汤而已？以个人口味论，我觉得山田洋次导演的确拍出了非常日本的东西，比如树上的风声（《黄昏清兵卫》），有一种传统的继承，然而从整体而论，未免太甜美了。有论者以为，山田洋次导演的武士三部曲以其温情满足了日本经历经济衰退之后的心灵需要,《黄昏清兵卫》里的清兵卫,《隐剑鬼爪》里的片桐宗藏,《武士的一分》里的里村新之丞,成了现代人同病相怜的"带刀的上班族"。其实着眼于个体命运的书写,对平凡事物的关照,以及对窘迫生活的挣扎和无力感,几乎是藤泽周平武士小说一以贯之的基调。

心灵鸡汤一说也从侧面证明了山田洋次导演电影里过于温暖的色调和略嫌用力的煽情。这是尝鼎一脔不可避免的片面感受,其实小说还要广阔得多——武士的生涯更愁苦,也更黑暗。藤泽周平把他不少的主人翁都安排在一个叫海坂的藩里"上班",据说,此地原型正是日本山形县鹤冈市,作者的故乡。在不少的短篇里,总会冷不防出现描摹景色的句子,长篇《蝉时雨》里面这样清新爽口的段落不止一段两段。固然,在日本的电影/文学中,蝉鸣几乎是不可或缺的道具之一,某种意义上,这代表了日本审美的趣味,但我总怀疑藤泽周平有意放大了过去武侠小说/电影里不被重视的素材,像蝉鸣,风声,写景状物诚然并非文学的判别标准,但以此能看出藤泽周平小说的趣味。

《武士的一分》改编自《隐剑秋风抄》,里村新之丞是为藩主尝毒的武士(职务为"毒见役"),不幸中毒,双目失明。在为他争取权利(或者说争取藩主赐予的权利)时,妻子却被人欺负,于是以盲人的身份去为妻子讨公道,也是为武士讨回"一分"——尊严。如果说,《黄昏清兵卫》和《隐剑鬼爪》的结局是幸福的,里村新之丞夫妇的结局不仅是不幸福的,而且很凄凉,但这位下级武士的遭遇还不是最惨的。《隐剑孤影抄》的八篇短篇小说,即使就题目而言,都能看出主题先行的意旨:《邪剑龙尾》、《怯剑松风》、《黑剑虎眼》……以小说类型而论,武侠小说和侦探/推理小说一样,都得面临一次性阅读还是耐读的难题。这些小说基本上如题所述,在于介绍一种剑术的故事。然而除了上面提到的趣味性之外,藤泽周平的故事也始终紧扣着他所关注的武士生活。《邪剑龙尾》写到了武士为女色所诱惑,《厄运剑刈芦》是叔嫂的不伦,《雌剑细波》里武士居然"雌伏"了,《怯剑松风》是妻子对武士丈夫的轻蔑,无一不是活生生的生活写真。过去武士的形象是慷慨和忠义,藤泽周平的主人翁却是生活的失败者:要么做安贫乐道的人,如片桐宗藏;要么做严于律己的斯多葛派,如文四郎（长篇小说《蝉时雨》）；要么做活得有尊严的人，如里村新之丞；也有完全被生活所摧毁的人，如《厄运剑刈芦》里的曾根炫次郎，《宿命剑鬼奔》里小关十太夫和伊部带刀两家人。

　　总之，面对人生，这些武士并不比读他们故事的人们更睿智。《隐剑孤影抄》里有两则故事值得注意，一是《黑剑虎眼》，一是《宿命剑鬼奔》，前者以武士之女怀疑自己嫁了杀父仇人而结束，后者以两家俸禄相去悬殊的发小，仇怨延伸到下一代为故事主题，篇幅是这本书最长的一篇，情节沉重复杂（主人翁十太夫的子女一一被仇家所杀）。藤泽周平设计出小关十太夫和伊部带刀之间不能回避的矛盾——从人格迥异、政见不合、情敌到下一代继续仇杀——纵使小关十太夫逃避到山中，试图以垂钓隐居，依然有代表着厄运的大鱼"潭主"现身，预示着命运的悲剧。最终躲无处躲，挺身一战，是为"宿命剑"。尽管藤泽周平获得过不少日本纯文学奖项，但在一班人看来，武士小说无疑还是不能算作纯文学。《宿命剑鬼奔》所反映出来的人生命运的黑暗程度，似最能代表藤泽周平小说的深度，他在人生的软弱曲折里摸索着人性的可悲和反复。而这，无疑是检测藤泽周平小说的标杆，这也说明了藤泽周平的小说并非仅仅是类型小说而是文学作品的要义所在。

有这样一位反法西斯战士……以及画家
——被流放的卡罗·勒维

百花文艺出版社1991年12月出版的《李霁野文集》第一册，印数只有一千册，包括作者在解放前出版的《温暖集》、《给少男少女》，解放后出版的《意大利访问记》。从旧书店拣回此书，只为第三辑有一篇《访卡罗·勒维》。访问时间为1956年4月16日，李霁野说："我们出国时，就知道他的《基督不到的地方》正在翻译中，不久就可以出版……"王仲年、思绮译的《基督不到的地方》，新文艺出版社1956年6月出了第一版，这一版有格·鲁勃卓娃写的序言（译自此书俄译本），而1982年3月上海译文出版社的重印版，则去掉了此序，附了一篇译后记。

卡罗·勒维的这本书，李霁野和格·鲁勃卓娃称之为特写集，中译本则说是纪实小说、现实主义文学。它是卡罗·勒维这位"意大利作家、画家、反法西斯战士"被墨索里尼政权流放到意大利南部卢卡尼亚地区的记录，书名体现了当地的贫穷落后，卡罗·勒维更记录了民风的愚昧，底层生活的黑暗。我是无意之间得到此书的，后来在旧书店看到此书的初版，又买了下来（不知道封面画是否即出自作者之手）。这可能要被搜罗新文学的行家哂笑，何况还是"反法西斯战士"的书。但对我来说，这不仅仅是一位反法西斯战士的作品，还是一位作家、画家的作品；那些泛政治化年代所附加给文学作品的符号、意义，经不起读者的阅读检验。卡罗·勒维记下的山村纪实，可以和经典的文学作品比美，《基督不到的地方》既是一部描述深刻细致的游记作品——唯一不同的是作者所写的并非"优美的风景"而已。不学无术、热爱监视别人的村长，连注射和包扎都不会的医生（当然就有了没有受过任何医学教育的药房姑娘）——结果村民都去找卡罗·勒维看病，因为他曾悬壶行医。还有酒徒教师（于是相应地产生了不会写自己名字的学生），热衷于写告密信的太太们。而生活在最底层的农民自十九世纪以来就是这样贫穷无望地生活着，就像卡罗·勒维写的，"基督从来没到过这么远的地方，时间、个人、希望、理智、因果关系和历史也都没有来过"。这本书像一部紧凑的短篇集，尤其像十九世纪俄国作家笔下的故事：愁苦的人物，满身泥泞地行走着。

《基督不到的地方》写于1943年到1944年，卡罗·勒维是在监狱里回忆大约十年前的流放生活。据俄译本序言说，在1954年威尼斯举行的一次展览会上，"最突出的是卡罗·勒维的一套描绘卢卡尼亚农民生活的组画"。这些组画应该没有这部书流传得广，至少中译本如此，除了前述提到的两种版本，译林出版社2001年还出版了新译本。这应该不会仅仅因为卡罗·勒维是反法西斯战士吧！

李霁野在意大利

在网上查得,《李霁野文集》九卷,2004 年百花文艺出版社为李霁野百年诞辰所出,不知与 1991 年那一版有何关系。除了对李霁野访问卡罗·勒维那篇感兴趣,其实我对李霁野在意大利的游历都很感兴趣,1936 年他曾到过意大利,不过,1956 年则是作为中国文化代表团成员访问意大利,二十一篇访问记次年由上海人民出版社出了单行本。当时新中国政府派出的文化代表团,照李霁野的说法,"主要是想多接触各阶级的人物,多交些朋友,以增进两国人民间的友谊。我们的参观游览是次要的,只匆匆看一看罢了"。但他还是在"任务"之外,忠实地记录了浮光掠影,虽然没有透露出再次游历古老国家的私人感受,但 1956 年的这趟游历是详细的,可以作为一本简略的文化交流记录。

战后新中国的文化人访问意大利,此行重叠了多层废墟与重建的含义。代表团访问者多是意共人物(葛兰西研究所是必访的),大概也是战后常见的左倾现象。不过,"我们初到意大利时,一位同志开玩笑说,我们是资本主义国家,要尽量剥削你们的劳动!我们欢笑着同意了"。最有意思的是《游古罗马废墟》一文说,"人类从罗马接受了不少优美的文学和文化传统,这些使我在废墟中感觉到画境和诗意",紧接着,"不过我知道另外一个罗马城,它更富有生命和意义,因为它在战斗着,发展着"。这两句,多像是 1936 年的李霁野和 1956 年的李霁野说的啊。某位热爱京剧"闹天宫"的夫人以为《金瓶梅》是《西游记》一类的读物,为她十几岁的儿子订了一部(意大利译文版)。但像这些有趣的细节(也是文化交流)并不多见。

战后意大利确实"发展着",关于这一点,在费里尼、罗西里尼、奥米(Ermanno Olmi)等人的影片里有详尽的世相叙述。尤其是奥米的《工作》(1962)、《米兰心事》(1963),从小人物的身上可以一窥战后意大利社会的凋敝,在工业化的热火朝天之中,谋求一份工作的个人有多卑微。李霁野等人看到的是意大利的古迹,是现实政治斗争,是个人的使命,因此这部访问记留下了时代痕迹,但也值得一读。在那些浮光掠影的间隙,也有不囿于时代的痕迹保留下来了。在《海上的城市威尼斯》一文中,有两段寻访马可·波罗旧居的记录:

> 听说马可·波罗的旧宅离得很近,步行十来分钟可以到,我们就去看了看。在小巷里转了不少弯,可见到的只是早已改作剧院的老房子,仅在后面的墙上有个纪念碑,是十九世纪加上的。这里大概只是遗址,房子未必是原来的。附近有马可·波罗时代的房子,现在还有人居住着,那里还可以看到当时的情况。马可·波罗的旅行见闻,威尼斯人并不相信,只当作痴话。他的旧宅旁边一个大院,被人叫作疯人院,就是对他的讽刺。
>
> 晚上下着微雨,识路的意大利朋友领我在街上步行很久,有些小巷只能单人通过。静得很,见不到一个人影。在偏僻的角落或路口,往往在小龛里供着圣像,面前点着半明半暗的长明灯。我们仿佛可以随时遇到马可·波罗的幽灵在这里留连徘徊。

这一天是 1956 年 4 月 25 日。这一天的两段话我以为是和阿城 1992 年 5 月到 7 月写下的《威尼斯日记》是契合的,虽然隔了差不多四十年。

宁静，愉悦，满足

——林怀民的《流浪者之歌》

当我有"《流浪者之歌》其实可以再看一次"的念头时，林怀民已携带他的三吨半稻米走了。

我看的是广州演出的第二场，也是最后的一场。尽管同一场次观看的朋友说被从天而降的稻米震惊（多么委婉的评论），然而就从《流浪者之歌》的节奏来说，从一开始到谢幕将近一个小时里，演出紧凑、热烈、饱满，从天而降的稻米并非特别响亮的部分。它不是高潮。在关于稻米的种种得失之间，我尤其为其间男女共舞的那部分心折：男人们围住女人，越逼越近，而转眼之间，女人又逃脱了男人围起的樊笼——不要过度阐释，不去揣摩林怀民的意图，只单纯从舞蹈而言，真是美极了！

就像没看电影而先看评论报道一样，一旦看过电影，会发现与报道往往是两个世界。这是作品本身的魅力，它给观众的冲击，远远大于文字，比如说林怀民谈《流浪者之歌》。那些理念适合我们一片空白的时刻，当演出开始，作品自然会告诉你难忘的细节。对我来说，四月九日晚上这出舞蹈，没有让我映证林怀民携带黑塞小说在印度旅行的感悟，而是影片淡入淡出一般的入场退场、中间酣畅淋漓的与稻米共舞，我确实看到了演员过硬的身体表演功力和表达能力，理解了林怀民要求云门舞集研习中国书法的精义所在。这是不必深究"林怀民这人究竟想表达什么"就能享受到的,如果你看过其他现代舞蹈,相信对比会更加强烈。

演出之前,林怀民曾提及稻米跟他童年经历有关,并且希望每位观众都有一个自己的《流浪者之歌》(大意)。作为有同样经历的人来说,稻米的粗粝感犹在我脚下(想必作为舞台道具的三吨半稻米是经过加工的),因此也很能领会因稻米而动的舞蹈,但整出戏我最受感动的还是那位独自推耙二十多分钟的舞者。一切狂暴的争斗都结束了,剩下他缓慢地将散落的稻米推成一个个圆圈。何其平淡的动作,但充满了耐心、坚持、饱满的力量。再想想他从一开场模糊的身影到现在逐渐清晰,对这台戏的前一个钟而言,他是完美的句号——恰如他所画的圆圈。我甚至觉得,他之推拢稻米,与舞台一角佛陀身边流淌不绝的稻米,两者平衡了整出戏:《流浪者之歌》因此才不会是平面的、孤立的,而是立体的,包含着过去、现在与将来形态的。并不仅仅是先与后、动与静的关系。

我非常喜爱这个动作单调乏味的结尾。何等自信,何等静气。它让人深深为这单调同时也是精湛的技术折服,更让人回味这一段落是如何改变了整出戏。自 1994 年首演,迄今已超过演出一千七百多次,听说翩娜·包殊(Pina Bausch,1940. 7. 27—2009. 6. 30)曾看到痛哭半小时,当我看到这个孤独又一丝不苟的持耙舞者,却想到了翩娜·包殊《热情玛祖卡》的轻松欢快结尾:一样的宁静、愉悦、满足。于是你忍不住要效法浮士德:

"你真美呀,请停留一下!"

雾蒙蒙的天空，布赫兹的背影

2004年的金马奖海报曝光时，媒体介绍说：……今年影展海报回归朴实恬静，海报由插画家陈炳旭设计，金马执委会无意间在报纸副刊发现他的插画作品，觉得他笔下梦幻与超现实的题材与电影的意境非常贴近云云。但是吸引我的不是这些文字而是海报，看到一个人夹着一截彩虹站在彩虹上的背影，像见到多年老友一样眼前一亮，心头也一亮，叫出的名字是布赫兹（Quint Buchholz），一个德国插画家。

如果在google里搜索布赫兹，十之八九的相关内容来自台湾，这款金马奖海报未尝没有这种渊源。大陆最早出的一本布赫兹，也是从台湾引进的。就是这本作家版的《灵魂的出口》，布赫兹找了四十六位不同国籍的作家配文，他的插画细腻精准，总是灰色的雾蒙蒙的天空大量留白，而人物总是现出侧身或者背影——背影是最多的。这种安静、内敛并且神秘得有点诡异的风格一度让我出神，好像他的画正是给人出神用的。我记得每次翻看《灵魂的出口》，就会想起四川腹地的一所小学校，冬天四周都是白茫茫的雾气，学生在雾气里出现又消失，喧闹声和梧桐叶到处掉。那个从来不笑的班主任指着班级日志对我说：

"天气怎么能填雾呢？你见过整天都是雾吗？"

一定有整天都是雾的一天。看过布赫兹画的人会觉得他有一张画是为看的人画的，为他隐秘的记忆画的，至少我是如此。或者那些为他的画作配文的人也是,《灵魂的出口》里的每篇文章都有一个故事,"那些文字散发着博尔赫斯的味道",当初给我推荐的人说。我最奇怪的不是这些画诡异但又纯粹透明,而是布赫兹这个德国画家的柔软,他的画一点也不沉重,一点也不刻板,轻得可以让人飞起来,可以让人立刻消失。布赫兹和我所喜欢的另外两个德国人伯尔和君特·格拉斯不一样,他既不像一块石头,也不像一件武器,他是一块海绵,你挤掉水分,还有空气。而我现在誓言旦旦地谈布赫兹,其实谈的全是他的背影,他只给我们看到背影。

我还记得连布赫兹背影都没有看到的时候,那时候我只在《灵魂的出口》的附录里查作者们的生平,布赫兹的介绍是"生于1974年……",我不能相信那是一个年长我四岁的人画的。的确不是,布赫兹生于1957年,他已经够老够让人信服,他的每本书——现在坊间可以买到的《瞬间收藏家》、《南极,遥远的知音》、《在水一方》、《捕捉月光》,一样的有着雾蒙蒙的天空和布赫兹的背影。

《绯红树》的忧郁

—— 陈志勇的绘本

读完陈志勇的《别的国家都没有》，想一想，名声这个玩意真是奇怪。这位生于澳洲的画家获得过国际多项大奖，这本书也不是他的第一本书了，然而读之前我依然对他没什么概念——或者说，即使是一个还算关注绘本（这个词不仅太泛滥还太宽泛了，不知道是否合适陈志勇）的读者，对这样一位在业界（姑且这样说吧）享有这样大名声的画家一无所知，而陈志勇的作品又是那种只要你看过的就会非常喜欢的。对于那些知道台湾出了个几米的绘本爱好者而言，似乎有必要提醒一句，在台湾还有一位叫陈志勇的画家，虽然你可能不知道他，但绝对值得留意，值得一读。陈志勇生长在澳洲，不过他的大部分作品都在台湾出版。

我是在一位画画并且从事书装设计的朋友那里知道陈志勇的，即使只是在博客上看到两张图而已，已经为他的想象力所折服。一个小女孩，与她黑暗的房间里长大的绯红树，陈志勇作品，余光中翻译。我虽然至今无缘拜读这本《绯红树》（据说在台湾都已经断货），但我相信这张图是这本书最 high 的段落。

我"退而求其次"买到的《别的国家都没有》，是陈志勇最新的一本绘本，整体而言，有强烈的涂鸦风格和短篇小说的味道，十五个故事就像十五个短篇小说。我非常非常喜欢《艾瑞克》，这个所谓的"外国交换生"可能代表了作者的某种视点，某种生活经验，然而这位能住在茶杯里的艾瑞克，关注地上小东西、让人火大的艾瑞克，是百分百的捏造——是想象力。这和开篇的《水牛》、《回流》、《爷爷的故事》、《枝条人》等篇一样，具有浓重的文学味道，同时，既能给人温暖，但不甜俗。《我们的探险》像一篇成长小说，并且有着浓重的人生阴影，这就不止是温暖，而有些悲哀了。其实，在陈志勇颇显"技术性"的包装之下——比如涂鸦，剪贴（《无情雨》、《自制宠物》），甚至利用剪报直接呈现（《失忆机》）——更多的是对这个机械的、冷冰冰的现代社会的不安，这不是读者可以感到愉悦的东西，但却让人不能忘怀。陈志勇始终没有顺应读者的潜在需求，提供一个所谓的心灵栖息地，反而显示我们生活的失去、失败、不安、灰色，可能仅仅是一种色调，但是他毕竟泄露了与这个现实世界的格格不入，我想这可能就是一种格调，一种境界。

《警觉但不用惊慌》是一篇带喜剧色彩的寓言，说的是这个"家家户户都有自己的洲际弹道飞弹"，"我们只需要在每个月的第一个星期天擦洗我们的飞弹时"，"有许多人已经开始为飞弹涂上不同颜色，甚至还自己设计装饰图案，例如蝴蝶啊、花啊等等"，还有——"我们在圣诞节时还习惯在它们上面绑上灯泡"、改装成狗屋或者披萨烤箱……也许，这确实像一出讽刺剧，不过我最近读到美国游记作家比尔·布莱森的回忆录《闪亮的日子》，其中谈到二十世纪五十年代的美国"每周都有形势变得更好、更快、更方便的兴奋消息传来。没有什么是荒谬、不值一试的"，其中就包括"1959 年 6 月 8 日清晨《得梅因纪事报》明显带着一丝兴奋和骄傲报导：邮件可以通过导弹传递。该文章向我们保证，很快装有邮件的火箭将会从美国上空一闪而过。人们该想象得到，特别投递的邮件每隔一小时呼的一声，倒插在我们家后院的样子"。最后一句正是陈志勇笔下的国际情景喜剧。

在 7—11 门口收到台湾旧书店寄来的陈志勇绘本《绯红树》，立即借了店里的剪刀拆包装，却从书里掉出一本小册子，"关怀忧郁症专刊"。我这才看清楚书封上那个小女孩一脸的疲倦。《绯红树》不是我看过的第一本陈志勇的绘本，对于他画风的幽暗特征早有了解，不过，因为之前在网上看到的是结尾两张图，

happy end，完全没有把它跟忧郁症联系起来。

忧郁症似乎正成为一种惯见的都市病。在附赠的小册子第十页，是《儿童忧郁症——忘记微笑的心灵》。我发现《绯红树》里的小女孩，果然只是在那结尾微笑，微笑才是快乐的，而我们可能都没有多想忘记微笑跟忧郁之间的关系。关于一个小孩子的孤寂晦暗的心情，似乎是难以想象的——小孩子也会不快乐吗？陈志勇正是以他那种幽暗的画风，绘出了忧郁症的各种面貌：那么灰暗，那么绝望，那么无力，那么脆弱。可以说，作为艺术创作，这未免太真实了。假如我们将陈志勇的绘本与几米的相比，同样关注心灵，后者是明亮的、温暖的，甚至近于甜熟的，可以让读者即刻获得力量，而不必邀请那些不相干的人们细致真实地体验一下"忧郁"这个名词。在陈志勇的绘本里，类似的温暖极其少，但也并非没有，作为某种象征的绯红树叶，出现在每一张图画里，直到在最后一页成为火红的一棵树。应该说，那些只有绯红叶子而没有绯红树的日子太多了，甚至没有边际，《绯红树》也没有一定指向快乐结局的意图，这似乎可以说，读这册书，并不能使人特别感到"救赎"，能够汲取力量，反而充满了悲伤，因为这个小女孩的快乐，"亮丽而又耀眼/悄悄地等着"，更像是一种偶然，那是"你梦想的那样"。我理解为这是陈志勇及其作品的深刻处。

《绯红树》2003年由台湾和英出版社出版，2008年第三次印刷，文字、图片由陈志勇创作，他是在澳洲长大的华裔画家，此书中文由诗人余光中翻译，文字简短，像一首诗：

> 有时候一天开始什么都没有指望
> 事情是越来越糟
> 阴影啊将人笼罩
> 谁也不明白为什么
> 这世界成了聋掉的机器
> 毫无意义，不讲道理
> 有时候你等啊

等啊等啊等啊

等啊等啊等啊

可是什么也不会发生

于是所有的烦恼一起上身

美妙的事情都被你错过

噩运呢你却休想躲过

有时你根本不知道究竟该怎么做

不知道你该做什么样的人

不知道自己啊身在何处

这一天的下场啊糟得像起头

可是突然间那东西就在你眼前出现

亮丽而又耀眼

悄悄地等着

正如你梦想的那样

当你面对一座废墟……

——艺术的废墟观念

自 2008 年 5 月 12 日之后,废墟对中国人而言不是陌生的词。今年 2 月 27 日的南都周刊推出一期别致的报道《都市废墟传奇》,虽则与地震无关,但其关涉的场景却也是我们所熟悉的。这篇报道将目光投到广州、北京、上海等大城市废弃的角落,讲述了诸如广州最早的主题公园"飞龙世界"、北京的《世界风情园》这些大型废墟的故事;还报道了作为一种"都市传奇"的废墟,不仅受到艺术家的关注,还在人群中形成了废墟爱好者这一群体。

这篇报道使得急速发展的城市呈现出不同的面貌,而这似乎是身处城市当中的我们值得为之停留、观察的所在:它为我们指出了城市发展过程中不可避免的半成品,就像接受采访的一位建筑师所说的,"要允许一些东西死去"。但从那些热衷于探寻废墟的爱好者身上,又可以看出,废墟绝不止仅仅了解它们的位置,明白它们的存在就行了。如果说《都市废墟传奇》打开了我们看待城市发展的视野,那么其中很有必要探讨废墟对现代人意味着什么?该如何看待废墟?废墟如何向古迹转变?废墟具有何种美学上的表征及其意义?

在这方面,日本人中田熏和中筋纯所著的《废墟本》,英国艺术史家克里斯多佛·武德尔德所著的《人在废墟:文学、艺术与历史中的废墟美学》都是极好的"深度报道"。

以崩坏的样貌来呈现时代的流转

《废墟本》是一本图文并茂的采访记,纪录了中田薰(文字)和中筋纯(摄影)两人在日本各地探寻的有名或者曾经有名的废墟三十座,废墟的"题材"包括矿山住宅、医院、饭店、学校、游乐场所、餐厅等。据说这是从两人花了近十年时间探访的千座废墟中间精选出的;他们都有其他关于废墟的著作,并且一直关注都市废墟,两人算得上骨灰级的废墟爱好者,专业的废墟研究者了。

我们可能会下意识地认为,类似"飞龙世界"这样的"旅游产品"是中国独有,有些废墟的出现纯粹是发展中国家必须要走的弯路,有些规划是由于掌握话语权的人使然。确实有这样的现象存在,然而,就《废墟本》所展示的废墟标本来看,日本这样的发达国家同样存在着极其类似的案例,在深度与广度上还有过之而无不及。

书中关于旅游场所、旅游餐厅、汽车旅馆乃至色情场所的废墟不止一两处。比如可以眺望富士山、治愈都市人疲惫心灵的风车餐厅,乃是代表了"流行的风",因为"昭和时代(1926—1989)的某个时期,只要兴起某种关于旋转的事物,马上就会转变成商品并遍及全国各地","当时以旋转为卖点的奇怪物件,如雨后春笋般大量涌现,引起所谓的'旋转风潮'"(可以作为佐证的是村上春树的小说《旋转木马鏖战记》),则风车餐厅的倒掉是顺理成章的事。而代表了日本泡沫经济时代的 Hirugano Height 饭店——歇业也是理所当然的了。如今只剩下茂密杂草的东洋保龄球馆,则是因为"两百四十个球道,二十四小时营业是致命伤"。就更不要提 HUKINUKI 观光饭店了,中田薰说,这座温泉酒店 1957 年就完工浴所,却直到 1990 年才成功挖掘出温泉,沦为废墟的命运简直早已注定。最有趣的可能要算北海道的中国庭园天华园,这家耗资巨大、只存在了七年的主题公园,如今只剩下一座静默的庭园,置身其中的中田薰总结说,天华园这样的主题公园"只是模仿中国,直接移植外国文化,并不能吸引游客"。对于中国的主题公园来说,这或许不无借鉴意义。

除了经营不善导致破败沦为废墟，《废墟本》还提供了不少时代变迁的样本，像东浓朝鲜初中级学校，是因为"日本仍存在着社会歧视"，"社会歧视导致民族学校成为废墟"。像秩父矿山村住宅区、雄别矿坑医院，以及足尾铜山矿坑，都是经历过发展的荣耀，见证过日本经济腾飞的年代，也经历过黑暗的一面，"光荣的背后有更多的血泪史"，最终没落。身处这些废墟，可能个人的回忆不如破败的旅游胜地那么多，然而对于历史的感触却是直观而强烈的。这是通过中筋纯的摄影图片也能传达到读者那里的一种震撼，一种历史的反思。

应该说，现代性的废墟决非简单的社会环境、种族、发展程度的不同造就的，《废墟本》前言有一段说得极好的话：

所有关于人类的一出出戏码，包括野心、欲望以及色情等等全都在此化为尘埃，并在被漏雨腐蚀的地板与潮湿的地毯表面，交织出更复杂的湿黏关系……可说是一部"非小说的人类全纪录"。

而废墟投射在我们心里最初的不适感亦是空穴来风，那种破败、丑恶与不祥是事实存在。作为废墟的资深探测人，中田薰指出了废墟这一场景的暴力暗示，在日本不少的废墟确实就是犯罪场所，甚至包括他探访过的废墟。他也指出了废墟的价值所在，既是"可以看见支撑时代变迁的巨大水泥怪兽如何在经过三十年左右化为废墟，但仍然拥有孕育苍郁绿木的庞大能量"，也在于"世间若有人会因美好的事物而得到疗愈，也有人会被阴暗的危险所吸引"，但我觉得跟中田薰指出的一大事实有关——"不断增生的废墟"，他以为废墟就像犯罪率或者自杀率一样，会随着国家的衰退而有向上攀升的倾向，"废墟的数量是国家经济水准的隐性指标，而建筑物化为废墟的过程也反映了在社会上求生奋斗的艰辛。我们可以从废墟学到的东西非常的多"。存在于现代都市人生活中的废墟是令人不快的景观，但它们的不成功、未完成、破败凋敝都意味着现代人自己的过失，代表了我们的自大、狂妄，当然也有荣耀与辉煌。这或许也是中田薰长达十年关注废墟的原因。

废墟不单是一堆瓦砾，而是感受，是意境

在中田薰的采访中，古关小学折八分校是难得的令人感到废墟宁静美感的一处废墟。这是一座停学三十年之久的小学校，让观者感叹："三十年经过，这间废弃校舍愈发成熟，岁月更淬炼出废墟之美……""校舍之美足以成为明信片上的风景"，等等。这是《废墟本》里难得让人心情舒张的场景，关于废墟之美，一座用石头建造的废墟，食堂物产·山本园是其中的异类：虽然破败，但是极具欣赏价值，中田薰甚至说，希望看到这座美丽的废墟"风化更为严重、更显孤寂气氛的情景……"也正是在这篇采访里，中田薰提到了废墟美学这个话题并不是现在才流行，早在中世纪欧洲，就在贵族圈流行，当时的欧洲人认为"美丽的建筑就算成为废墟，也仍旧美丽"，甚至有的建筑即是以废墟为前提而建造的。

这一观念在克里斯多佛·武德尔德的《人在废墟》里有极全面的阐释。关于欧洲对废墟美学的爱好，武德尔德在《脆弱典范》、《时间的海滩》和《假景真玩》等几章节中有详细的流变叙述。"玩景"艺术——人工废墟——这股热潮在当时的法国、德国和英国最为兴盛，除了林林总总的社会历史原因之外，武德尔德写到很多细节，比如最大的废墟"产地"意大利对古罗马废墟的清理，第一座仿古废墟也正是在意大利盖起来的。武德尔德认为："基督教的圣堂和古典文明的最大废墟合而为一。影响欧洲心灵的两大力量都来自环绕台伯河的山丘。因而要探究废墟引发的乐趣和恐惧，正好由永恒之城开始。"关于废墟美学的一切，确实都是自遍地废墟的罗马开始的。又如自十八世纪开始的英国人去欧洲"大环游"（The Grand Tour，又译作大旅行），率多到罗马凭吊，"罗马的废墟却问道：但若像罗马这样的巨无霸都会粉碎，难道伦敦或纽约不会吗？"自那时起写下自己在罗马废墟前观感的人——亨利·詹姆斯、司汤达、夏多布里昂、爱伦坡、歌德、雪莱、拜伦、福楼拜、哈代、狄更斯，当然还有专门为之写下巨著的爱德华·吉本，这些文人对于罗马废墟的复杂感情，通过他们的著作凝结成追问与思索，"建筑物越发华美，它的骨架越发有力地展示傲慢而有限的生命的徒然"，因此，建筑的败坏和人生有限之间的关系，或许正是形成"玩景"风潮的心理准备。而在对废墟的审美层次上，也有过去的被动欣赏，变成了由个人做主的主动营造与玩赏，此时的"玩景"风潮又是与园林紧密相关的。"玩景"风潮固然也证明了上层社会的生活腐化，却也催生了"如画观"这样"英格兰对欧洲视觉文化最大的贡献"，对造园艺术产生了深远的影响。另外，武德尔德提到某一封请求保存一处英国自己的废墟的信件，认为这封信在英国品位上是个转折点。而这些，都来自罗马的那堆古老瓦砾。

有趣的是，在若干著名的罗马行纪里，武德尔德特意写到了1938年希特勒造访罗马，墨索里尼为之安排的路线可以看到帝国罗马古迹。回到德国后，希特勒出台一项《联邦领地毁损法》，规定兴建纳粹公共建筑时，不得再使用钢和含铁的混凝土，因为它们会毁损，"只有使用大理石、石块和砖块能保证当千年德国政府衰亡时，那些建筑会像他们的罗马楷模"。

武德尔德走的不是枯燥的学术论证道路，正如本书副题所言，他从文学、艺术与历史之中探寻废墟美学。他对于聚集在文学之中的话题、归拢与艺术之中的现象、迷失在历史之中的人物，都给予了充分的笔墨描述，而这些也是这部艺术作品让人读来充满兴味之处。比如在"玩景"风潮中一位叫威廉·陈柏斯（William Chambers，在一些园林研究著作里译作威廉·钱伯斯）的建筑设计家，他在英国设计"玩景"相当有名气，或许也是拜他既在罗马待过、也到过中国所赐。他曾经受英王之命航行东方，在广东地区研究中国的建筑和园林。在中国的造园史上，陈柏斯也是一位值得一提的人物，他回到英国后写过关于中国庭园的专著。当然也包括英国著名建筑家约翰·宋恩爵士（Sir John Soane），因为武德尔德曾经在宋恩博物馆任职五年，深受宋恩爵士以及十八世纪废墟美学的影响。

其中也有一些看似无名之辈。如在论及一些以废墟为主题的小说家时，武德尔德顺带提到一位英国小说家、传记作家 Penelope Fitzgerald，说她"擅长以朴质诙谐的笔法写失意的小人物，她的长篇一律短小却韵味无穷"。我读到这里时，Penelope Fitzgerald 的小说在大陆尚且只翻译出版了《书店》，但是已经让我满怀兴趣期待她的《离岸》、《蓝花》等小说。置身在废墟这个大话题下，武德尔德对 Penelope Fitzgerald 的聊聊数语，实在要比后来读到的连篇累牍抄简介式的书评更让人信服。即使如著名人物、西西里岛的最后王子兰帕度萨，假如没有从废墟入手来理解这位"废墟病态的生机与残败建筑滋养天才最伟大的例子"，相信读他的《豹》会逊色很多。而这对前面提到的若干文学家同样适用，从废墟的角度入手读他们的作品，会有别样的意味。

对废墟的理解显示了武德尔德这位艺术史家善于运用艺术感受力这样的东西，而不是简单生硬地搬造理论观念。这大概是他利用众所周知的材料，却能得出令人别开生面结论的原因。在第二章《病态乐趣》里，他也追问"我生在一个狂热追求进步的世界，为什么却会受到那醉人的腐朽所迷？"有一个圣诞节他回到自己的出生地，继续观察这个郊区村落惟一的腐朽建筑，一栋庄园，这大概算得上来自童年的启发。后来他躺在村子里的桥拱上：

> 废墟里行进停止了，时间悬浮了。这残桥是一个日日前进的旋转世界里静止的圆心。在克里佛敦园地的墙外，是个每天朝更富有、更合适、更干净和可能更快乐的未来前进的世界。它那腐朽的怀抱是逃避郊区始终的避难所。……天渐渐黑了，我看得见天上史提芬尼治和薇尔文花园城马路上的灯光。离开那屋子时，我领悟到乡下许多在进步中搁浅了的地方具有物理的、磁铁似的吸引力。

其实这是一本推广废墟美学观念的书。与中田熏的关注点、关注方式都不同，武德尔德讨论的废墟，从某种意义上说是古迹，是远远超过三十年的建筑，他虽然拜访了大部分的著名废墟，却并未依赖影像纪实的视觉冲击力，而是从历史、文学、艺术的相互比较之中找到自己的叙述方式。《人在废墟》夹杂了武德尔德个人旅行的痕迹，像他纪录的那些寻访者一样，他不仅去过罗马、土耳其等著名遗址，探访废墟亦成为了他的爱好。他没有运用如中筋纯那样富于冲击力的图片,却以自己感悟和脚步稀释了形而上的理论,形成了他独特的文字魅力。

附记:

《人在废墟》的译者序里写到:"在当代土耳其小说家欧罕·帕慕克(Orhan Pamuk)刚出版的回忆录《伊斯坦堡》里(注,大陆译本即《伊斯坦布尔:一座城市的回忆》),国际旅游胜地伊斯坦堡不过是奥斯曼帝国的废墟。"

就一位译者而言,这段话差不多把握住了《人在废墟》的精神气质与思路。这本书是在推广一种观念,与废墟有关,但废墟不是全部,它一定包含了超出颓败的内容。读了此书,回过头来看日本人镜头里的现代废墟,对其脉络流传与含义都有更深的了解。观念往往由改变观看方式开始,武德尔德既指出我们观看古迹的方式,也启发了现代人如何看待自己及其周围的世界。就像帕慕克生活的古老城市与武德尔德出生的郊区,对个人而言都是精神上的废墟。像《都市废墟传奇》这些报道也在促使我们看到一些日常生活中忽视的地方,就我个人的感受,去年南方都市报视觉周刊推出的几篇专题深深契合了废墟美学的观念。一座拆迁岛屿的故事《官洲:告别鱼米之乡》(2008年10月18日)、东莞玩具工厂倒闭之后的《玩偶之殇》(2008年10月25日),以及顺德容桂镇叫停工业遗址拆迁的《以艺术的名义说不》(2008年11月8日),报道采用了《废墟本》那样的视觉效果,但观看的方式却分明透露出个人、时间、历史和未来的气息。

澳门半日书事

周末起兴去澳门，依旧只得半日。

抵珠海拱北关闸已近十二点，坐永利酒店的车到市区，再打车去岗顶剧院附近找一家葡国餐馆"阿方索"。这是友人慕名"点杀"的。四个人沿岗顶剧院前地的碎石路一路走，下了一道斜坡直往龙嵩正街西而去，到卑第巷走了一公里才被指点往回。在几位日本阿叔阿婶之后，道路逼仄，饥肠辘辘，路过的面包店、肠粉店几有推门坐下的冲动。一公里折回来，就在刚刚下坡的另一方向，黄底红字的Alfonso111、"亚丰素111"店招并不显眼，餐馆茶色玻璃门上映着四个东张西望的游人，这里看起来不是饭店也不曾开张营业。门内却整洁幽静，食客满堂，胖胖的女招待招呼上楼，看看时间，下午两点，肚子真的已经饿得不成样子了。

亚丰素味美量足，女招待风趣健谈，是清远人，来澳门已三十余年，内地人、香港人，凡所经眼，都与我那位慕名而来的友人"有得倾"。她说，无论是中央电视台还是香港电视台，老板亚丰素先生统统不见，只做自己的店，今年二十一年了。"蔡澜呢？""没来过！"女招待干脆地说。

大概也不会有名片了，索性将餐纸上的地址拍下来：澳门半岛龙嵩正街11A铺。

其实只要路走对——从岗顶前地到龙嵩街，下斜坡而左转，我大约是忘不掉旁边这家亚丰素的。虽然澳门到处是斜坡,坐在的士上甚至担心熄火,但街面上的细节,往往一眼就记住了。"前地"和"斜坡"都算澳门街道的命名方式,前地大概相当于广场,听起来很是洋派。澳门街道的繁杂与香港街道的繁杂又不同,毕竟土地有限,人也有限。沿着亚丰素往北下坡,即是议事厅前地,在我,这是去大三巴牌坊的坐标,何况这附近就有一家颇有名气的书店边度有书,一家好美味的面店黄枝记。岂知一转上亚美打利庇卢大马路,只见民政总署前人山人海,又搭着台子,要庆祝广州举办亚运会——应该是闭幕吧。遂去边度有书闲逛,这里卖咖啡,两位友人便扎根沙发叹咖啡。我则买了董桥的一本新书《景泰蓝之夜》,更想到去年在此买的一包书,好几本一个字都没读过。董桥另一本新版《这一代的事》却没有,心中略有不甘,纵使不去大三巴,也要去大三巴附近卖草地街的文采书店看看。想不到和埃曲奋力在钜记饼家买手信大潮中挤了半天走到文采,却只有两册台版董桥,而且是多年前就入手了的。只好又挤回去——这个平常的周末不知怎么了,连个歇脚的地方也找不到。

  去年在水坑尾街的商务印书馆见到一部梁实秋的《雅舍小品》合订精装本却不在了,只剩下杨绛的《将饮茶》。好在终于买到了《这一代的事》。

  从议事厅前地到水坑尾街其实并不远,但人着实太多,书店也像给挤得没了从容寻找的耐心。赖以指路的 iphone 地图竟也不能用,索性打车去。司机指指外面用夹生普通话说:就在那边哦,走一走就到了。但是实在走不动了,所以还是请开车吧。

  薄暮时分,在西望洋圣堂山上俯瞰西湾湖以及远处的氹仔岛,觉得终于透上一口气。然则脚底那些五色迷离处的拥挤,恐怕已经使得这个小岛丧失了原有的味道。人太多了,我没有与去年在此遇到的平静幽美再度重逢。于是不免有点后悔:都到了文采书店,其实该去大三巴旁边的哪咤庙前地,那是我去年发现的无人地带。当然,澳门固有的东西也不会因观光客而消失——这弹丸之地,亦容纳不下太多的多余。在议事厅前地找了一家葡国餐厅与珠海过来做头发的朋友一起喝茶,略进点心,我已经颇想念珠海街头的宵夜。议事厅前地上的庆祝会开始了,第一个节目是两排七八岁的小朋友在劲爆的 h-pop 音乐里跳舞。放在内地,是会让班主任急晕的水平,中间夹杂个小个子男孩,旁边又有个小女孩不大跟得上拍,no body no body but you,扭啊扭的,依旧跳得认真而没有负担。台下叫"安可",好,no body no body but you 又跳了起来。这让我想起从亚丰素出来,老板站在门口马路牙子上抽烟,一部大胡子,正在休息或者走神。朋友夸他餐馆美味,笑笑;又赞他:you are so cool,也笑笑,似乎还没有反应过来。这些或许可以名之为"澳门自己的东西"。这样的东西或许还包括白马行深处的牛杂,给了四十澳币,只给了一小碗,大概就是广州五块钱的份量,我竟痴痴多等了几分钟。进取心与物价都向香港看齐了。两位男士去游戏厅,三位女士坐在长椅上围着那小碗牛杂大快朵颐,我则跑了一趟伯多禄局长街的星光书店,却已经关了门。应该反方向去板樟堂街,板樟堂街的葡文书局今天路过了两次,竟然忘了进去一问:

"请问,有 Pessoa 的诗集卖吗?"

这绝对算得上澳门才有的。我也不忌讳自己的书架上有一本没读过、读不懂的书,仅供瞻仰。

附记(珠海一日):

依旧住在凤凰路的赋龙酒店,这是六年来珠海住得最多的酒店,通过本地朋友预定,房价甚廉。早茶更佳,往往等不到位,去年有幸吃了一回,却觉得味道差了。隔街的购物广场藏了多家服饰小店,自能让女眷消磨时间。次日却是酒店停业装修的前一天,饮茶的人真是多得离谱,等了一个钟依然没位,只好另觅他家。午后女眷们果然齐集购物,我随男士们去中邦酒店外面的 Starbuck,要了一杯红茶,一边杂聊,一边读完了两本董桥。三联版《这一代的事》果然是节本,而董桥则自始至终都与内地人读到的董桥有别,即使现在是《景泰蓝之夜》,是交给中国嘉德的藏品拍到超过四千万人民币。何况牛津版的书堪称艺术品,正好合我这样买椟者的胃口。藏一册董桥,未必就全然崇拜这位作家,但热爱书的心情,倒是真的。

昆明访书记

"昆明的确是好地方,如果将来发了财,颇想在这里盖一所房子,一年里来住他几个月。"

1944 年,黄裳先生在《昆明杂记》如是说。而我们在翠湖边吃过午饭,沿先生坡而上,穿过文林街,走到云南大学附近一处小区,偶然看到房屋中介的玻璃门上,均价都超过了一万一平。看来六十年之后,在昆明盖房子的愿景是越来越遥远了。我正后悔没有带上黄先生的"少作"来游昆明,转角却出现了一家书店,店子甚是文艺,名曰麦田,门口贴着新近"名正言顺"进入中国的马尔克斯大幅招贴。不用问,这里一定有新版的《百年孤独》,不过我想的是书店的租金岂不更贵?

如果不是诗人雷平阳带路,我即使在文林街附近走了好几个来回,未必能发现这家书店。到了我这样的年纪,文艺书店多少都看垮过几家,而文艺书店又多少都看起来大同小异,惊喜欠奉。麦田自有其文艺特色,比如音乐,有黑胶也有 CD 唱片,又比如二手外文书,当然也比如你在各地书店都可以见到的时兴文艺作品,这里都有。但进书太快了,不说那些大路货,像南方日报出版社出的《异域盛放》等一套四册软精装小册子,来昆明前刚刚给朋友讨了一部,竟然这里也有。著名的陈侗鲁毅策划的著名的法国午夜文丛新书,摞着七八本,书后盖着蓝色印戳"样本",老板说是寄来征订的样书。在广州的书店里过往的午夜文丛都难得一见。最为有趣的是我们刚刚做了评介的《妓女与文人》一书，这里也有货，而我前不久才买到这套丛书中的另一本《刻在石头上的世界》。

如果今天还爱逛书店，你就不得不忍受千篇一律的大型超市书店，或者书目大多一样的小书店。在麦田书店，我多少被冲击了一下：像前面提到的书，明显不是剩下的，而是进货选择的结果。诚然，今时今日，你要买书大体上都可以在网上解决，但在书店里见到久欲一读的书，立刻攥住的那种心情，我想爱书人都有体会。对我来说，日本人芦原义信的《街道的美学》（百花文艺出版社 2006 年 6 月版）就是这样一本书，立刻捏了一本在手里（只有两本）。而摆在显眼位置的云南人民出版社"旧版书系"丛书，则提醒游客，这里是云南。这套书收了不少学人作家关于云南的旧作，如艾芜的《南行记》、李广田的《西行记》、丁文江的《漫游散记》等，勒口书目有李霖灿的《雪山·碧湖·喇嘛寺》，可惜店里没有，只好取了新出的《昆明的雨》。汪曾祺先生的书，搜罗了不少单行本，江苏文艺出版社的《汪曾祺文集》十年前混迹在另外一座城市就已买得，山东画报出版社近年出的汪氏各种"闲情逸致"小书，更是案头读物。我一直盼望《汪曾祺全集》出版，可以读读他晚年的短篇小说，可惜两年了只听楼梯响。还是买了这本汪老关于云南文章的汇集，坐在麦田书店的门口，喝着诗人泡的茶，消磨一个下午，把这四十篇短文章都重读了一遍。

汪老说昆明的雨季"好像相当长的。但是并不使人厌烦。因为是下下停停，停停下下，不是连绵不断，下起来没完。而且并不使人气闷"。而我们在昆明那几天正当雨季，大啖菌子。他又说"昆明的雨季是明亮的，丰满的，使人动情的"，那天下午也下了一场大雨，算应和了这本书，只是书有不少错别字，版权页更将作者写成了"冯至"，不知道算不算"错版"？但对我来说，在麦田书店买这本《昆明的雨》，足以算得上一段游踪的纪念。看目录已经觉得这是一本上好的旅游指南，尤其是对没有到过昆明的人而言（想来很少了）——跑警报、西南联大固然已成陈迹，但翠湖、凤翥街就在左近，还有昆明的雨，刚吃的昆明茶，论斤卖的鲜花和菜市场上的牛肝菌，唯一觉得遗憾的是没有访书的踪迹。

前不久看某书友用谢国桢先生旧题写《江浙访书记》，今天看来颇有些"坎普"味。世上自然有人经常访书记，但我的积习总是访书。翌日我又跑到文林街吃了一碗汽锅鸡肉米线（见店中碗有缺口，立即目为老字号，铁了心要吃），跳上出租车，"去卖旧书的地方"，司机说那叫小屯旧货市场。往北久久未到，又尘土飞扬，问了司机两次道路是否正确。司机答，我们整天在城里跑，清楚得很。颇不以我的质疑为然，且以了如指掌的口吻说，此处的旧书只有周末两天才开。无聊中我又夸昆明的空气好，司机也很不以为然，与昨天另一个大赞城市发展的司机完全不同观点。看来访书记、访书，都该好好问问当地司机才是。

到了旧货市场，果然有个超大的旧书地摊集市，不少摊主打出"二元一本"招牌。蹲了一圈，只拣了两三本可买可不买的书：《太平广记》第五册，吕凤子的《中国画法研究》，长征出版社出版的《外国新闻通讯选评》下册（通讯特写）——这是我十一年前的入门书，相见颇有苏童论塞林格之感：他虽是一张用旧的钱币，我总不欲见其被人糟践（大意）。双腿酸麻之际，翻出一本"文革"中武汉印的毛主席手迹选，有意思问问价，想不到那位据书箕坐的老板挥挥手：起码上千，我要卖给戴金表的。真是太不客气了，只好很羞愧的放下书走开了。旧货市场里面还有几家实体旧书店，竟然在第一家找到一部毛边本的《徐霞客游记校注》，云南人民出版社1985年6月版，那个年月印的书而又毛边，说不定是校注者自留的——恰好扉页已撕去，姑且作此遐想。好在这家店老板没有看我的手表，并且价格公道，不枉我风尘仆仆一场。

小屯的旧书，有关云南地方风物类不少，只是太大路货。买此类书最佳是在大观路——当时我和"书友"桥东里兄正在翠湖边压马路，他突然想起李公明老师有一篇在昆明大观路访书的文章，我遂立刻电话李老师问了店名，驱车跑去——昆明的士司机大概太熟书店了，下车便是民族书店。这里有两家都卖旧一点的书，太旧的就自定价。民族学学者汪宁生的三巨册著作，不敢下手，选了《云南掌故》（民国罗养儒著）和李孝友先生的《昆明风物志》，都是好玩的地方文史书籍。接着又找到李孝友先生一本《娜嬛著稿》，云南人民出版社

2010年3月出版，精装本，四十五元。这几年小精装丛书不少出版社都在推出，此书列入的"云南文史书系"则从未见过，不知还有其他什么人的著作，不过李氏所此书收录的《木氏土司的诗文别集》、《"释儒"担当》、《精校细勘释钱沣》等篇都引人兴味。在另一家书店也找到一本与云南有关的风土志《滇海虞衡志校注》。在昆明找到与云南有关的书自不足奇，奇怪的是还淘到王健群先生的《好太王碑研究》，好太王碑在吉林集安，却在云南昆明淘得此书，不能不说是书缘了。听说大观路附近就有一个超大的图书批发市场，但来这两家的人却委实不多，老板也叫我们多选选。看到文史资料出版社的"文史资料选辑"，堆了一书柜，也就不客气地翻起来。这套"内部发行"的丛刊保留了不少清末民国人物的回忆录，虽有政治气候原因，但大体上可见其经历，残篇断简也是一个时代的历史记录。我依着感兴趣的人和事选了一些，如冯玉祥北京政变、美国收藏家福开森、辛亥以后的袁世凯、李宗仁代理总统前后，此外有一些较有意思的话题，如民族资本、国民党时期的邮政、北京的钱铺与银号，等等。最有意思的是第六十五辑中《沙文求烈士在广州起义前后的七封书信》，沙文求是书法家、篆刻家沙孟海的弟弟（沙孟海字文若），参加过著名的五卅运动，1927年参加广州起义，次年被捕牺牲。从沙文求的信中看得出这位早期共产党员对家族的影响，他的三弟、四弟都参加了革命工作，而尚且是非党员的沙孟海也受其影响——以前曾和师友谈起过沙孟海在解放前经历复杂，而解放后却能以艺术大师的身份平安度过各种政治运动，曾猜测他负有秘密任务，是冀朝鼎一般的人物。今天读其弟弟沙文求的信，或可见一二端倪。

买书最忌选残书，结账时，我还是拿下了精装本的《顾维钧回忆录》第一册。此书共有十二册，要配齐只有向网络书店求救了。不过，第一册正好是辛亥革命前后十数年间的事，现在读岂不应景。再说，读残书的好处即是读一点是一点，真有了皇皇十二册，恐怕真没有时间去读了。

长春·手机·旅人

自从有了 iphone 手机,我戒掉了旅行中买地图的习惯。当你一机在手,看着代表自己的那个小绿点在陌生的街道上移动,实在远胜于动辄摊开一张足以把自己包起来的地图,更没有左顾右盼叨扰路人的狼狈。在付得起漫游费的国内旅行,使用手机地图,其作用、功效,我想大概跟在国外拿本 LP 庶几近之吧。何况只要能上网,酒店、美食,旅行中的大部分事情都可以解决。

在夜色中驶入长春,偶一回头,路牌上竟写着"大经路"。立即定位——距离酒店不算远。作为步行爱好者,基本上就敲定了次日的第一个目标。出发前照例要麻烦前台,打听本地书店特别是旧书店的方位,它们是我旅行固定的名胜古迹。之所以说麻烦,是几乎每次问,总像给酒店服务人员出难题。这次也不例外,书店,不知道,但附近有一家古玩城。没有用上北方特有的指路方式:往北,再往东之类的,说的地址就更复杂了。只好谢过,罢了,还是去大经路遛达吧。

手机地图上场了。小绿点迎头碰上护国般若寺,几步路就走到,免费,门口照例有许多谈天算卦的中年男女,眼光紧紧盯着进门的游客,手也不放松,见缝插针地伸过来一个吉祥物,就往你身上塞。突围,寺里第一进都是游客,闲人。二进,几个僧人还是杂役,正在脚手架上安装一个大香炉还是宝塔。唱佛声从第三进传过来,走去一看,信众站满了院子。和几个闲杂人等一道站在旁边，听了半天。不过，还是看安装香炉的时间最久，他们也说话，断断续续的，但恐怕要安装到下午了，说不定还得明天。四周有老松树十二三株，全横长了，仔细看，结满了青松子。人在底下，马上就明白什么叫亭亭如盖。再透过松枝看脚手架，真像电影镜头，武侠人物要打起来了。

　　看了一阵闲人，终于像个闲人一般走出了院门，没人再搭理你。寺庙另一边的墙下，坐满了算命大师，虽说是七月底，长春并不太热，有生意的忙着，没生意的就靠墙晒着。迎面开着佛教用品店铺，一家挨着一家，街上都是香气弥漫。边走边看，这才领略到北方的建筑特色。大街都很宽，两旁房屋不高，多是米黄色，市中心竟种有松树，有一处绿化带里，杂草丛生，成片的灰灰菜长得极好。而内街虽小，但比南方城市的小街道硬朗许多，没有北京胡同那般封闭的四通八达的纵横感，但简洁明快，气质仿佛。有不少的水果档，为了看看北方的水果，又站了半天。不少的小店门口，利用一块小空地，种些花草。一般来说，内街尽管有些脏乱差，但看得出正是因为有好多小馆子。一家馆子的伙计在门口支了个烤箱，正在烤鱼，鱼是从脊背划开，摊开烤的，看起来很好吃的样子。远远闻到烤玉米的香味，走过去一看，却烤黑了。我觉得这块美食地区应该是东北或者长春的小街道代表，充满了生活气息，很容易让人想起李琦、巩汉林等人的东北情景喜剧。

　　东张西望中，大经路到了。一看，路牌上的号码大概有一千多号，是条大街来的。掏出手机来，立此为照，映进来的背景竟是一家古玩城的招牌，可能酒店前台说的就是这家。得来全不费功夫，径直上去，三楼以下都是字画古玩店面，四楼则是旧书店和杂货店，都在几平米的小格子里。一家家看，书都收拾得齐整，偶尔有古籍，特色是都有几种不易见的旧版文史书。这个年月，哪家店主不上孔夫子呢？捏了几本：《万历野获编》、《履园丛话》、《王右丞集笺注》、《书影》等，一问，果然不低。快快下楼买了几刀笺纸，回到大经路。

　　当日我回到酒店后，想到一个有趣的现象：是我的兴趣转移到了文史书上，还是经过时间的淘洗，现在的旧书店只剩下文史书了呢？这是我以前逛旧书店没有想到的。对于我们而言，那些耳熟能详的文学作品，比如八九十年代的诗歌、小说难道都不在这个流通渠道里？不太可能。次日我又去，买下《王右丞集笺注》，又仔细看了几家的藏书，发现文学书的确很少，《废都》见过几本，其余全是不入流的言情之类。过去二三十年里的优秀文学作品，只能希望它们都还在读书人的书架上，远未遭遇到进入旧书店的命运。

同样的街道风景：高度差不多的房屋，两边的白杨树，没有红绿灯的人行道；经过不一样的路牌：银行胡同，平治街，西四道街，过了东四道街，终于到了天主教堂。这是地图里搜出来的大经路之后的一站。教堂很大，笨重的大楼，高高的塔尖，既悠久又庄严。地面却是泥地，有两对新人正在拍照，摄影师毫不介意侧躺在地上，镜头对准的新娘有些胖。除了这几个人之外，守门的大爷默坐着，丝毫不关注外面的世界。这是一座什么样的教堂呢？无从问起。而明显的我像个不速之客，只好讪讪的走到后面，又是一大片空地，略有花草，在很有些年月的大楼窗台上，摆着一盆小花。教堂没有开放，对面一座圣母像掩在绿藤之下。我坐在那盆小花的屋檐下休息，准备去最后一处"景点"。

说到长春的景点，首先被谈到的应该是伪满皇宫，酒店里听到几拨人提起。在手机地图上也查到了地址，但是相比这类地方，我觉得在街上闲逛也有意思。从大经路出发，我定位了天主教堂，又发现它旁边有文庙，而在文庙的旁边，竟然是某著名楼盘的名字——姑且以 xhw 代替吧，作为该楼盘的脑残粉，我对于它在长春开工深感激动，立刻定下了此行最重要的景点。试想一下，如果在刚刚开工的 xhw 前拍一张，要比大经路的路牌更让人激动吧？

休息了几分钟之后，我告别了有些荒凉的天主教堂，走向文庙和 xhw。奇怪，手机地图指示我往前走，但见到施工的高楼完全不像 xhw 的风格，路上停满了车，一边是个老小区，有些闲人，另一边倒有些像文庙，至少从建设上讲很像，大殿屋顶上不少工人拾瓦铺瓦像是翻新。越走越不像有路，实在憋不住了，我终于放弃手机地图，走进一家杂货店，买了瓶水，找完钱，问老板对面是文庙吗？答曰，对面是学校。也对，于是问，这附近有没有新修的楼盘，是不是叫 xhw？

那阿姨有点吃惊，愣了一下才回过神来。她手往后面一划，说了一句，我听了都快要疯了：

这个小区就是 xhw 小区。

那天手机旅游遭受重创之后，我一口气喝完那瓶水，跳上一辆的士，直奔吉林博物馆。事实再次证明，有时候手机地图不仅不管用，还有自取其辱之嫌。那司机大哥根本不知道是在什么地方，我只好又掏出手机，点开地图给他看。还是没懂，我有点不信，但人家立马呼叫同事问路，终于把我拖到了省博所在的岳阳街。长春的出租车颜色淡黄，大约许久没有洗车了，都扑着一层泥灰，而车的状况与昆明的出租车仿佛，处于早该换代的程度。一上车拉上安全带，这在广州基本上是下意识的动作，立马被司机制止了：不用，不用。上一次被司机制止是在成都。这年月，只要在城里，打车都比较难，有趣的是，长春可以拼车，即前一位乘客还没下，又拣上一位，当然司机会考虑是否顺路，我还没到岳阳路，他就拣上了一位女乘客。次日我再去省博和古玩城，也全靠拼车之便，路上难得见到一辆空车。

之所以重去省博，一是因为那天从岳阳街穿过一个废弃的大院子才到省博，发现已经闭馆了。二是正在展出的"袖怀雅物"，是馆藏的扇子。第二天终于看上了，六七十把扇子，多为晚清民国间文人书画家作品，如罗复堪、关振铺、俞明、方药雨、陈半丁、余绍宋、方介堪、唐云、乔大壮等。这一辈人扇面整洁雅致，用印精细讲究，比如陈半丁的扇面，小印极多，有一方无边朱文"山阴道上人"极有味道，所钤印章都一丝不苟。尤为难得的是见到一柄乔大壮的自录词扇面，写得极精极雅，为所见乔字中最佳者。因未带相机，只好多欣赏了十几分钟。民国一辈虽不远，但明显的时代风气绝异于其后。一个人在展厅里默想良久。

去古玩城买《王右丞集笺注》，老板说，哈，来啦。他正和一年龄相仿的中年人兴高采烈谈潘家园。后者见我买此书，说，小孩儿你在做学问啊？小孩儿连读，往昔听王贵忱先生这样说，总觉吃惊，今天突然明白，乃是东北人对年轻人的习惯用法。又如王老经常提起某某大佬来辄说"与我好"，后来读齐世英的回忆录，也这样说。除了买王右丞，还买了土纸本的《随园诗话》下册。此书已买了，但买残书的好处是立马可读，全本倒是往往直接上架，从此不闻不问。后来在机场延误——这年月不延误简直不像坐飞机了——读随园，有云：

> 凡种松者，初往上长，到五六十年后，便不锐上，而枝叶平铺。

可证在般若寺所见到的松树也。

《王右丞集笺注》是清代赵殿成所作的笺注，扉页盖了一方印，是长春某银行学校的藏书，印章甚大而粗边，颇有乾隆风采。飞机久久不起飞，周围乘客不是塞耳机就是看手机看电脑——他们才是手机旅行人啊，虽在旅行，世界却随时能定位你。已经用不上手机地图了，手边只有这两本书。翻完随园翻王右丞，随手一页见到两句：

> 蹟峻不容俗
> 才多反累真（《过大乙观贾生房》）

即使拍了大经路，拍了天主教堂，最终还是没有发微博。在机场也怕电用完了。当然更是想到了那个"才多"的虚拟世界。

戈革论金庸

读到报纸上披露的最新版电视剧《射雕英雄传》的台词，还包括杨康成了男主角，与穆念慈、欧阳克展开三角恋等改编"手笔"。捧腹之余，想到了这种极富创意的改编自然不是最后一部，观众若不喜欢，大可不看，或者取其中一部（如1983版《射雕》）标而榜之，时下创意泛滥正适反其道而大行之的年代，或者也有专门看人家如何搞笑的，但可认定，都不会如戈革先生那般"认死理"：他将改编的影视与电脑列为传统文化和武侠小说两大杀手，断定金庸的小说"无一部改编得稍为成功的"。

他在《挑灯看剑说金庸》一书里"看不惯"的地方实在太多了！虽然"独尊原著"，但原著有问题的地方也随手拈来，正如古装剧里小太监满园子喊"弘历、弘历"这样的漏洞。戈革考证的，如在金庸小说里女子都是小脚，更不可能满大街的调笑奔跑（《论女子之足》），一本正经，却见"笑"果。并且他的臧否对象不止金大侠，其中一大"劲敌"即是金庸老友倪匡，针对后者的好几本金学研究著作，戈革从读者（比如给人物排座次）、论者（比如评价金庸小说）的角度都给予了不同程度的批评。如第八篇《评"古今中外空前绝后"》，是关于倪匡极赞金庸的一句评语，这样的空话套话，大概人人会犯，但也只有戈革"认死理"，抽丝剥茧，细细分析这种"空前"既在实质上站不住脚，况且"空前地"没劲。他说，"倪匡的评语不是一种逻辑的、科学的论定，而是一种笼统的、情绪的赞叹"，"逻辑的、科学的论定"，话丑理端，尤其值得为文造句者警醒，空话原无必要，赞叹时不妨静心想想，一不小心把马腿给拍红了，岂非不美。

戈革是如何夸赞金庸的呢？这三十二篇关于武侠小说的杂笔，前面七篇叙述他自小爱读《儿女英雄传》及还珠楼主的旧派武侠小说，说的是"好武"的其来有自，不过也可以视作他作为中国文化旧人（与金庸同时代），他的积累和感受都与大陆六七十年代生的金庸读者不一样。他有一个纵向的比较，知道新派与旧派的区别，知道金庸与还珠的区别，也知道豪与侠的区别；因此对新派小说的评判较有说服力；他知道女子之足的漏洞，知道陈家洛写诗不行要被私塾老师打手板心，知道黄蓉与瑛姑及一灯大师弟子的算术对联等"智力题"不能称为学问。

以金庸同时代人的身份来看待金庸小说中传统文化的不足，亦足以发人深省。

以金庸小说在大陆的流布，能写一部"××看金庸"的人应该不计其数。戈革也自称是谈谈粗浅印象，"以助诸侠之下酒与喷饭而已"，但其感想或许不是一般"金粉"所能想到，即使想到，又能否写得足以让人下酒喷饭？戈革有几篇"下酒喷饭"的观点，可以略述一二。一是他认为武侠小说不应该有悲剧结尾，此说虽然"旧派"痕迹太重，但确实指出了武侠小说的特点，它应该是欢快的、大团圆的，而不应该是悲剧的、悬念的——起码要留下续集的可行性。"成人童话"的读者需要的毋宁说是"心灵的止血剂"（仿佛梁遇春之论查尔斯·兰姆），悲剧格调高的说法并不适合武侠小说。悲剧与悬念尽管让新派武侠小说有了手法上的突破，比如胡斐与苗人凤的结局，然而故事形态上却不如正派战胜邪派大快人心。二是关于圆满收场的说法上，戈革赞赏如张无忌、袁承志这样退出江湖的"悠然而止"（当然也包括任大小姐与"大马猴"），我以为这是戈革非常有见地的看法，这与他对《天龙八部》的看法一样，显示出此老极其不俗的文学品位："《天龙八部》这部书，像一幅宋人的《长江万里图》青绿山水长卷。它使你目瞪口呆，神为之夺，不能赞一词。"戈革这种"小说观念"，其实跟哈罗德·布鲁姆之谓读经典作品不会使人变好或者变坏是同一层意思。反观也可以看出，持这种观点的人，他可能在评判新派小说人物上动用道德标准（戈革确实如此，不过，作为读者，我们可以不同意他的标准嘛），然而并不代表他用旧小说的道德作用来批评新派小说，"悠然"即是无用。戈革不愧是自称"什么小说都读"的人，如《金庸的营养摄取》、《金庸小说的若干特点》及《金书情节的基本格式》诸篇都说明戈革自己的"营养摄取"。这种阅读的境界，恐怕不是如今在豆瓣上号称读过几千本书、有几万本书想读的"读者"所有的。最后一种批评意见也很有意思，他不喜欢周伯通这样的人物。读者如我者，比较喜欢，尤其是像秦煌那样的扮相（见1983版《射雕》剧集），然而也不得不同意戈革说的，自从有了老顽童这号人物，不少的小说、剧集都会出来这么一个插科打诨的人物，既没有周伯通那样"甜"（剧集台词），也没有桃谷六仙那样"智慧"，反堕下乘。

戈革是科学史家、翻译家，平生治学在物理史学，翻译玻尔著作，自称"一生在学术圈子中煎熬"。他写这部"金庸论著"是在上世纪八十年代，不是学术著作，而是自说自话——说得非常尽兴，满布"野味"（请参该书自序），《金书情节的基本格式》一篇有一节《何谓"内力"》，可以看作是科技工作者如何论证金庸武功的，写得极其郑重，读来不觉喷饭。从某种意义上说，这部书之有趣、有见地，正在于它是无心之作，随兴之作，跟戈革的治印爱好一样，是为了遣兴，而不是为了做学问。上述倪匡的"论金"太过随意，大陆一些学者又太把评说当成论文式的胜业，读来趣味大减，还不如读原著。戈革的另一个"假想敌"，台湾武侠小说评论家叶洪生，比如他的《论剑：武侠小说谈艺录》（学林出版社，1997年），和《挑灯》相比，固然有见地处不少（如他参照《神雕》修改版指出黄药师这个人物的乡愿），但还是正气凛然多一些，不够舒放随意。

戈革此人，我最早是在《南方都市报》读到关于他的访谈，谈的自然都是专业问题，全无这些旁枝末节，也全不知此老如此好玩有趣。读《挑灯》一半，我去借了1983年版《射雕》剧集，在旧书店搜罗了一批八十年代的翻印金庸小说，也买了我力所能及可看的戈革另一本书《渣轩小辑》（湖南教育出版社，2007年版），拜读了网上追念他的文章（戈革已于2007年年底去世），也拜读了评论他这本《挑灯》的书评，其中也有不置可否的评论。就以他这两本书而言，他是个有趣的人，是个妙人，是个标准的老知识分子——身为"臭老九"，所以不免怪话多，看不顺眼的人事也特别多，对人要求高，做朋友恐怕压力很大——话说回来，我们毕竟只是读者，能看到书里有见地、有趣的地方，已属受用，又何必强求其他？

"万不可作儇薄语"
——再谈戈革论金庸

戈革论金庸,每多创见;或其他论者也有类似观点,但我一读《挑灯看剑说金庸》(中华书局,2008年版),已全无兴趣再旁涉他著。有人说他品评人物用的是老派伦理道德(就差"封建"两字?),细究起来,老派也有老派的好处,不必再洒狗血,假如还不正经,则相当难得,简直是时髦说的体现世道人心了。

"儇薄语"见其细说《鹿鼎记》一文,所引王静安语"读《会真记》者,恶张生之薄幸,而恕其奸非;读《水浒传》者,恕宋江之横暴,而责其深险。此人人之所同也。故艳词可作,惟万不可作儇薄语……",戈革的解读是"对什么都无所谓而毫无真诚可言的态度恐怕也是不足为训的",如韦小宝一角的玩世不恭。在细说《神雕侠侣》一文中,戈革进一步阐明了这种"不可儇薄"观,针对杨过大侠给郭二小姐送礼一段热闹场面,他认为:

> 事实上,杨过此举实在孟浪而欠思虑。他与小龙女的关系已经生死不渝。郭襄还是一个不懂事的小姑娘,他根本不应该也无权去招惹她。结果,由于他举措失当,事实上断送了郭二小姐的一生……而杨过在这样逢场作戏地即兴挥洒了一番以后,却带着自己的小龙女到终南山后去隐居了。这能说是负责任的吗?

当今时代，想用道德力量作评判标尺是技术含量最低级的，我广大网络红卫兵心细如发，如老吏断案，分分钟知你是乡愿还是迂阔。两者区别，不过是收集的板砖多寡而已。"政治正确"已不流行，"反政治正确"方兴未艾。但最近重读《倚天屠龙记》，第一回"天涯思君不可忘"，十七岁的郭二小姐浪迹江湖（真是天可怜见），找她的"大哥哥"，写的不正是戈革的意思？他的观点尽管时人看来不免迂阔，却不失忠厚，只可惜这是小姑娘降服老油条的时代，戈革拳拳之意究竟有无现实意义，又能为何许人提供借鉴，实难说清。

就"心存厚道"的含义而言，戈革先生似未实指"儇薄"乃是只有小年轻（如韦小宝杨过之类）才干得出来的浮浪事。在金庸小说中有一人物，是我拜读戈革的"儇薄"观之后发现的，即《书剑恩仇录》（香港明河社，2004 年版，精装）里的"绵里针"陆菲青。老陆介绍"红花会"文四当家夫妇投奔西北英豪、铁胆庄庄主周仲英，其后周庄主失手打死爱子，全庄玩完，尽管有诸多因素，却少不了老陆介绍的"功劳"；为了诛杀投靠清廷的师弟张召重，他请武当派掌门师兄下山清理门户，却害得师兄被张判官索了命去。热心肠干坏事，固然情有可原，但"我虽不杀伯仁，伯仁由我而死"，老陆自始至终没有对周仲英等人表现出一丝的愧疚，对着余鱼同，自然痛骂张召重：是他害死你师父的！纵然江湖道义第一，众人推许陆英雄急人所急大义灭亲的精神，然斗室独坐深宵梦醒，老陆能无疚于神明乎？！

此外，尚不算挟持东主李可秀，为人师表而使李沅芷堕入江湖——李沅芷跟余鱼同固然是一段孽缘，然李之背叛自己的阶级投身草莽，作了善良版的玉娇龙，则身为西宾的老陆无论如何逃不了"碧眼狐狸"那层罪过。可惜这样一块绝好教材，戈革先生却评为"上中"人物——如果不是陆菲青跳入狼群救张召重，我怀疑戈革会把老陆推荐为"上上"人物！话说回来，陆菲青看见狼群中的张召重，念及当年师兄弟情谊，因此纵身一跃去救"敌人"，实在是体现了时下最常用的"人性"，也让老陆好歹有了一点心灵世界。这样写，我以为是金庸的成功之处。

在《倚天屠龙记》后记里金庸写道：

......张三丰见到张翠山自刎时的悲痛,谢逊听到张无忌死讯时的伤心,书中写得太也肤浅了,真实人生中不是这样的。

因为那时候我还不明白。

这似乎说的是金庸自己的痛史。但就该书赵敏郡主之与父兄决裂,已经远远胜出了金庸第一部小说《书剑恩仇录》中李沅芷背叛李可秀,甚至作父亲的表现,汝阳王也远比李可秀更合情理更感人,更像一个父亲。这或许也是一种"明白"?

香港文字传奇

"在读"版编辑每问"最近在读什么书",每次都张口结舌——未必回答说,是词典,是字帖,是旧书吗?但读起来有意思、身心放松、完全没有压力(比如读完之后要写稿子)的书往往是旧书,是值得重读的书,尽管这样是多么的不与时俱进。像黄灿然的书,不论是他的诗集、随笔还是翻译作品,几乎都是我隔了数年才从旧书店里淘来的——只有手上这一本今年 8 月出的书是刚刚买到的,称得上在读的新书。

香港天地图书出版的《在两大传统的阴影下》收集了黄灿然二十多篇文学评论——文学评论暂且不去说,第一篇《我的衣食父母》很好玩,基本上是向读者自我交代:上世纪七十年代末,黄灿然到了香港,和他的大部分福建老乡一样,做成衣谋生。彼时尚未高中毕业,黄灿然在九龙关塘重生英文学校报名补习英文。正是在英文学校补习,黄灿然对几种英汉词典发生了浓厚的兴趣,也才有了后来的顺利地考上了暨南大学,也才有了进入香港《大公报》做国际新闻翻译,也才有了今天的诗人和翻译家黄灿然。

像黄灿然这样的文字工作者,在香港并不鲜见,鲜见的仅仅是故事而已。故事各有不同。刘绍铭在序言里开篇就引王德威在《香港:一座城市的故事》所言:香港从不以文学驰名,但在这繁华至极的物质主义环境里,偏就有人蜗居高楼一角,街肆深处,从事字字句句的手工业,而且居然能串成一个传说。

这个传说至今还在持续着：写随笔掌故的叶灵凤、罗孚，写影评的张彻（写影评时候署名"何观"）、石琪，写时评的董桥、陶杰，到今天香港报纸副刊豆腐干上的经营者，都是又短又快的杂文，却各有风景，简直花开不败。

就在买到《在两大传统的阴影下》之后一个小时里，我又在旧书店里淘到了香港另外一位文字手工业者的大作——《水车集》，农妇著，明窗出版社1982年再版，封面和插图都是王司马所画。我当时并不知道这位"农妇"究竟何方神圣，但能把自己的书取名叫《水车集》、能给自己取名叫"农妇"，更能在《水车集》上果真就画着脚踏龙骨车灌溉的人，绝对不是一个区区之辈，况且只看目录已经很有意思：《这是个他妈的时代》、《没穿裤子没挂须》，还有谈到小说《海鸥乔纳森》的《飘飘何所似》，所谈题材从天气到衣物，从吃喝到政事，五花八门，应有尽有。发黄的纸张一页页翻下来，翻的正好就是八十年代初的香港报纸副刊。

多谢万能的"包打听"——google和百度，终于知道我正在读的是谁的书。这位自称"农妇"、出版《锄头集》、《水车集》的，原名孙淡宁，祖籍长沙，生于上海，毕业于复旦，曾经参加抗战，并且在抗战中负伤，之后到香港，是金庸创办《明报》的骨干之一，同时在香港的大学新闻系执教，是海外知名的国际问题专家和散文家，被称之为"在欧美各地，有中文的地方，就有农妇的书"……当然最最主要的是，这是位女子。而文如其名，《水车集》里面要谈道理，但是甚少抒情，即使抒情，也是粗线条的，是农妇式的。其文字的干练爽快，的确容易让人忘记她的性别。就在《水车集》读到一半的时候，我碰巧又在旧书店里看到湖南文艺出版社1987年出版的《农妇随笔选》，想来旧书店的老板也不知道写书的是何许人也，定了一个很低的价钱。看看农妇笔下的农妇——有一次她坐飞机去采访，机上无事就打开录音机练习提问，结果被空少缴了械，"当时，我一身中国功夫装，短发，在他们看来，颇似'问题东方人'，用无线通话机和地面联系，可能想要'劫机'……"而老年的农妇移居美国马里兰州，在她的描述下依旧是一副不修边幅模样。

杂文，尤其是为报刊所写的专栏文字，往往是急智之作，是知道分子没有文采的口水话，是千字文里面的一两句重点而已，也是今天的可看之物与明天的废纸一张，农妇的文章也赶得很，不少就写在飞机上。而之所以二十多年后物事人非，农妇的文章依然可读，除了她本身的见解，更大的原因是个人魅力，《农妇随笔选》里面有一篇《我所认识的农妇》，称她在德国，上午和扫街老人喝咖啡，下午跟国家元首饮酒，在法国拒绝高层的豪华款待，却乐于到小酒吧和流浪的年轻人把酒欢谈……按照知名度，当年的农妇大概和今天的吴小莉、曾子墨相当，但似乎还要更可爱一些——

"癫痫头儿子"听说我开快车，顿时血压升高。老公朝我大吼："过去，在游击区，你可以驾吉普车横冲直闯，这里是美国啊！再说，你有一把子年纪了，要发疯，也得有个限度！"

这是1981年移居美国之后的农妇轶事，而被她称为"癫痫头儿子"的，正是她儿子。她的笔下到处都是小年轻，可见她是个多么特别的老顽童——虽然写文章的农妇已经是老太婆级别的人了，但是那份洒脱，那种性情，那个有趣，大概也算得上香港文字手工业传奇中较为特别的吧。

在我迄今读到的农妇文字中，既称得上可口，又能代表她风格的，是《墨西哥之行》一篇——

海明威笔下的西班牙，有一种难以抗拒的魅力，我真想去玩几天，看看斗牛勇士怎样为喝彩声舍命，看看绅士淑女怎样暴露爱舐血腥的兽性；我会去那昏暗酒吧，喝苦涩艾酒，看浑身劲力舞娘在急骤旋律中翻腾，听吉他手弹唱纯朴的恋歌。最好能碰上他们的节日，可以跟西班牙人追逐乳牛，可以通宵留连酒吧，醉了，不妨躺在路边瞌睡一会。总之，爱怎么疯，便怎么疯，谁也不会把你当作疯子……现在，我虽老，疯性未改。但西班牙之行，仍然是一个梦，主要是缺乏懂得疯的伙伴……

你看看，最后一笔，又回到个人风格上来了。

不知道当年的国际问题专家孙淡宁所写的时事评论今天安在？尽管我们对她所知不多，还好有她的随笔可看。有意思的是，我在网上搜索孙淡宁，出来的第一条网页是一位"白天务农，晚上写小说，二十年创作了三部长篇"的真正农妇，笔名孙淡宁。而在八十年代初，农妇正当其时，二十岁的黄灿然刚刚来到香港，文字手工业者的传说各不相同，互有穿插，这是更有意思的吧？

一位香港编辑的交游考

看到"作家题赠本纪事"这样的书名,恐怕有的读者会犯嘀咕:又是文人那套把戏!不可否认,坊间确实有出于个人爱好搜集汇成的作家题赠本书籍,纯以个人趣味炫世,难免遭人厌弃。而这本《书缘人间》记载的,与其说是作家题赠的故事,不如说是作者工作的记录。作者古剑先生生于马来亚,后落籍厦门,毕业于华东师大中文系,1974年去香港,先后任职于《新报》、《东方日报》、《华侨日报》副刊,担任过《良友画报》、《文学世纪》主编,"半生黑发作嫁衣",三十多年的编辑生涯,香港媒体的格局变化、本土文学景观与走向、内地作家在港撰稿情况、与台湾及海外作家的联系等等,都发端于题赠本,因此,切勿因为书前淘得董桥旧作、嘱其签名这样的旧桥段就觉得此书不过小趣味,往后看,会在各种不同的扉页题签里发现三十多年来的人物、风雨、历史。

香港因其特殊的地理位置,虽是"边城"(张爱玲语),然而往往占据历史人物重要的关节。鼎革之后南来文人群体、艺术家群体(这在李翰祥导演的回忆录《三十年从头细说》里有详尽的记录)均是了解今日香港不可缺少的"历史教辅"。古剑写到的一些作家,不少是"文革"中去到香港的,他说:"'文革'中或'文革'后南来香港的人,或多或少都带点'文学情结'。"这其中就包括写小说、后来做到天地图书公司老总的颜纯钩,由古剑推荐做了编辑的作家陶然,后来成为改革开放后最早在内地出书的香港作家,为人严谨认真的张文达,靠香港出生纸去港定居的女作家王璞,以及写社会奇情小说的作家林荫等人,这群南下作家(或曰文字工作者)在香港的际遇,作为同路人的古剑体会良深。"那是个很彷徨、工作很难找的岁月",即使八十年代才去香港的王璞,似乎都有这样的遭遇,连后来大红大紫的倪匡初到香港也过着下层生活,直到给《真拦日报》投稿发表,才扭转了命运。古剑写到的南下作家中,似乎只有梅子(张志和)与秦岭雪没有如此际遇。这样来看这些人的赠书题识,就有了一层相同时代氛围的东西,称之为历史感,恐不为过。

因为作者的职业关系,香港的本土作家或稿约或筹办刊物,不少人与古剑有过交道,因而也呈现了一幅较为完整的香港文学图景。从最早南下的刘以鬯、何达、马国亮,到现在较为人知的也斯、叶辉、古苍梧,差不多人人皆知的林燕妮、李碧华,做学问的小思、刘绍铭、郑树森、黄国彬等等,文学、通俗、学术兼而有之。现在很多读者都知道香港有个西西,古剑还介绍了与西西同辈的作家昆南,这是一位扎马尾、终日一挎包、不烟好酒、对一切不在乎的老嬉皮,年轻人都叫他"昆爷","无论是诗是小说他都是前卫作家,在那个时代这条路毕竟是艰辛的",而"前卫的创作方法是香港作品的'品牌',缺少了这个,就没有香港作家的多少空间了",这也算是一位编辑对香港文学的独到见解吧。据古剑说,这位前卫作家昆南依旧还在笔耕。

在写昆南的这篇文章里古剑写道:"七八十年代香港的文学杂志未曾培养过作家,作家都是报纸的专栏孕育出来的。"在香港,无论是前述昆南西西还是亦舒叶辉,都是在报纸写专栏、出书然后成为作家,虽不能一概名之为"写稿佬",但这群"爬格子动物"为媒体创造"即食"文字却也是香港的一道人文景观。给媒体写稿改变了很多人的命运,如前述的几位七十年代去香港的大陆人(连叶灵凤这样的大家,晚年在香港依旧靠卖文为生),因为媒体的节奏需要,又催生了不少倚马可待的写稿快手。古剑就写到他曾见到《东方日报》上司石人(梁小中)的绝技:站在大路上,"左手当桌,摊一稿纸于掌上,右手握笔在纸上疾书"。而不知道有多少个笔名的黄仲鸣则是标准的"爬格子动物",同时也是深谙玩乐之道的行家,与古剑是亲密的"战友":"苦战于麻将台上,喊破喉咙于卡拉 OK 包房，有时打到第二天上班才依依难舍。"此公写稿一挥而就，古剑说有一次打牌，他临时顶黄仲鸣一盘，一盘刚完，就听背后说："起身！到我了！"黄氏这些写稿经历都写进他的《稿王·稿奴》一书中。见识了这些"前辈"的风范，至少可以知道现在某些香港名家在飞机上写稿也好，一天接五六个专栏也罢，其实并非独创，实在是香港的"传统"。

　　古剑笔下的香港作家群体是现在时，充满了在场的细节，也是历史的，因为他写到的每个人都有较长久的交道。有功成名就之辈，也有不容易的人，如寂寞的何达，如被电视直播家事的黄维樑教授，古剑都有自己不失人情味的看法。还有写野路子随笔的施友朋，写古董、文物小品的李英豪。这三十四位香港作家详细地呈现出了香港文坛（如果可以这样说的话）的全貌。顺便说一句，我最喜欢古剑写两位女作家施叔青和蒋芸，刷刷刷的几句速写就把两人豪爽大条的性格勾画出来了，读来让人觉得眉飞色舞。大概也是得益于这两位的性格吧。

　　1949 年以后内地与香港文化人之间的交流也是颇值得留意的，如知堂之与鲍耀明、曹聚仁，写稿、赠物看得出许多历史的细节。（当然并非仅仅在文化人之间，就像张爱玲《重访边城》的二房东上海太太说的："我们都是寄包裹寄穷了呀！"）古剑书中提到他的老师施蛰存老人叮嘱他多介绍一些香港本地作家，通俗的也要了解等等，可以说明八十年代大陆文化人在改革开放之初急于了解外面世界的心态。书中收录的内地四十一位作家，既有古剑与他们稿约往还的纪事，也涉及诸多文坛秘辛，比如黄裳与柯灵的笔仗，就险些烧到香港，"因为他们我都认识也有交往，若在香港重开笔战，对他们都有害无益"，古剑是这场没有在香港打起来的笔仗的见证人。黄裳、柯灵、施蛰存、流沙河、汪曾祺这些名家也成为了编辑古剑手中的重要资源，而他居于香港这个"左右逢源"的城市，也在八十年代内地作家作品向外推介中出力不少。黄裳的散文是他一直向香港出版社推荐的，后来终于出了，陈村的小说在台湾出版是他牵线。虽然也有不少不愉快的经历，但至少记录了时代的痕迹。

　　像书中写到的八十年代内地与香港在文化方面的交流活动，也可以看出香港由来已久的各种复杂关系,这在写余光中一文中也显示出"左"与"右"的交锋,即使只是谈谈诗歌。此外,古剑与内地作家的交往中不少细节可堪玩味,比如戴厚英是他的大学高一届的同学,乃是"批判主力",而当他1981年读到《人啊,人》后记,"大感诧异,不可相信"。又如古剑之读余秋雨,还是出于他的同学沙叶新的推荐,"沙兄寄了这本精装本《文化苦旅》,是沙向余秋雨要来的"。沙叶新还说"他的散文很不错,估计你会喜欢"。前几天看新闻,余秋雨的灾区捐款声明受到质疑,这个声明还提到四位"咬余专业户":余杰、古远清、萧夏林,居然也有沙叶新,也是令人"大感诧异,不可相信"。其余如文学批评家吴亮秀他的小羊皮西装背心、学者陈平原要书稿订金的精明等等,与其说有趣,不如说深具时代特色。而他作为香港编辑在内地的游历就更有历史感了:在苏州的宾馆里开着热水器洗了冷水澡,在成都见老作家艾芜,"酒店的士只得一部"……都可见彼时社会状况。

《书缘人间》与一般的作家签名本纪事不一样还在于,除了交游记录,还充分展示了这些书籍的拥有者对作品对作家的评介,而这些评介并未因友情而有所隐讳,如:

> 还有印象的是《北京火柴》,是他第一次上北京写的,歌颂,却悠远。……我较喜欢他的文,不太喜欢他的诗。那本《流沙河随笔》,特别是那篇《锯齿啮痕录》,不呼不叫,淡淡描来,沉甸甸的,让人难以平静。(流沙河)
>
> 他的小说我不怎么喜欢读,太像苏联小说,大片的描写,很浓,令人有些不耐烦,我觉得他学点契诃夫的简洁就好了。然而我喜欢他写反右、劳改的回忆录、散文。不仅让人看到那段历史的真实,文中的力度也使人不能自已。(从维熙)
>
> 他的《火车与稻田》、《稻菜流年》,虽是自己乡镇生活的个人生活、体验、见闻,却写出一个时代的城乡变迁,像他这一代与土地将脱节的惆怅与无奈。整本文集的基调像民谣,缓缓的,沉沉的。(台湾作家阿盛)
>
> 我以为在中国作家中,写忆人的散文,以聂华苓与黄永玉为最。

(聂华苓)
……

　　这些都可以看出作为编辑的古剑的文学鉴赏品位。他还写到因为对黄苗子给某个女画家的溢美文字感到不满,"写信给黄先生数落了他,不该如此溢美"。又如看了流沙河的长诗,"狠批了一通"。这固然与古剑所处的环境有关,与他自己所坦承的"我这人不太懂得轻重,话也不委婉,常常直来直去"有关,但我以为也体现了一种作为编辑的独立判断,而非一味地对大家名家唯唯诺诺,不敢说半个不字。他也不是仅对内地作家如此,在写名女人林燕妮的一文中,古剑写到当年在《东方日报》"伺候"林燕妮的往事,两人"火星撞地球",唇枪舌战,林小姐写了"又骂又讨好又撒娇的传真有七八封。颇见其性情",而古剑"给她的传真,一点也不留情面,也很令她'顶心顶肺'"。

　　记得很早以前读过董桥写香港退休编辑的一篇随笔,几个老友无事可做,只好上茶楼饮茶,相对无语。这景况对于干这一行的人来说,未免有点凄凉。《书缘人间》的九十五篇作家侧记,则又说明了即使只是个编辑,亦可以留下诸多历史的见证,你所参与的每件事结识的每个人,只要留心记录,都会有存在的价值。"闲坐说玄宗"历来被当做扫出历史潮流的代词,岂知见过玄宗的白头宫女其实拥有更多的历史细节。她才不过时!时代、机缘、氛围、际遇、眼光,融合成为这本编辑的交游纪录,读过《书缘人间》,确实要看不起坊间那些仅会叙述友情的签名本纪事书了!

广州尘世美

上世纪五十年代初,黄裳先生到广州"北园"吃茶,上来一盘绿油油的青菜(芥蓝),他大吃一惊。八十年代初再来,在"泮溪酒家",发现隔座喝可乐,点心依然那么多。这篇《南行琐记·广州的饮茶》显示了名记者的观察力,也略略有些北方人的不习惯———哪有喝茶吃炒菜的啊。多年后我被领进客村那家"南海城"饮茶,内心震撼与黄先生仿佛。当时是下午四点多,一个喝茶的地方,居然隔三差五便有服务员推着刚出炉的点心,随手可取:萝卜糕、咸肉粽、牛仔骨、蛋挞、麦包、叉烧包……我立刻为清淡的、热气腾腾的、各种各样的粤式点心所折服,从此拥抱粤菜,再三拥抱。对我来说,第一次知道白灼牛百叶这么爽,这让我嗜辣的同乡很愤怒,因为四川火锅里面的牛百叶年代也很悠远了,不仅爽而且脆。

我保留了第一次饮茶的点心单,那张复写单上一小格一小格的点心名字、分量大小、价格让我明白何谓人生中极好的事物。其后深更半夜再去城中著名的"幸运楼"叹茶,看看蜂拥拿号等着叹茶的人群,再看看偌大的大厅里人声鼎沸的盛况,尤其是点心出炉须得眼疾手快武功很好,不然没得吃。那么世俗,那么元气淋漓———我来自一个街上遍布茶馆的城市,那一刻深深体会到了喝茶与饮茶的不同,龙门阵与倾偈的不同,生活方式的不同。

理解粤文化,有人从民国年间北上的文人团体开始,有人会从三十年前的富裕传说入手，当然，大量的年轻人是通过香港电影特别是星爷来理解的。对受过录像厅教育的我而言，却是从港片的世俗场景开始的，逼仄的街道，悬挂了尽可能多招牌的街道，以及发生各种爱恨情仇的茶楼———当我到了广州，第一次看到服务员推着各种茶点从我身边走过去的时候，我终于理解了"潇洒哥"的工作，尘世美就在他的小推车上，那些茶点无一例外折射着人间的幸福。

食在广州，粤式茶楼的前身是酒楼，广州茶楼的历史账簿上有许多显赫的名字，清末太平路就有"陆羽居"。有人说，居就是隐，让人可以躲起来。茶楼提供给升斗小民的，决不止一个躲起来的空间，一个繁华的倾偈场所，一顿流动的盛宴，更是几代岭南人心灵上的慰藉。能够传达深厚历史，表现地方生活特色，体现普通人幸福指数的，茶楼是不该忽略的。前不久在中原某城市，当地友人要找一个可以痛聊的地方，结果去了粤式茶楼，黑椒牛仔骨像在广州吃到的一般好。那个晚上我觉得很愉快，广州的尘世美在其他地方开花了。曾经见过"陆羽"的一张图片，服务员阿叔正在收拾桌面，他手上的金劳和戒指又俗气又富贵，那么满足、尊严、天长地久，闪耀着幸福的微光。蔡澜说他最怕的是被人捉到从 M 记出来，而我只希望不要被自己的孩子胁持着只能去类似的某记喝可乐，在落地窗里被人观赏。茶楼的生命并不微弱，并不陈旧，中国的城市化进程中，不要碾碎这些"尘世美"，不要让我们只有吃薯条没有叹茶的地方。

书房的故事

写这篇文章的时候,我即将搬新家。和家人在旧书房里讨论新居添置的东西,构思那个十平米的新书房的配置——毕竟只有十平米,该如何摆放长一百七十、宽七十公分的大书桌?靠窗户还是背墙面?书架又该如何放?一面墙都订做还是买两个对开门书架了事?还有沙发床的位置,因为这间房不仅要安放书,还是一间客房。那么,在客厅里做一排书架呢?诚然,这不失为一种变通的好提议,我的不少朋友都是这样处理的,从客厅到洗手间,见缝插书,把能利用的空间都利用起来了。我还因为工作的原因,见识过不少饱学之士的书房,但是对于那种一个家之下的有效空间,全部为书所把持,而生活的气息只能沿着墙走的书房理念,老实说,除了对主人的赞佩,我不太有"这就是我的书房样子"的想法。我还是坚持把书归置到一个地方,一个独立的空间,一个可以关上门的房间,不论它有多么小,即使只放得下几百本书(那么,想必每本都是我极其喜爱的书),我写的字也只能将就放在书架上欣赏,我却可以顺理成章地命名它为——书房。我可以每天从身为形役的工作中回到家,在这个哪怕必须侧身才能进入的小屋子里做自己喜欢做的事情,有时甚至什么也不做,却能获得休息。书房,其实就是在"一个洁净明亮的地方"(海明威回忆录《不固定的圣节》),享受"一天中最宁静的时候"(鲲西一篇文章的题目)。

不要以为我对柴米油盐有多么反感,相反,我不过是想让姜葱蒜归姜葱蒜,笔墨纸归笔墨纸。按照我对书房的理解，即使我一个人住，那么家还是家，书房还是书房，而前者一定包容了后者。从家的角度看，必须要留给"生活"这个题目足够大的发挥余地。而从书房的角度看，也必须要有一个更大的空间、更杂乱的生活内容来包容它，才能显示出它在一个家里面的纯粹、独特。

我不想电视摆放在我的书房里，同样的，我也不想让家里人在有书架的客厅里看电视，那样子可能会有点别扭。如果有了孩子，我愿意为他再缩小自己的书房，把其他地方都改为他奔跑、嬉戏的场所。

这是我的书房观。

写这篇文章的时候，想起我的第一本书是在另一个城市的阳台上写成的。上午在笔记本上写初稿，晚上在卧室写字台灯下一边修改一边录入到笔记本电脑里。我的书全部装在啤酒箱里，既像刚刚到，又像要出发，堆在隔壁的房间里沉睡。隔了一年，运到广州，同样全部堆放在一间小房间里，新买的书也直接放上面，越堆越高，结果塌在了门后，开门找书真得侧身才能进去。这两个房间也是一种书房，但不是我梦想的。

写这篇文章的时候，想起在买房过程中看到各种各样的房子，各种各样的生活，有一种即是"没有书房的生活"。甚至一本书都没有的房子也有。这与具体而又庞大的楼市价格一样，是我们这个时代真实的写照与际遇。买房已属不易，何必侈谈书房？我当然对那些合理利用空间、造福书籍的举动心怀敬意，但往往又不得不在飞腾的房价面前感到读书人的悲哀。对于我来说，既做不到古代读书人"半日静坐半日读书"的境界，也为那些充满了决断和无穷经历的现代人所折服（他们根本不需要书房，尽管悖论的是这些人往往才能拥有超大的书房），确实只需要一个很小的房间作为书房就心满意足了。今天的文字工作者，也许有一台笔记本电脑就可以码字，但既然是文字工作者，既然是在书房，写字也是必须的（而不是打字），翻书也是必须的（而不是在Kindle上面翻页），整理自己的书架也是必须的（而不是整理自己的电子书）。除此之外，在这间书房里我还需要一些无用的时间：浏览书脊的时间，重读的时间，登记新书的时间，写观感的时间，清理书的时间，裁纸的时间，磨墨的时间，洗砚的时间，观看字画的时间,以及备受诟病的伏案睡觉的时间——清风拂着稿纸,任你流着哈喇子,逃脱了时间的概念,书房里的睡梦在任何时代都是何其难得的享受,是读书人的清福。

我现在书房的格局与内容差不多就是这样的,而新的书房大体也缩小而仿佛。我头顶上一排梭罗、加缪、蒙田、奈保尔、赫拉巴尔、博尔赫斯、法布尔与夏多布里昂,新书房也许放不下,但是得放在一排随手可拿的书架上,暂定在周大先生与周二先生的上一排,历代的史料笔记与书话题跋可以紧随其后。宜家的书架已经摇摇欲坠,恐怕是搬不过去了,但书桌还是要留出写字的空间,不可堆满了要看又没有看的书。挚爱的外国小说与诗歌可以放在书架最底层,便于重温旧梦。至于少量的线装、可爱的精装书、我喜欢的有趣的书(不是最美的书),还是和各种印章印石墨条笺纸放在一起吧。

写这篇文章的时候,待清理的书又堆满了书房的角落。无论是在哪里,有无书房,我总会找个角落堆放即将清理的书。大部分的书我都有兴趣翻翻,正如不论什么样子的书店我总有兴趣进去看看,但是我不是只进不出的读书人,你得承认,书同样是形形色色,真正合你喜好又长久喜欢的只是少数,除了获得知识,书也是精选的过程。有时候你面对这一本那一本的未读之书,难免会深恶痛绝,将其中的某些书连同看过又意思不大的书一起送到旧书店真是大快人心之举——不过,一定要快,千万不要再翻看这些书——我又从这堆书里抽出了上海译文出版社1984年翻译出版的《同时代人回忆托尔斯泰》,上下两大厚册,上册扉页上写着这套书是我1994年高中一年级时买的,要不要留下来作纪念呢?毕竟当年从家乡带来的书已经不多了。人民日报出版社1987年出版的《雅舍小品选》,薄薄的只有一百一十四页,要不也留下来,毕竟台湾版厚厚的《雅舍小品全集》在澳门已经错失了……

上帝保佑你爱书,更要清书,即使你书房够大,也希望全部是精选的心爱之书。

写这篇文章的时候,我正在网上订了两批印章。因为网络,读书人可以便捷地淘到旧书,网络也同样便于找人,比如印人,现在网上有很多不错的刻手。

无论是书法印章还是钤盖藏书，我都偏爱工整的元朱文，而印章除了名章，书斋号也是大宗。书斋号是纸上建筑，即使没有真正存在的书房，也可以取个雅号，存留一点寄托。第一次请师友题写"无花庵"，对方很疑惑："这是说没有女人吗？"其实不过是少时家里四处种无花果树而已。另外一位调皮的友人则题"无花厂"，盖厂与篆书的庵字同也，所以他送我书法、来信（包括短信）就称"无花厂厂长"了。另外一个书斋号"万竹堂"，也不免引起熟人的窃笑，因为我虽然种了竹子，却也不过六七竿之多，成千上万，岂非别墅了耶？但对我来说，成都平原依竹林树林而居，春天油菜花之间的笼笼翠竹特色，并不仅仅是视觉上的、民俗上的，而是一种记忆，一种血缘。乡下一姓人依竹生衍，群落称之为"林盘"，称之为"塆"，我家居住的叫"戴塆"，竹林之中，何止万竿？

写这篇文章的时候，得知因为"新农村建设"以及修建一条高速公路，我生长的"戴塆"，被划去了一半作为飞驰的路面。至少有五千棵竹子在我心里死去了。在一个对"拆迁"耳熟能详、随时会有亲身经历的年代，这消息让我觉得所谓乡愁也是轻慢的。我甚至从我的祖辈沿用的"钟鹤村"、"铁溪乡"去寻找文字合适而又意义坚固久远的记忆方式，从古代开始，书房的命名就与书房主人的经历紧密相连，而"铁溪书屋"、"钟鹤村人"这些横批挂在我的书房墙上，或者以朱红的印记缩写在藏书里，一如我与我的少年时代重逢。

偶读知堂忆瓠子

读钟叔河先生编的《知堂谈吃》(山东画报出版社,2005年版),《瓠子汤》一开头说:

夏天吃饭有一碗瓠子汤,倒是很素净而也鲜美可口的。

此文载于1950年7月8日的《亦报》,知堂所写的"我们乡下",大约已是当时之前五六十年前的事了,而我现在读此文,似乎与上世纪八九十年代四川乡下的生活没有什么不同,虽然我们是叫"富子"而非"蒲子","符儿瓜"则是称佛手瓜,却是冬天才有。"富"、"符"只是读音,没有文字上别的意思,只是四川话里将h都转化成f发音了,葫芦亦然。瓠子汤的味道早已忘记,但夏天傍晚时在热气腾腾的院子里洒水,搬出桌子吃饭,屋顶上爬满的瓠子映着落日的余晖,这样的情景宛在眼前。所以读知堂《儿童杂事诗》觉得特别有兴味:"夕阳在树时加酉,泼水庭前作晚凉。板桌移来先吃饭,中间虾壳笋头汤。"但那时却没有什么"虾壳笋头汤"可吃,倒是记得在院子里吃饭,抬头就可以看到头上的丝瓜和房顶上的瓠子。瓠子特别长条,可至一米,没有葫芦那样明显的大小两截。自1997年离家读书、谋食城市至今,田园虽未荒芜,父母却上年纪了,瓠子大概也只能自生自灭在屋顶。近年乡间频传建设新农村消息,每每让我心惊，总有一天，只能在纸上写写故乡的事物，虽然我每次想起少年时期的食物，总觉清味太多，肉太少。写成文字，恐怕要被人嘲笑。

谈及瓠子食法，知堂以差不多相同的葫芦为例。他还引了唐代郑馀庆以蒸葫芦待客一事，但只说"旧书所记"，引起我的兴趣，上网搜索，得三条：一是唐代佚名笔记《玉泉子》所记载：

> 郑馀庆清俭有重德，一日，忽召诸朋朝官数人会食。众皆朝僚，以故相重望，皆凌晨诣之。至日高，馀庆方出。闲话移时，诸人皆枵然。馀庆呼左右曰："处分厨家，烂蒸去毛，勿拗折项。"诸人相顾，以为必蒸鹅鸭之类。逡巡异抬盘出，酱醋亦极香新，良久就食，人前下粟米饭一碗，蒸葫芦一枚。相国食美，诸人强进而罢。

一是宋代吴曾《能改斋漫录》之《蒸壶似蒸鸭》条，引了《太平广记》所载《卢氏杂说》：

> 东坡《岐亭汁字韵诗》："不见卢怀慎，蒸壶似蒸鸭。坐客皆忍笑，髡然发其幂。"按，《太平广记》载《卢氏杂说》："郑馀庆与人会食。日高，众客嚣然。呼左右曰：'烂蒸去毛，莫拗折项。'诸人相顾，以为必蒸鹅鸭。良久就餐，每人前下粟米饭一碗，蒸葫芦一枚。馀庆餐尽，诸人强进而罢。"然则"蒸壶似蒸鸭"，乃郑馀庆，非怀慎也。岂东坡偶忘之耶？

文字只有《玉泉子》一半，吴曾转引是纠正东坡诗句之误，其实是则诗话。另外还有一条是南宋林洪《山家清供》所记《素蒸鸭》，文字亦短：

> 郑馀庆有亲朋早至，敕令家人曰：烂蒸去毛，勿拗折项。客意鹅、鸭也。良久，乃蒸葫芦一枚耳。今岳倦翁珂书食品付庖者诗云：动指不须占染鼎，去毛切莫拗蒸壶。岳，勋阀也，而知此味，异哉！

蒸葫芦故事一经转手便已改写，比如到了宋代，客人就并非具体的"朝僚"，而是泛指的"亲朋"，场面也不如《玉泉子》那么热闹，更没有强烈的戏剧性冲突。按《玉泉子》的说法，"故相"是突然把前同事叫来吃饭，大家都给你面子，一大早的就来了，你却等到日上三竿才见客，这还不算，吃饭又摆大伙一道。这般张致，不仅显得失礼，而且迂腐：你是要做道德表率、还是借此训诫自己的前同事呢？既然位子坐到了相国，与其装模作样吃吃素食不忘人民，显示道德，真不如让人民别再老吃什么蒸葫芦了，尽早吃上肉、吃好吃放心比什么都强。话说回来，即使蒸葫芦是你前相国的心头好，一大早的叫人来吃饭，结果客人"强进而罢"，既不合待客之道，更不合做人之道，其惺惺作态，虽千载之下，依旧令人反感。林洪没有描写主客口感如何，也许是因为他的《山家清供》本来就是没有道德文章的重负。读了他这段，不妨想象，来了亲朋好友，可能那位退休相国真是"家中只有这些，姑且吃一吃吧"，不得不以葫芦代鸭鹅（客人想象中的），正可见主人的难处。就这么蒸了端上来了吃了，也可以说主客之间不见外。这倒更能体现主人的"清俭"，也显示了一种超越富贵的品位和格调（这似乎也是《山家清供》的主题思想）。林洪对岳珂的赞扬，说他是世家竟然懂得此味，正是这个意思。无形之中也说明了葫芦瓠子之类的东西，本来就不大可能是高级干部们常吃的。所以我觉得还是林洪下笔更亲切，更有人情味。

就文章来说，《山家清供》最脱俗，《玉泉子》未尝不好，但我觉得更像"官场现形记"似的反讽。那些高级干部一旦不在权力中心，便可以"放言"，说怪话，批评这里搞不好，那里是胡说，往往还能引起不明真相群众的鼓掌叫好，要赞扬他这是"讲真话"。瓠子葫芦至今未变，中国人的官场规则与人情或许亦然。政客作秀殆若天生，受蒙蔽的往往是那些长年吃蒸葫芦这样食品的人民。不过，如果到了人民连瓠子葫芦都觉得不安全的时候，政客再怎么作秀，恐怕也没人信了。想一想，假如郑馀庆在位时敢这般待客，我想他更能获得历史的一点点良好记录。

《知堂谈吃》里面的《瓠子汤》配了图，说是"《三才图会》中的瓠"，看起来却是葫芦。葫芦与瓠子的区别我知道，因为少年时候都种过，今天去菜市场也不会搞错。写此文时正好翻看齐如山的《华北的农村》（辽宁教育出版社，2007年版），也写到了瓠子，照古籍的说法是"长而瘦者曰匏，短颈大腹曰瓠，瓠性甘，匏性苦"（陆佃《埤雅》）。我没有吃过葫芦，但瓠子似乎并不苦，也有可能我吃的并不是匏，而是齐如山提到的这一种：

　　以上这几种，如今都叫做匏，俗名葫芦。另有一种，长圆形，长约一尺上下，圆径约四寸上下，色白者，特名曰瓠子，嫩时可食，其吃法约与白南瓜相同。这种在古书中，似未提及。前边所说三种，老成之后，因其质坚，都可作器具用，这种则不可。

乐以忘忧在岭南

——记王贵忱先生

三月初，广东学人、收藏家王贵忱先生的学术与艺术回顾展在广州二沙岛岭南会展出。四层展厅分别以藏品、书法、交游为主题，丰赡详备地展现了王贵忱先生在广东六十多年的收藏和学术成就。同时，这也是一场学术经历与人生轨迹紧密相连、共同呈现的展示：回顾展将王贵忱先生的钱币学家、文献家、金石家、书法家等身份，以时间为底色，以实物为佐证，一一给观者落实，既具体又直接，而五十年代那个随军南下的年轻人，其治学方法、交游范围、艺术趣味，在这个高唱文化的年代里值得了解。

王贵忱先生1928年生于辽宁铁岭，因研究古代钱币，号可居室，取"奇货可居"之义，展品中多有他在这方面的研究，如早年整理货币文献的著作《先秦货币文编》（合著），钱币论文《说钱》，研究春秋战国时期三孔币的专著《三孔币汇编》，还有以自藏钱币拓印的《越南景兴钱谱》、《越南钱币集拓》、《可居室所藏钱币书目》等。1999年王贵忱先生向中国钱币博物馆捐献了六百余册古钱币文献资料，可见其搜罗之富，用力之深。王贵忱先生是《中国钱币文献丛书》、《中国钱币大辞典》两种权威钱币学丛书的主编之一。这一系列成就，放在他的人生履历中，我们会发现，钱币研究跟他解放初期转业地方有关：五十年代曾担任粤东交通银行经理，汕头地区建设银行行长等职。胡文辉先生曾举

"王贵忱亦少小投身中共解放军,以后治古钱币、古文献"为现代学人弃武从文之一例(《现代学林点将录》),从自己的职业入手做学问,这是王贵忱治学的一大特点。

因收藏丰富,钻研通透,钱币学、文献学、金石学以及书画艺术触类旁通,展出的不少书法作品,就是藏品(古钱币、古砚、铜镜)的拓片题跋。题跋不仅是书法艺术,而且戋戋数语,熔情趣、文采、学识为一炉,呈现出来的是作者的整体学养。展品中王贵忱先生手录李瑞清论书语:"自古以来学问家虽不善书,而其书自有书卷气,故书以气味为第一,不然,但求手技,不足贵也。"而王贵忱先生用功于书法艺术,先从高古朴茂的北魏写经入手,受苏东坡、董其昌、罗振玉等人影响,到九十年代的信笔所至,其书法"自有书卷气",正是跟这其间的学者身份有关,而不曾成为"但求手技"之流。展品中有一件明末广东著名僧人澹归和尚的行书诗轴(梁基永先生藏),四周写满了王贵忱先生的跋语,考证澹归和尚此诗的生平,这也是学问家方能胜任的。诗轴说明这是王贵忱先生写过的最长的跋语。

拓片、题跋、自印线装书,当看到这些展品,会体会到传统文化的趣味和魅力,它不仅能展现出一个人在这些方面的天赋、悟性和成就,还能对此观照现世的缺乏。王贵忱先生是以传统学术的方式"进修"。展品中有一封著名藏书家周叔弢写给王贵忱先生信札,注释说1953年周先生在天津旧书市场看到这位年轻军人竟挑中一套正德刻本的古书,十分欣赏,从此订交,对王贵忱先生搜罗古籍版本多有指点。除了周叔弢,在王贵忱先生的师友录中还有版本学家潘景郑,古文字学家于省吾,画家李可染、谢稚柳、唐云,周叔弢的儿子、历史学家周一良,粤中文化名家容庚、商承祚、汪宗衍、刘逸生等人,与这些师友交往的点滴,都可以在王贵忱先生自印的友人书简中读到,这套书和迄今已出五集的《可居题跋》,都可以呈现王贵忱先问学、治学的方法和心得,这与我们现在看到的学院派论文集太不一样了。看到展品中有周作人赠送的一部乾隆刻本《金石契》,书的夹板上还有苦雨斋笔迹,想到以前读《周作人与鲍耀明通信集》选入的苦雨斋日记,在1962年即检出与王贵忱相关者十条,都是书信往还、借书、赠书、拜访等内容。可见其问学的勤力，可惜的是，他与周作人的通信在"文革"中都忍痛烧掉了，不然，这些信札还会为这场展出增添惊喜。

依靠自己的工作做研究，并且转益多师，勤于问学，说起来似乎平淡无奇，但结合王贵忱的师友交游的年代，我们也可以看出一点时代之外的特色。在交通和通讯都没有现在便利的年代，四处问学，请教名家，成本之高，可以想见。但这帮师友交往之可贵，在于那样一个革命年代，依旧有人潜心向学，传统的东西并未全部消灭，在某些生活方式中保留着，那并非是一个概念化的年代。这里透露出的时代消息，无疑对我们了解历史的真实性和多样性极有帮助。置身展场，各大名家目不暇接，对着海内十多位名家题写的"可居室"，实在值得写一部"王贵忱师友考"。

王贵忱先生常用印有"行伍出身"、"学剑不成学画蛇"等印，书法作品"八千里路云和月"等题记都细数南来踪迹，在手录陆游词的书法作品边款中，他还记得当年驻扎在广州仓边路旧宅里见到的陆游书法，那是他第一次知道陆游，并开始临习。但他对广东的情怀，还是在篆刻名家黄文宽所治的"岭海大学肄业"一印的题记中表露得最为直接："岭表艺文崛起，已逾千年。历代图籍，蔚为大观。自恨学无师承，性愚又喜为鄙事，好治目录、金石之学，亦仅及版本、古化小道，碌碌无为，已度四十五春秋。生吾银州，毓我岭南……"王贵忱说他刻这方印是为了"不忘其本"。一个子虚乌有的大学肄业自可说明其际遇：是岭南的宽容博大成就了他的学问，然而仔细看展场中他对广东地方文献的关注与热爱——他所收藏的海内孤本广东文人廖燕的草书山居诗卷，晚清人物张荫桓的戊戌日记稿本，整理明末广东思想家屈大均的全集和明代潮州戏文五种，都可以体会到"毓我岭南"的诚挚，而这份感情，相信更多同样谋事于此的人是深有体会的。

火把

关于十五卷本《周作人散文全集》(编年体)的出版消息最近听到好几次。其实编者钟叔河的《青灯集》(湖北人民出版社,2008年1月版)里面提到过,都是前两年在媒体采访时说的,他那时就交与出版社"正在制作"。假如现在仍在制作,也情有可原,出版上的种种难处读者在这本书里也可以看到,虽然是八十年代的事情了。

《青灯集》收录了钟叔河对自己出版事业的回顾、对朋友和早年岁月的忆旧文章,总的来说较为芜杂,还包括"念楼"抄笔记的文史杂谈,如《书前书后》的序跋书评,媒体访问,等等。他统称为"将零四年《天窗集》以后写的短文,编成了这本《青灯集》"。忆旧部分涉及到他与周作人的交往(《三封旧信》),1963年,钟三十二岁,早被划为右派,开除公职,给周作人写信。"我拖板车时,周作人给我回信,给我寄书,看得起我,我如今来编印他的书,也算是士酬知己吧。"这种"贱民"心态,对于晚年周作人而言,恐怕也正是如此吧?

如今钟叔河编的周作人大都在旧书店,然而整理、出版周作人的风气却延续下来。就写文章来说,读笔记,抄笔记,我注六经,当然是周作人的路子,但钟叔河的书话文章,似乎又很难说写得"很周作人",这些文章确实没有所谓"冲淡"之类的趣味,也无力求"老道"的风格。除了往往在末尾有点并不愤世嫉俗的讥诮,可以说既无周作人气味,也无才子气味,通篇连多余的字都没有,很平常。不过，影响如果只是一种形式上的把式，那受影响的人不焦虑，恐怕读者也会替他焦虑。大部分"影响的焦虑"都是来自于模仿。这些篇幅短小明白晓畅的文章，或许正是钟叔河随笔的风格，是他自己的面目，而非周作人式的。《三封旧信》里说，钟叔河给周作人写信，提到周转述的蔼理斯的一段话：

> 我们手里持炬，沿着道路奔向前去。不久就要有人从后面来，追上我们。我们所有的技巧，便在怎样的将那光明固定的炬火递在他的手内，我们自己就隐没到黑暗里去。

读钟叔河，则觉得他谦虚地隐没在周作人的"黑暗"里。全书中，《刻书工价》一文结尾"如果不按'影刻宋椠'取酬，倒真想去那里刻一卷周作人的《儿童杂事诗》"，《平江和平江人》一文的结尾"我祈愿他们（注：钟氏儿时遇到的洗衣服老大娘和卖油豆腐的人）仍然在故乡生活着，俭啬而又仁慈、劲悍而又正直地生活着"，可以称之为最有趣味、最有感情的两处，但正因为在其他地方都隐藏和克制住了，这里就尤为出色；这是光明照耀的一刻。

后　记

　　从开始写作就有了两个朋友。第一个说：不错……，第二个说：不行……。

　　十年前发愿写一部与阅读有关的书稿，第一个朋友来得多，终于写了十万字。这些读书随笔的产生，只能说明一如既往的阅读热情，以及文学阅读上的一点领悟力，而谈不上文学视野和写作水平。当我意识到在叙述这些阅读中的面孔时笔下终究少了一点什么，第二个朋友终于说话了。

　　于是一放十年。

　　十年中多次重读这些文章，入世稍深，对过去的论述有了更多的理解和补充，也不乏完全改变的看法，尤其是在知人论世上。其实无论是第一个朋友还是第二个朋友，最后值得听的是时间与阅历的看法。我把"看法有变"作为这批文章的精选题目，在不少文章后面加上附记，用意正在于此。我留下了《用力》和《找来读的书》两篇早期写的文章，因为这样的少作之后都不曾写了；在这些文章中，自然也有不少看法是不曾改变的，只是我总觉得应该换一种声音、换一种表达的方式。

十年来因为工作的关系，拉杂写了一些文章，这次凑在一起，它们无一例外地都有点拉杂，似乎是想和以前的读书随笔看齐，在关于书的叙述中总是有一些缓慢而宽泛的东西。这或许是我对于类似评论文章的看法。

美国摄影师杰·瑞·柯菲尔德在福克纳的故乡奥克斯福镇上工作了三十七年，他在回忆文章中提到了几次经典的为福克纳拍照的故事，而事实上他拍的福克纳无法估数，大概也没人能像柯菲尔德一样见识过各种面貌的福克纳。因此，《许多张脸，许多种情绪》这样的文章题目，不仅如此深入地阐释了这位摄影师与福克纳的关系，也让当年从《世界文学》杂志上看到这个名字的我念念不忘，尤其是当我决心写这样一批文学上的伟大面孔时，便毫不犹豫地为这本书定下了这个书名。也许，这样略带文学味的书名更符合我这部不成熟的书稿。

因为这十年来第二个朋友在我的写作中越来越重要，这些新旧文字一直不曾计划付梓。感谢王晓渔兄的推荐，以及责任编辑何客兄的工作，这部书得以列入"独立阅读书系"。当我写完本书的序言之后，我想还要感谢阅读中的那些著者与作品，要感谢那些因为书而接上暗号、谈起文学便停不了的朋友们：阅读是一种分享，也是一种砥砺。

戴新伟，甲午元宵节记于番禺。